民謠

王尧 著

译林出版社

图书在版编目（CIP）数据
民谣 / 王尧著. —南京：译林出版社，2021.3（2021.5重印）
（王尧作品）
ISBN 978-7-5447-8582-2

I.①民… II.①王… III.①长篇小说－中国－当代
IV.①I247.5

中国版本图书馆 CIP 数据核字（2021）第 012488 号

民　谣　王　尧／著

责任编辑　陆志宙　焦亚坤
装帧设计　周伟伟
校　　对　蒋　燕　戴小娥
责任印制　颜　亮

出版发行　译林出版社
地　　址　南京市湖南路 1 号 A 楼
邮　　箱　yilin@yilin.com
网　　址　www.yilin.com
市场热线　025-86633278
排　　版　南京展望文化发展有限公司
印　　刷　南京爱德印刷有限公司
开　　本　890 毫米 ×1240 毫米　1/32
印　　张　11
插　　页　2
版　　次　2021 年 3 月第 1 版
印　　次　2021 年 5 月第 2 次印刷
书　　号　ISBN 978-7-5447-8582-2
定　　价　58.00 元

我坐在码头上，太阳像一张薄薄的纸垫在屁股下。

——题记

目录

卷一

· 1 ·

我坐在码头上，太阳像一张薄薄的纸垫在屁股下。

河水从西向东流过。大船，小船，木船，机船，偶尔也有竹筏荡过。我爱听摇橹的声音，像八哥儿鸣叫。机船高亢的声音让人心烦，但我喜欢机油的味道，在机船过后，我仍然能够闻到残留在河面上的油味。我说不清楚这种油味给我的感觉，机油和食油在水中会幻化成两种图景。只有在寂静的夜晚，你会听到竹篙滑落的水声像水珠落在荷叶上。如果是清晨，你坐在码头上，你会看到水的流向，无船驶过时，河水单纯而自由。河水特别清澈时，你可以看到临近岸边的水草也在水中微微向东倾斜，小鱼在水草之间游弋。水面的宁静不是鱼儿的涟漪打破的，是最早有人到码头淘米的声响。淘箩在水中晃动，荡漾出夹带尘埃的米水。这时，有鱼儿过来了。你屏住呼吸，将淘箩轻轻沉入水下，鱼儿进来了，吮吸着乳白色的米水。不急，再过几秒，瞬间你将淘箩提出水面，三五条小鱼儿在米上跳跃。米水在河里散开时，如云如丝。如果这一天我起早淘米了，我会把淘箩再沉入水中，让小鱼儿回到河里。小鱼儿吮吸着米水，像蚕儿剪裁桑叶。奶奶说，大头，这叫放生。

五月，持续一个月的大雨冲垮了河水的单纯与自由。从麦田淌到河里的水染黄了河面，阴沟已经被大雨冲刷得干干净净。这条河，像阴沟了。现在临近黄昏，我坐在第三块石板上，河水已经退到码头的第六块石板，第五块石板见到太阳了。河水黄了，河面上开始漂着死鱼。昨天下午，怀仁老头儿撑着船，打捞浮起的死鱼。他说，鱼是死的，煮熟，人吃了，鱼儿就是活的。老头儿要我拿几条回去，我没有要，老头儿说："你是个呆子。"从四月到五月，小雨之后是大雨，大雨之后是暴雨，麦子在水中七零八落。太阳火了。这几天开始退水了。浑浊的潮湿抑制住了麦子的霉味，阳光下，发酵出来的味道缓慢地扩散着。后来方小朵贴近我时，她觉得我身上还有这种味道。凡是空地都铺满麦秸，不必用脚踩，霉味肆无忌惮地冲出来，钻进所有人的鼻孔，我们这个村子的人在一个季节都失去了正常的嗅觉。你若是把脚踩在麦秸上，霉气就会在水泡中热乎乎地张扬出来。

呼吸的不连贯让我觉得这世界存在两个空间，我一直处在饱和饿之间。你盯着路上的麦秸，眼睛会发花，霉气呛出了眼泪，时间久了，脑子像中毒一样迷乱。想来，那些在空中飞翔的鸟儿也一样闻到了霉味，它们逐渐从我的天空中消失，它们一定飞到了没有霉味的远方。如果在空中，像鸟儿一样，我会怎样？爬树是升空的方式，但我不会爬树。我瘦小，可就是不会手足并用，通常是抱着树干，看同伴爬到了树尖。我崇拜杨晓勇，他以前能爬到最高的树顶上。我私下喊他勇子。勇子现在是大队干部，不爬树了。那时，看看在树上的几位同伴，我很尴尬，我的目光只好盯着空中的麻雀，盯在偶尔飞来的喜鹊和在田野上空叫唤的乌鸦的羽毛上，它们是我那时见到的离开地面最高的动物。偶尔从村庄的天空中飞行而过的飞机，除了给我和同伴带来骚动外，与我们并无关系。我那时看飞机，如同看上海、北京，可望而不可即。我跟奶奶去镇上，镇上的天空没有那么多飞翔的鸟，那些家养的鸽子早就被训练得不会自由飞翔，也几乎看不到能够扑扑翅膀的公鸡母鸡。我跟外公去玄字号那片农田，麻雀、喜鹊、乌鸦还有燕子，总是在天空盘桓，或者栖息在树枝上，此起彼伏的鸟声就像无数个婶婶、姨娘聚集在一起叽叽喳喳地说话。

这些鸟儿都飞走了，它们在新的栖息地欢叫飞翔。鸟儿是没有故乡的，天空都是它们的世界。我和它们不同。我看着船儿向东向西，或者靠近码头。在后来很长时间，一九七二年五月的大水，让我觉得自己的脖子上挂着几根麦穗。记忆就像被大水浸泡过的麦粒，先是发芽，随即发霉。我脖子上的几根麦穗，也在记忆中随风而动，随雨而垂。

外公的船也许快到西泊了，我屁股下那张纸好像也被风吹飞了。

· 2 ·

从大码头上岸，是一大块空地。老人说是村口，不老的人说是供销社门口，现在好像都说是供销社门口了。不错，是村口，南河上的大桥就位于村口的中间。大队档案中存放的地契，标着这块长方形土地的尺寸。我算算，差不多三百平方的样子。你不能不惊叹当年胡鹤义父亲发家时对这个地方的规划。现在我看到的供销社，它的外部形状像一个“凸”字，站在外面看，似乎是三幢房子的结构，进了门，中间是一个宏大的厅堂，两侧分别有三根像大人腰一样粗的木柱子。从厅堂北门进去，是一个花园般的天井，两侧是东西厢房，走过小径，就是胡家的堂屋，接待客人的地方。第三进是主人起居之所。等到我能够在第一进房子走动时，厅堂的东侧，成了百货柜台，西侧的柜台专门卖布匹。第二进是供销社的仓库，第三进是员工的宿舍。东厢房是厨房，西厢房堆放杂物。方小朵他们父女俩过来后，西厢房成了他们家的宿舍。

地主胡鹤义父亲在门前留下这么大的一块空地，算是大手笔了。怀仁的这位老东家说:“留块地方舞龙灯，唱唱戏。”外公年轻时候就在庄上舞龙灯的队伍里，独膀子是敲锣的人。等到胡鹤义从少东家变成东家时，他改变了老东家的奢华气派。那个大堂，除了用于胡氏宗亲的餐会外，他还办起了私塾。李先生曾经是这里的私塾先生。门前的空地，仍然舞龙灯，搭台唱戏，但一年只舞一次龙灯，戏台子也搭不了几次。这块空地成了乡村日常生活的舞台，它敞开着，各色人等从这里走过，停下，在这里聚集，也在这里散伙，从那时，一直到现在，只是台上表演的内容不同。

我第一次表演，也是在这里。

根叔一直说我第一次登台是他扶我站在椅子上的。我记得根叔和疤眼一样，最初也是拿着麻绳去绑人的，不知道什么原因，他只参加了一天活动。我一直回忆我在这个村庄的出场方式。我知道这很可笑，但在不断的回忆中，我摸清了自己的来龙去脉。许多人糊涂一辈子，一个人今天的样子其实与昨天有些关系。根叔比划着说："你当时这么高，芝麻秆一样高。"他说话时的声音闷在鼻子里。芝麻秆参差不齐，我是高的那一根。根叔再次比划时，我的个子已经高出天井里的那棵桃树了。桃树是去年栽下的，好像没有我长得快。奶奶说，这孩子疯长了。

我差不多重复了父亲当年站在这个码头上的疑问，这条河怎么没有名字？镇上的河都有名字，镇东的那条河叫牛河，镇西的那条河叫小西溪。码头南面的这条河村上的人习惯称它南河，庄北的那条河则叫北河。庄子的东西两侧分别是东泊和西泊。如果用线条表示，这个庄子是在南北两条线、东西两个圆圈之间。这个村庄的祖先，当年选了这个地方做庄。庄的东西南北，以天地玄黄命名了四片农田。农田里聚聚散散的民居，我们叫舍。庄和舍拼在一起，就是村庄。我住在庄上，勇子、李先生、三小，他们住在舍上。我后来知道，革命烈士王二大队长和勇子的祖父是舍上的邻居。

南河西边出了西泊有一条河，河向南再向西，可连通到镇上。

东泊与南河没有衔接，南河向东穿过进胜大队。进胜之前叫圣堂庄，一个非常奇怪的名字。父亲说，圣堂庄上曾经有一座教堂，生我的那一年，“大跃进”中拆了。庄后的河也就是北河，西边融通了西泊的北水面，东边拐了个弯子向东北，流到吴堡大队，拐向东南，便是东泊。大队要在东泊围湖造田了。平时大家说到的河，基本上是专指庄前的那条河，水码头也是专指庄前桥西的大码头。大码头向西，就是西码头，怀仁老头儿就住在西码头的岸上。再向西，我们叫西曲口，外公的老屋就在西曲口上面。西曲口早就废弃，当年游击队王二大队长常常在夜里从西曲口上岸。王二大队长在外公的老屋住过，母亲说，他有驳壳枪。大桥北岸向东，还有一座小码头，我们叫它东码头。土改后，地主胡鹤义就住在通向大码头的巷子里。庄上人有什么大事，或者外地的船过来，都停靠在大码头，就是我现在坐的这个码头。

如果以供销社为中轴线，供销社东边的巷子叫东巷，因为大队部在这条巷子里，大家又称它大队巷子。大队部是一座南方式的四合院，从前，地主胡鹤义就住在这个院子里，村庄的人叫它西院。穿过大门进去是天井。东厢房可能改造过，只有南边一个门楼，北边一间房子，这间房子现在是大队的油印室，进门时就闻到油墨味。坐北朝南的房子有三间，中间是会议室，东边一间是办公室，西边一间是客房。公社、县里来人就住西边的房间。南边的一进，小间是储藏室，大间是展厅。西厢房是电话间，值班的人也睡在这里。我第一次跟小姨走进这个院子时，还有点胆怯。因为晚上要表演，小姨说要到大队部去化妆一下。在会议室，小姨指着东墙上的挂钟说："这是外公走了一夜的路，从县城捧回来的。"那一年，我们的合作社是县里的先进。我没有想到，过了几年，我会在这间油印室忙碌，起早带晚刻蜡纸，然后滚动油印的墨筒。大队部对面的院子是胡鹤义家的东院，他的两个儿子若鲁和若愚从前住的地方，后来有一段时间成了我们村庄的小学。东院北面并排三进房子，南面并排两进，一进是当年的粮库，我在那里读到小学毕业。我们家住在供销社西巷，再往西的巷子也一样没有名字。东巷热闹，不仅因为有大队部和小学，还因为供销社东墙张贴布告、通知，大字报也都贴在东墙上。那年我在大字报上看到了外公的名字，有人揭发他，还说到满月后的我。我很慌张，烂猫屎都看出我的眼神不对了。

不知道从什么时候开始，我喜欢反复看供销社墙上张贴的布告。我看到一个又一个反革命在布告中被逮捕、被枪毙，布告栏上的红叉叉让我有一种莫名的兴奋和慌张。如果去镇上，我总会找理由一个人去公社门前的布告栏前看布告。我特别喜欢白纸上庄重写着的美术字，那时我还分不清黑体、仿宋、楷体。我现在甚至觉得，布告简洁的文字在那时几乎影响了我的作文。我说我慌张，是因为有时我觉得罪犯的名字好像是我熟悉的，再仔细辨认，罪犯的名字与我熟悉的人没有任何关系。少年的我，除了喜欢看自己的成绩单外，就爱读布告。而在外公的名字也出现于墙上的大字报上后，我尽可能不从这边路过。一九七三年的冬天，教我们音乐课的张老师被逮捕了，他时常在夜间收听敌台，而且给香港的特务组织寄信，被公安机关侦破了。下午最后一节课上，他被叫到校长办公室，铐了手铐，全校哗然。当他的名字在布告上出现时，我和所有的同学都低下头走过去。

庄上的每条巷子都铺了砖头，即使临近东泊的那条巷子也是整齐的砖头小路。西头老太，也就是我母亲的奶奶，她说这几条巷子是她嫁到庄上那年秋天重新铺的："这些砖头烧得很老，我嫁过来时铺的，还是那个样子，你看多少年了。"我不知道老太哪年嫁过来的，她也说不清，只说是有皇帝的清朝。后来我算清楚了，这些砖头的年岁肯定大于外公。西头老太和叔外公一家住在西曲口上，我就这样把方位和辈分合在一起，叫老人家"西头老太"了。父亲的奶奶在镇上，我就喊她"老太"。我上小学一年级放学回来就烧饭，那时烧稻草和棉花秸，容易着火，母亲不放心，请西头老太坐在我旁边，以防火警。八十多岁的西头老太挪着小脚走过来，看我烧饭，跟我说些闲话。我问她，每条巷子靠近住家门口的地方，为什么总有畚箕大的地方不铺砖头？西头老太说，那是挖掉的。挖了干吗？挖了埋脐带，小儿生下来，接生婆剪断的脐带，就埋在巷子里。西头老太的这个说法让我好奇。在我读初中以后，村上的女人生孩子，都到公社卫生院了，小儿的脐带都扔进池子里。如果连死也算上，我们这一代以上在乡下落地的人，生命中有两次入土的机会。

“村庄”这个词在多数地方往往是连在一起说的，可我们不是这样，村是由庄和舍组成的。庄子之外的地方叫舍，舍在农田之中。城里人说“农舍”，我们自己不会加“农”字，如果叫农舍，庄子就得叫农庄了。在舍上，如有三五个人家住在一起，这样的小舍又叫墩子。勇子家就在墩子上，姓杨的多，我们叫它杨舍。有舍的地方也有河，通常只有一条河。庄上的房子几乎都是瓦房，一色的青砖小瓦，祖上留下来的，后人再修修补补，那时翻建的很少。舍上的房子几乎都是草房，墙是半砖半土，更早之前全是土坯墙。有土墙的地方，在春夏之交便有无数的蜜蜂飞来。土墙上的小眼子是蜜蜂的栖息之地，它们会从那里出发，飞向周边的田野，去亲近遍地黄灿灿的菜花和绿油油的麦苗。我们几个小伙伴在太阳当头，或在太阳西沉时，拿一只小的药瓶子，瓶口对准土墙的小眼子，过不了多久，蜜蜂就会钻进瓶子里，若是长久不出来，就用麦秸或者青草在眼里挖一下，随即把瓶口贴近小眼子，蜜蜂便仓皇撞进瓶中。我们用大拇指盖住瓶口，听蜜蜂在瓶子中嗡嗡叫。李先生家那堵土坯墙上，都是蜜蜂钻过的眼子。

土墙里的籽还会长出我们叫不出名字的草和藤。土墙像老人发黄的脸，草和藤是头发和胡须。我看到成片的土坯房，是在姨奶奶家。一个炎热的夏天，跟母亲去看她的姨娘，住在姨奶奶家土坯墙草屋顶的房子里，如同睡在田边的瓜棚下一样，又好像泡在井水里一般，有透心的清凉。这个叫台南公社的地方，便是传说中天仙配的故乡，那里的田野里到处长着槐树。姨奶奶家是董永的乡邻，我的几个舅舅和他们邻居的男人都像憨厚的董永。七仙女上天时，一只鞋子掉在这里，这地方叫“东鞋庄”。我问姨奶奶有没有西鞋庄，姨奶奶说：“有啊，你大舅母就是西鞋庄的。”我后来知道，方小朵和她父亲也在西鞋庄待过几年。

土坯房越来越少了，开始流行用红砖洋瓦造房子。小青砖砌墙是实的，红砖砌墙是空的，叫鸽子窝。勇子家的房子就是鸽子窝。舍上有点钱的人家造房子，两面的山墙和后墙用红砖砌鸽子窝，前墙则用小青砖，大人说门面要讲究的。庄上的路用小砖铺成，叫巷子；舍上的路也叫巷子，只是在泥地上散落了一些碎砖瓦。时间长了，每家都会拣一些碎砖碎瓦扔到路上，下雨天走路，就可以踩着碎砖碎瓦往前。小时候喝的玉米粥，锅里面有用剩饭打底的几粒米，那些碎砖碎瓦就是玉米粥里的几粒米。住在舍上的人家，走出来的样子和庄上的人家也不大一样，舍上的人整天被风吹，脸黑，鞋子上烂泥多。

我一直很奇怪，我们这儿会用湖泊的泊来称东西两面的大片水域。最初想出这个词的人，要么是读书人，要么曾经去南方考察过。后来我觉得自己的想法好迂腐，湖泊河沟塘的命名其实与文化没有关系。站在西泊的东岸，也就是庄子的西头喊西岸的人，那边能够听见，有亲戚来了，嗓门高点起来一吼，在西岸田里干活的人就知道了。如果听不到，那就是装佯，不想见客人了，因为你即使在更远的西边田里，听到的人会一个个往西传话的。东泊的水面是西泊的两倍。站在东泊的西岸，也就是庄的东头，你用双手做成喇叭状喊破了嗓门，东岸的人怎么也听不清楚，等到那片田里驻扎了石油勘探队来钻井，机器轰鸣，就再也没有人站在庄东头那边“广播”了。

只有一个人，胡怀仁老头儿，他站在庄前的桥上打牛号子，全村都能听见。我们都叫他老头儿。公社成立第二年秋收的一天凌晨三点，老头儿夹着一捆草悄悄从生产队场上回来路过大桥，他不时会在清晨起床到场头拿点小东西回家。老头儿听到桥东边的河面上有噗通噗通的水声，他赶紧放下稻草，再听，声音渐渐小了。他觉得好像有人跳河了，这个人已经沉下去了。老头儿穿过巷子，来到东码头，发现有一双布鞋留在码头上，他拿起来，发现是老东家的布鞋，二十年前他常常看见东家穿这样的布鞋。老头儿知道出事了，他在码头上喊起来：“东家跳河了！”发觉说得不对，更大声地喊：“胡鹤义下河了，胡——鹤——义下河了……”

庄在舍的簇拥之中，大队部、大会堂、学校、商店、文化站、理发店，卖肉卖鱼修鞋修伞的摊子等，都在庄上。庄和舍标志了村子文明的等级。只有舍没有庄的村子都是小村子，而且几乎都是特别贫穷的村子。兄弟分家，没有谁想住到舍上，只好抓阄。姑娘出嫁，没有不想嫁到庄上的，所以兄弟们都想住在庄上。那些散落着舍和墩子的农田，被称作天地玄黄。这是李先生告诉我的，现在几乎没有人知道这四片农田的名字了。庄前庄后，一水之隔，向南或者向北，就是舍上了。一样的太阳照耀着，南河是那样的明亮，北河是那样的阴沉。庄前的大桥有“江南桥”三个字，庄北的大桥就没有名字了。

村中有庄，有舍，舍围着庄转，庄围着镇转，镇围着县城转，这就是通常的社会秩序。有一天，我们村庄的秩序被打破了。

· 3 ·

在码头坐着的时候，我手上捧着一只瓦罐。后来，在空气变得清新时，我仍然会记起这只瓦罐散发出来的热气腾腾的药味。如果不是巷子里到处晒着麦子，那些熬过几次后的药渣应该倒在巷子口。徐医生说，这剂药吃完了，你的神经衰弱也差不多好了。我确实觉得自己好多了，我从来没有像现在这样喜欢吃药，只有汤药的味道能压过麦子的霉味。我说出我喜欢吃药时，母亲异常紧张，她摸摸我的头，说：“厚平啊，你不发烧吧。”

开始时我分不清罐子中的五味子、丹参、柏子仁、天麻什么的，我只熟悉红枣，偶尔在春节时能够吃到的大红枣。慢慢地，我认出五味子和天麻，特别是天麻。表姐的未婚夫从南京的兵营里给我寄来了一大包天麻，他在信上说，用天麻炖老母鸡，对头痛头昏很有效果。但哪里有老母鸡呢？母亲想把家里的那只老母鸡杀了，我坚决不同意。老母鸡生蛋后的叫声，是我现在听到的最动听的声音。我看着码头东边河坎上的这些药渣，心里感觉就像埋葬了和自己说过话的麻雀一样。

几个月了，我一边吃药，一边想着去年春天的下午，想起那把洋伞，想起白胡子老人说的我不熟悉的地名，想起在静静的空巷中与他亲热地问答。是去年春天的一个下午，我趴在桌子上睡着了，我听见有人叫我的名字，我看到自己的右胳臂上有口水和牙印，知道自己刚才睡得很熟了。放学了，教室里只有我在睡觉。我不明白是谁在叫我的小名，已经很少有人这样叫我了。我走到巷子里，巷子空着，我只看到几只鸡，还有阴沟里的蚯蚓。乌鸦从空中掠过。出了学校门，应该从东巷往南回家，我却鬼使神差绕道大队办公室北面的巷子，再左拐到西巷向南。我没有听见脚步声，但突然有个老人摸了我的头。这个老人何时出现在我面前，我毫无感觉。他高出我一倍，弯了几乎是九十度的腰，摸着我的卷发，说："你怎么站在这里啊？"他问了一个我不熟悉的地名。我回答不出，只能摇头。他说："那边在下雨，我要去那里。"我懵懵懂懂。我仰头看见他的怀里夹着一把洋伞，和烂猫屎家不一样的洋伞。不知道这老人是何时离开这巷子的。我太好奇了，从没听说我们这一带有这么高个子的人。

这老人好像说我外公去过那个地方，他怎么会知道我外公？我对村庄之外的许多向往，都贯穿在我对那个地名的猜测之中。我甚至觉得与外公相关的故事都与这个地名有关。我记住了这个下午所有的细节，但我就是忘记了那个地名。在后来很长的时间里，那个我说不出的地名成了我查询的字典和地图。我会想到墓地、地平线、大礼堂、井巷、码头、西曲口，想到遥远的北京、上海和新疆，想到河水、蛇、船、鱼、荷花和虾，那个更为遥远的天安门也时常会在眼前晃动。有时候，那个已经是废墟的天宁寺也在我的想象中出现了和尚，还有门外倒在血泊中的王二大队长。外公就在这个时候出现在我的追忆中，我听到他从镇上回来的脚步声，他说："下葬吧。"他用席子卷好了王二大队长和他战友的尸体。我不断回忆这个下午时，会感觉从温暖转至寒冷，会由温馨而生悲伤和恐惧。我后来发现，我此后命运的不确定都与这个梦幻记忆有关，或者更准确地说，我对这个村庄的记忆都被这天下午的遭遇打上了印记。

我当时不会用"仙风道骨"这个词，现在回忆那个春天的下午时，我对白胡子老人的印象是仙风道骨。当天我回去兴奋地告诉家里人我在西巷的所见，他们都说是我的错觉或者是白日梦。他们冷漠中的怀疑丝毫没有动摇我的记忆。一个月后，我们搬到了桥南天字号新校舍了，它的北面隔河是民居，南面也是一条小沟，这条小沟右拐向南，再左拐向东，拐弯的那块地方就是当年的天宁寺了。现在也没有人说得出这座寺庙是怎么被烧掉的，我看雨香和尚说起这事时还呆若木鸡。天宁寺的东南面，是一片墓地，革命烈士王二大队长和剃头匠老杨就葬在那里。有时候，我会站在学校门口，向东南方望去，我和同学们栽下的几棵柏树应该长高了。我们每年清明在墓地种树，柏树，柳树，后来还有冬青树。再过几年，那里就是一片林子。有了林子就有鸟儿了。

春天过去了，白胡子老人从西巷过了桥向南远行。夏天过去了，我和梅儿他们准备去台城体育场割草的计划落空。秋天也快过去时，学校突然忙碌起来。我先是看到父亲在家里把《红旗》杂志都拿出来了，一本一本地翻着，然后把照片上的林彪剪下来。父亲点燃这些纸张时，外公进来了。外公盯着火苗，并不吭声。进屋时，父亲对外公说："你的问题可能要有结论了。"外公说："我又写了材料，你帮我看看。"

可能在春天太兴奋了，这个秋天我疲弱不堪，我只有躺在学校操场南边那条小沟的河坎上，才能慢慢睡着。我四仰八叉压在亦黄亦青的草地上，在最惬意的时候，我会感觉地上的茅草在我手指之间长出茅针。茅针就是茅草的尖尖，从地上拔出来，小心翼翼剥掉外面的一层，柔韧的尖尖是我们这个季节的零食。如果阳光热烈，我就把课本掩在自己的脸上。在我似睡未睡的那一刻，我呼吸到了墨的香味，甚至有一次梦到自己的面庞上刻了许多汉字。

现在，又一个春天过去了。外公去公社谈话了，我在等他归来，他的船也许已经靠近西泊。从去年秋冬提交材料给公社，到今天去公社谈话，差不多半年，外公的历史问题快要有结论了。我从来没有想到，外公成了村庄一条即将理清且要打结的线索。“厚平，你外公的问题有了结论，我们这个大队的革命史就好写了。”昨天下午队史编写组的会议结束后，勇子悄悄跟我说。事情变得如此重要，我曾经悬着的心，也许就在外公踏上码头的一刻落地。恐惧，就是你的心一直悬在那里。

我看到了南岸的槐树。隐隐约约，桥南西侧的那棵槐树好像长高了，已经高过了树下的小房子，房子里的水泵轰轰地响了一个月还没有停下。村庄就是槐树的树干，外公只是树枝上的一片叶子，甚至是已经落地的一片叶子，但和外公这片叶子相互映衬的树枝上，还有地主家族、游击队、还乡团、合作化，他们都与外公生长在同一棵树上。在进入老年的时候，他所有的事被别人翻了一遍，别人鉴别他生命细节的真伪，而他自己无能为力。一次我在那棵树前停了下来，我看到树叶上有很多小虫子在爬着，吞噬着树叶。我回来时跟母亲说：“虫子比叶子厉害。”母亲说：“虫子也怕药水，打了药水，虫子就死掉了。”母亲的想法还是简单的。我继续说：“今年的虫子死掉了，明年还会生虫子。今年的叶子落了，明年还会长出叶子。”我说的意思是树叶与虫子的关系，好像在循环着。我当时还没有循环这样的概念，但我觉得事物的关系应该比母亲说的要复杂得多。“我们这个大队就是一棵树，有叶子也有虫子。”在我说了这句话后，母亲摇了摇头。其实，我也不完全明白自己究竟想说什么，在很长时间，我都说些让父母亲感到莫名其妙的话。

昨天靠近大队部门口时，我就闻到了油墨味。我背着书包走进会议室，勇子和表姐已经在等我。勇子的讲话，有点像布置工作。他说我们即将要写下新的一页：“一九七二年将是不平凡的一年，战斗的一年。忙过五月，石油勘探队的大船快过来了，要在东边二队的田里打井。”东边，便是东泊的东岸。如果石油勘探队开采出石油，这地方可能就不叫江南大队，新的名字将是“江南油田”。在勇子设想的蓝图中，这里有工业，有农业，社会主义新农村将是另一番景象。勇子和大队领导班子即将启动的计划是围河造田，将东泊填平，在钻井队的井架竖起来以后，东泊将是一片农田。勇子坐在我对面，我听到了勇子想改变村庄命运的喘息声。我明白了，如果外公的历史问题有了结论，村庄的革命史也将会清清楚楚，随后而来的是热火朝天的学大庆和学大寨。

勇子和表姐从北京串联回来时，我也跟着很多人到桥头去迎接他们。我们都想跟他和表姐握手，以为毛主席握过他们的手。勇子跟大家说：“我见到毛主席了。毛主席在天安门城楼向我们挥手，我们也向毛主席挥手致敬。”表姐接着说：“毛主席向我们挥手了！”乡亲们好像有点失望，勇子和表姐没有跟毛主席握过手，但毛主席跟他们挥手了，他们也向毛主席挥手了。挤在桥头的乡亲们向勇子和表姐挥手，勇子也向乡亲们挥手，表姐则兴奋地拉着我的手。大队班子吐故纳新时，回乡知青勇子被吸收到大队班子里，他的职务是江南大队革命领导小组副组长，表姐做了妇女队长。外公说，勇子这个职务就相当于以前的副大队长，是接班人的位置。

母亲让我叫勇子“哥哥”。我很不习惯，我和勇子有着遥远的距离。他到过天安门前的金水桥，我只是在江南大桥上向南向北。如果不是那天在桥上有过一次交流，我可能还是像以前一样喊他杨组长。但面对勇子时，我不紧张，反而对他有一种信任感。勇子和村上的一些人不一样，他相信阶级斗争，但他不主张把人斗死。批斗外公的大会上，几个民兵让外公跪下，外公不肯，两个民兵硬是把外公往批斗台上按。就在外公的两个膝盖要落地时，勇子喝住了。他从边上走到台上，扶起外公。那时，我已经尿裤子了。

勇子说话时，我尽力不让自己眼睛闭上。我已经好几个晚上失眠了，勇子说的这些蓝图，在我梦中已经出现过，我因此紧张。我第一次做梦，梦见人死了，梦见了死人跟活人说话。家里人安慰我说，梦是反的。整个村庄几乎都在嘀咕勇子说到的这两件事。我梦到了井架，梦到了东泊成了田野，如果梦是反的，那这些梦就是虚空的。我突然觉得我的梦有点对不住勇子。“大头，你把美术字再写写好。我要在东泊和油田的交界处竖一块大的牌子，一面写‘工业学大庆’，一面写‘农业学大寨’。”勇子发现我不像他预期的那样兴奋，又说道，“你读初一了，过几年，你可能是油田的工人了。”勇子和乡亲们都处在兴奋之中，一种异样的生活，诱惑着所有人。我后来知道，这就是文明的诱惑。勇子可能没有察觉我内心深处的胡言乱语，但我已经在一张白纸上画过井架，也画过田野和田野上面的麦子、水稻以及桃树、梨树和向日葵。勇子唯一让我兴奋的话是说外公要恢复组织生活了，我不知道什么叫组织生活，但我意识到外公不再是牛鬼蛇神了。这个村庄所有的崇高、卑微甚至猥琐，从我外公那一代人开始，都在改变和被改变中起伏。勇子要我访贫问苦，说这是写好队史的基础。

就在这个晚上，我又做梦了。我带着纸和笔，我问你问他。我问了王二大队长，我问了外公。我甚至问了地主胡鹤义。地主很惊讶地说:“你可能搞错了，怎么会找我。”见到这个地主时，我很胆怯的样子。我好像坐在田埂上，我看到自己扳倒了一棵向日葵，我把鲜嫩的葵花籽放进自己嘴里，又吐了出来。这一路上，都是我吐下的葵花籽，我感觉自己迷路了。这个时候，母亲喊我，她已经端着药碗站在我床边说:“大头，太阳晒到屁股了。”我知道自己做梦了，我知道外公要成为正常的人，他不用再别别扭扭地走路了。但我开始神经衰弱，我看自己、看村庄的眼神好像发生变化了。

·4·

我无法理解父母亲把神经衰弱的病因归为去年春天我与白胡子老头相遇。这样一个有意思的故事，他们毫无兴趣。我无法忍受，我如此真实的经历会被大人嘲笑为做梦。他们有那么多梦想，我从来没有嘲笑过他们。包括他们梦想我以后如何如何，那是我要去做的梦，但他们梦想着。没有办法，我把那个春天的下午，一个拿着洋伞的老人与一个背着书包的少年，画在一张纸上，然后夹在课本里。我可以自己收藏自己。我有时候会沉湎在这张画的情境中，但我再也没有和这位老头相遇于西巷，或者其他地方。许多事情是稍纵即逝的。稍纵即逝的东西能够记住，是因为它稍纵即逝，如果能够慢慢在心里打磨，记忆的刀锋就无动于衷地迟钝了。

我和他们的分歧越来越多。我不像以前，父亲他们说了什么，我就会点头，即便不同意，也只是不吭声。但现在，我和他们会有些争论，甚至故意抬杠。我参加队史编写组，听说了很多故事，有些故事他们也不曾听说。奶奶闲在家里，我不知道她成天忙什么，她说出门有点事情，然后去东家西家。奶奶是在和别人的闲聊中打发时光的。在庄上闷得慌了，她就去镇上姑姑家，但我不愿陪她去，我有看不完的小说。我和晓东有约定，我用一盒香烟屁股借他两本小说。我宁可在供销社门口、在其他人多的地方捡地上的香烟屁股，也不想跟奶奶去小镇。奶奶生气地说："你翅膀硬了。"奶奶以为，我像她一样喜欢那个小镇。

父亲他们谈论村庄的一些事，我偶尔也会插话。那天他们几个人说，大队宣传队应该演一出样板戏，我冷笑道："你们会比电影里演得好？"父亲对我的不屑很生气："我看你现在很骄傲，你成绩不下去才怪呢。"我不幸被父亲言中，期末考试出了问题。我感到父亲好像要揍我，我拔腿就跑了。其实，我从来没有叛逆过，我只是想让父亲他们知道，我和他们看待这个村庄的眼光是不一样的。

外公的曾祖父带着三个儿子从高邮到莫庄时，还没有这个大码头。他们是在西泊东岸上来的。那个地方就是我们现在说的西曲口，一个已经废弃了的西码头。曾祖父三个儿子中的一个，成了外公的祖父。修这座码头时，外公已经是青年。他说他在夏天的晚上，也喜欢坐在码头中间的石板上，等着掠过的河风。那时没有大桥，进出庄子需要乘渡船。外公说，你从上面数起，第六块石板，是我和怀仁抬的石板。我问外公，码头是不是十八块石板？外公有点惊讶。我下水数过了。在不旱不涝时，水面与第十三块石板面齐平。在第十三块石板上，又加了一块更高的石板。从外公他们开始，庄上的人就在这块石板上淘米，洗菜，汰洗，提水。我也从这里下河，潜入水中，在河中央冒出头来。这块垫加的石板面上，有规则地刻满了浅浅的小槽。站在上面，或者蹲着，都不会打滑。如果打滑，那是水面已经没过石板面很长时间，上面长出了青苔。这个时候，有船靠岸，就不用在船与码头之间架上跳板了。

外公也不晓得他的曾祖父为何会到这个叫莫庄的村上来。我后来有了点知识，一直怀疑外公的曾祖父是个邮差什么的，但始终没考证出来。有一年从扬州往高邮，我还特别激动，觉得是往母系那边寻根了。参观驿站时，我想象外公的曾祖父当年一定是从这个驿站出发，沿着运河去哪里，最终不知道何故在莫庄落脚定居了。我甚至还想到，这中间会不会有什么案子。但在离开高邮时，我觉得自己可能是胡思乱想了。外公在世的时候早已不到高邮扫墓，更不必说我这个外孙，自然不知道外公高邮的祖坟在哪儿了。现在活着的人中，能够知道他曾祖父或外曾祖父名字和坟墓的地方的，已经不多。清明扫墓，磕头烧纸拜到祖父、外祖父这一辈，就笼统地说是给老祖宗磕头烧纸了。我有时候会想象外公的曾祖父不是坐船而是骑马到这个村上来的，他下马到了庄上，那应该是个大年的初几，他在庄前的水码头上见到后来成为他夫人的姑娘。这不完全是胡说，因为外公说他的曾祖母是这个庄上的，也姓胡。我母亲的胡姓亲戚都是这位胡姑娘兄弟姐妹的后人。我曾经怀疑和地主胡鹤义是不是同一个宗亲，外公坚定地说："不是的。"

真的有意思，外公他们建造的这座码头好像专门是为父亲和爷爷他们准备的。父亲从这个码头上岸时，河的南北之间已经架起了一座木桥。这是地主胡鹤义出资修建的，在父亲来到这个村庄之前，桥南的那块歌功颂德的石碑已经移到生产队场头，我后来在生产队猪圈里见到了这块铺在圈里的石碑。在靠近码头时，父亲看到桥上晒着渔网，这是他之前没有见到过的，他坐在船上，能够闻到渔网传来的腥味。隔了几天，父亲在庄上转了一圈。父亲惊讶的是，这个庄子远不像陶庄那样破落，它的格局和气象像小镇一样，砖瓦房，巷子里已经有些风化的砖，让他有了亲切感。父亲跟着爷爷奶奶上岸时，外公带着他的女儿，后来成了我母亲的李健小姑娘，站在码头上看几个外乡人往岸上走来。父亲没有在意这个细节，他当时怯生、惶恐，周遭的情景陌生而杂乱，从眼前过去的这些没有在记忆中留下。这一年，父亲和母亲都是十三岁。我坐在码头上东张西望等待外公的小船时，比父亲和母亲当年小一岁。

行船的是胡怀仁。他在上岸之前，和爷爷说到了他的东家胡鹤义，爷爷说他们熟悉的。父亲问爷爷说的是谁，爷爷说："你还记得去年给你墨镜的人吗？他就是胡鹤义的儿子。"父亲这才想起石板街上的那个黄昏，胡鹤义是保长若愚的父亲。船要靠岸了，河水很浅，船帮几乎靠到码头最下面一块石板了。爷爷、小孃孃都跨上岸了，但父亲和奶奶就不敢跨出这一步。怀仁先把奶奶小心翼翼扶上了码头，其实是架到码头上。父亲就是不敢，也不肯让怀仁帮忙。无奈之下，怀仁只好搭上了跳板。这个时候，父亲才上了岸。这确实有点尴尬。让父亲一辈子记住的是怀仁跟他说的那句话："你之前是少爷，现在不是了。"

这是一九四九年的五月，父亲一直记得这个时间。他说到了村上，第一件农活就是捡麦穗。随后父亲和母亲在同一个学校读书，小学毕业了，父亲去了扬州一所艺术学校读编辑专业。两年后，这所学校突然停办了，当父亲回到村庄时，已经是风流倜傥的青年。这个村庄的变化，也像父亲的变化一样如此之大。庄前那幢很大很高的房子成了供销社，原先的合作社办公室现已是乡政府。外公不久成了父亲的岳父，去了陶庄，在那里担任乡养殖场场长。我不知道父亲和母亲是如何走到一起的，父亲和母亲是村上第一对自由恋爱结婚的人，他们在简洁的婚庆仪式上唱了《夫妻观灯》。母亲的唱腔很好，但她记不住词儿，小姨当年躲在幕后报词儿："正哪月十啊五闹哇元宵呀呀子哟，火炮哇连天门哪前绕喂却喂却依喂却喂却冤哪家舍呀嘀嘿，郎啊锣鼓儿闹嘈嘈哇。"小姨是她们姐妹中识字最少的，但记性好，等到她后来扮演李铁梅时，她的台词从来一句不落。可记性一向不好的母亲在六十岁生日那天，突然背出了父亲的台词："我家住在大桥头，起名叫作王小六，去年看灯我先走，今年看灯又是我带头。移步来在自家门口，叫声老婆开门喽。"

差不多在踏上这座码头的十年之后，父亲跟着大队干部，站在这个码头上欢送结束视察的省委书记。父亲这个时候的身份是五队会计兼大队文书，他看到省委书记和县委书记从码头上汽艇时坚决不肯走跳板。当时的水面，正好与第十三块石板上面的石板齐平，船身高出水面差不多三十公分。这个高度是我后来站在水中测出来的。省委书记说他是打游击出身，这不算什么。陪同的县委书记也是打过游击的，他看到省委书记一跃就上了船，也毫不犹豫跨上了船，他站在船甲板上有点摇摆，一个小伙子拉住了他。省委书记哈哈大笑起来，站在码头上的人都笑了起来。父亲这个时候摘下墨镜，看到母亲和很多人站在大桥上。

“你还没有养下来，在我肚子里就看到很多大人物了。”这些大人物是省委书记、地委书记和县委书记，我们大队送行的是陆书记、孙大队长。父亲也在送行的人群中，他戴着墨镜，卷发在五月的阳光下越发亮黑。我曾经想象这一场景，父亲一定像我们后来经常在电视里看到的大人物的警卫。这是草长莺飞的三月，麦苗都起身了，河里的水草已经慢慢转绿。

省委书记站在码头上对大队书记、大队长说：“你们这地方我看不像苏北，像江南。我去苏州，去无锡，看到的一些村庄就是这样。你们是水乡，是苏北的江南。”书记和大队长不知如何回答，激动得直点头。县委书记反应快，说：“大队可以改名字，叫江南大队如何？现在是人民公社了，大队不一定用原来的名字嘛。”省委书记说：“很好嘛。你们要建设好社会主义的江南大队，要变成社会主义新农村，变成建设共产主义的样板。”他站在船甲板上，又大声对送行人说：“你们叫江南大队，好不好？”听到的人都直呼“好好好”。县委书记吩咐大队书记、大队长说：“你们打个报告，把名字改掉。”大队书记随即说：“欢迎首长们再来江南大队视察！”

那一天，在江南大队的桥上、码头上和南岸小道上都站满了人，大家热情地向省委书记挥手。省委书记心情非常好，他让汽艇用最慢的速度在河道里转了一个圆圈，向桥上和两岸的乡亲们挥手致意，然后才走进舱里。

站在桥上的母亲没有看到汽艇转圈，她突然肚子痛，而且羊水已经出来，她几乎是摇晃着溜回家里的。等接生婆赶来时，我的头已经出来。一会儿，我完整地躺在接生婆的手上，但我没有哭出一声。接生婆慌了，母亲大哭起来。这哭声一定很响，很悲惨。隔壁邻居的李婶和在她家做客的新疆表妹冲到我们家。这位新疆表妹本来是昨天去台城的，但没有买到去上海的汽车票。

躺着的母亲这个时候坐起来，眼见这位新疆客人，右手倒提着我的双脚，左手拍着我的肚子和背脊心，连续拍了三四下，我终于哇地哭起来。接生婆，巧兰的妈妈，听到我的哭声笑了，说是个小伙，小伙。小伙就是儿子。这个时候，我头朝地脚朝上，倒着睁眼看世界，倒着发出了第一声。我的初啼，后来一直成为母亲模仿的声音。我也一直努力回忆母亲的大哭，但没有一点印象。我倒着的头很大，从那一天开始，别人叫我王大头。

· 5 ·

现在想起来也是胆战心惊。在我出生一个月后，我就被卷进了老人们和这个村庄的是非中。本来与我无关的事情，也把我牵连进去了。

那天站在桥上目送领导们离开的还有杨麻子、独膀子。父亲回忆说，他们俩也想去码头送别，大队认真研究后还是觉得不妥。半年前，乡长杨麻子睡在别人床上被捉住，削职还乡。后来我跟在奶奶后面去镇上时，奶奶指着一个女人的背影说，那就是杨麻子的相好。独膀子此时的身份是乡里的通讯员，他参加过革命，又离开革命队伍。外公是在码头上给领导送行的人员之一，两天前外公接到通知从二十里之外的养殖场回到大队，陪同视察。县委书记方天成是外公、杨麻子和独膀子解放前的领导，在一天的视察行程中，方天成特地安排了半个小时，在看过庄稼后，去王二大队长和剃头匠老杨的墓地凭吊。

这是外公后来经常说到的一个场景。革命烈士王二大队长的墓地在南舍临水的一块地上，这里是大队的公墓，后面便是天宁寺废墟。乡政府备好了花圈，方天成在坟头放好花圈后，外公、杨麻子和独膀子陆续烧了些纸。外公想起王二大队长抽烟，点了一支烟放在坟头上。县委书记说：“我们几个都曾经是他的战友，现在你们都在这里，要摸摸自己的胸口。”在场的几个都没有说什么，但“曾经”二字，敲打了杨麻子和独膀子。在场的，只有外公一人内心坦然。

我第一次见到杨麻子、独膀子是在我的满月酒席上。准确地说，是我在满月后的第二天晚上。我不在母亲的怀里，我躺在摇篮里，一会儿睁眼，一会儿闭眼。多数情况下是闭眼的，客人来看我时，母亲说这是谁，那是谁。我可能就闪了一下眼光，然后继续闭着眼。他们都不知道我在想什么，我也不管他们。

这个村庄的老一辈重要人物差不多都来了。在胡鹤义跨进门槛的那一刻，我外公也傻了。这个地主是我爷爷出面请来的。如果剃头匠老杨不被还乡团活埋，他肯定也要过来喝这杯酒。母亲说，那天晚上，这几位老人在外面喝酒时，我异常地安静。我没有哭，母亲就认为我安静。她怎么知道我没有想什么呢？当然，我自己也不知道。

识别出这些老人身份时，我是个八岁的孩子，已经佩戴过几天红小兵袖章了。我看到梅儿的爸爸疤眼拿着麻绳去抄家时，很多人跟在后面，这队人马中也有看热闹的我。奶奶在供销社门口看到了我，她把我拉到边上：“你跟我回去。”这不是我第一次对奶奶有意见了，她还说：“你也做强盗？”

很快，我陷入了恐慌之中。我在供销社东墙上看到了揭发外公的大字报，上面说到了“大头”满月后的那顿晚餐是“牛鬼蛇神的聚会”，大字报的落款是“东风吹”。几位牛鬼蛇神中，胡鹤义已经死了。独膀子曾经参加新四军，后来又加入国民党反动军队，他是在山东向解放军投诚的。我第一次看电影《南征北战》，父亲说独膀子就是在这场战争中被解放军的炮火打断右臂的。这是孟良崮战役。我听人家有时候叫他老刘，但从来不知道他的名字，所以我在说到老刘时，不管他有没有断了膀子，我都喊他独膀子。杨麻子是游击队的，王二大队长牺牲后，杨麻子做了大队长。外公是地下党，公开身份是盐贩子，在江湖上为游击队搜集情报。送情报的是剃头匠老杨。县委书记则是他们的上级，现在的身份是“走资派”。

好像是小姨发现我在房间里拿着袖章发呆。在看了那张大字报后，我一直担心“东风吹”会吹掉我的红袖章。母亲说，大演大唱刚开始时，我就登台唱歌了。我忘记唱什么了。我只记得父亲抱我上台，有个叔叔把我举起来，搁在舞台中央的一张桌子上，再扶我站到椅子上。我站稳了以后，这个叔叔松开手。“我是王大头，大家不要笑，听我唱个小调调。”这是我的开场白，台下的大人们热情起哄的声音现在想起来还是轰轰烈烈的。

· 6 ·

散落在老人之间的故事，在一九六七年的夏天突然汇拢在一起。我在家里用蜡笔画了天安门，又用稻草扎稻草人，正在给稻草人插一个高鼻子时，我大姨哭着进来了。母亲问什么事，大姨说，几个民兵把外公带到大队关押了，明天批斗。大姨说的另一个消息是，她刚刚在桥上看到独膀子也被五花大绑，从船上押到码头上。我第一次看到母亲几个人慌成一团，她跟着大姨哭泣起来。父亲沉着地说："先不要哭，我去大队部看看。"

父亲出门时，我一直在大门口站着。梅儿的爸爸疤眼拿着绳子，路过我们家门口时，他把麻绳在我面前晃了一下，说："捆几个地主去。"梅儿说，她爸爸在家时也拿麻绳吓唬她。父亲回来了，母亲姐妹们急切地问情况如何。父亲说，外公的问题是有人揭发他，说是他用船送胡鹤义的大儿子去台湾的，外公就是不承认。造反派让父亲看了外公，让他动员外公坦白交代。外公说："没事的，相信群众相信党。"外公后来回忆说，我父亲从来没有跟他特别亲热过，那一天父亲走到他面前，摸了摸他的肩头，又喊外面的造反派给外公松了绑。

那是我们家的一个不眠之夜。大姨小姨、外婆，都过来了。我第一次意识到恐惧是什么，母亲和大姨小姨外婆那种无助的恐惧，让我一下子斩断了欢乐热闹的童年。如果外公是反革命分子，我以后也不好跟在游行的队伍里了。

堂屋里点了两盏灯，亮得我从堂屋门缝里看到外面有人。这人走过我们家天井时，我们都没有听到声音。我去开门，烂猫屎进来了。他是来向奶奶报信的，他问："长话短说。独膀子从前那个女的是不是叫小云？"

奶奶说："是的，怎么了？"

烂猫屎说："我下午在供销社门口听到有人说，找到独膀子从前的婆娘了，明天也要押到这里来跟独膀子一起批斗。是在陶庄吗？"

奶奶听烂猫屎这么一说，几乎撑不住了，无助地说："是的，是的，这怎么办？"

烂猫屎说："想想办法。"

奶奶说："去陶庄报信吧。"

父亲说："报信也没有用，能逃到哪里去。"

这三人轮流说着话，我听明白了，他们都熟悉独膀子从前的婆娘小云，小云住在陶庄。

烂猫屎说："想想也是。独膀子不是一直要见那个婆娘吗？见见也好。"

奶奶哼了一声："你想得倒好，哪有这样子见面的。"

一向从容的奶奶这个时候也慌张了。她问父亲怎么办，父亲说，明天看看再说。

如果不是要见小云，奶奶不会到供销社门口看这场批斗会的，她本来说好了留在家里陪外婆。供销社门口搭了一个批斗台子，周边挤满了人。外公和独膀子还没有上台，被人在台下看着。等走资派方天成到了，批斗会就开始。突然有人喊起来："到了，到了。"

我们都往码头看去，有个人被绑着走下跳板。父亲说那就是方天成，县委书记。我在看有没有绑着的女的，如果有，就是独膀子从前的婆娘小云了。奶奶看到没有小云，心里松了一口气。批斗会开始了，有人领着喊口号，口号声中，方天成、外公、独膀子被押上台。主持人说方天成是走资派，外公是内奸，独膀子是国民党反动派，然后说，国民党反动派独膀子的婆娘，隐藏得很深的一个坏分子，本来也要批斗的，昨天夜里畏罪自杀了。我先是看到主持人话音刚落，独膀子摇晃着噗通倒在台上，然后是有人让外公跪下，勇子上前阻止了。独膀子倒下来后，台上有人喊口号："反动派不要装死！"独膀子还是没有起来，我看到有人提了一桶水倒在台上的独膀子身上，一会儿，独膀子好像醒过来了，又过了一会儿，两个造反派把独膀子架了起来。

奶奶应该是最后一个离开供销社门口的。父亲和我去找她时，她还靠在供销社门口的墙上。一向矜持、沉着的奶奶，丧魂落魄。多年来，爷爷、奶奶和父亲有意无意隐瞒了一个重要细节：小云就是当年随奶奶到爷爷家去的丫鬟，独膀子曾经是爷爷油店的伙计。如果不是昨天晚上烂猫屎过来报信，我压根不知道奶奶当年有一个丫鬟，也不知道独膀子与我们家的牵扯。丫鬟和伙计是让我恐惧的概念，是被压迫阶级的概念。爷爷，特别是奶奶，都曾零零散散说过他们结婚的细节，奇怪的是我毫无兴趣，繁文缛节和盛大场面恰恰是我在长大过程中要反抗的画面。那时我已经接受了一点阶级和阶级斗争的概念，我为自己身上有剥削阶级的血在流淌感到羞愧。我们家族为什么不能出一个革命者？这个疑问跟随了我从村庄到小镇，再到我离开这里。后来我的疑问变成了我们家族为什么不能出一个坚定的革命者？

一个人似懂非懂时的状态像发酵中的馒头，我现在就处于这样的状态。我反感奶奶至今在心里守着的旧式家庭，我又被奶奶在小云自杀后的悲伤感动着。小云的自杀，让奶奶从少女延续下来的梦幻戛然而止。我曾经以为小云是奶奶的影子，这时才发现她也是奶奶的拐杖。小云一生也许都想着如何服侍奶奶，而奶奶总想着消弭小云不期而来的磨难。奶奶的丧魂落魄颠覆了我对主人和丫鬟关系的认识。那时我没有读过鲁迅的《祝福》，奶奶就像祥林嫂那样不时重复说着一句话："我应该告诉独膀子的。"我从来没有想到过奶奶也有后悔的事，小云是奶奶生活的一部分，小云走了，奶奶心中的小镇开始摇晃起来。

· 7 ·

我并不太在意小云和独膀子如何，外公的问题才是我内心疼痛的那一块。在外公的问题有些眉目后，我继续询问和打听小云和独膀子的故事，那个腐朽的故事慢慢晒在太阳底下了。我当时并不知道，外公的事，小云和独膀子的事，怀忠举报的那些事，其实是纠缠在一起的。说到独膀子时，外公也会被扯进来。这地方太小了，一旦有事，不是你撞上他，就是他撞上你。

外公被批斗的那个晚上，母亲和小姨想起应该去看看西头老太。这次我跑得很快，一溜烟过去的。秋兰家那条狗老死了，我不怕了。之前我很少单独去西头老太那里，路过秋兰家门前，那只狗一直狂叫。大人都在田里干活，巷子里是空的，除了狗吠，就是我的喊叫声。如果不是秋兰平时对我友好，我可能早就拿老鼠药去喂她家的狗。我从来没有想过我有这样的狠心。我问母亲："老鼠药在哪里？"母亲说："你干吗？"我告诉母亲，我想喂秋兰家的狗。母亲说："啊，这不行的。"或许我的这个想法起到了威慑作用，或许母亲跟秋兰说了什么，我偶尔一个人从她家门口走过时，这条狗不像以前那样嚣张了。狗是我心里的阴影，我后来仍常常梦到自己被疯狗追赶。

我对西头老太有一种特别的亲近感，最快跑到她的房间。老太坐在梳妆台前，若隐若现的灯光映照着她平静的脸庞。我看到她闭着眼睛，嘴里默念着什么。老太在念经。油灯里的捻子剩下一点点了，火苗扑闪着，我的眼睛有点恍惚。关于宗教和信仰，那个年代留给我的就是西头老太数着手中整齐的麦秸振振有词地念着的情景，也许这还无关宗教，无关信仰。老太对母亲她们说：

“你们来了。”母亲她们没有直接提外公的事，老太只是轻轻地说：“阿弥陀佛。”我记得老太在灶火的映照下是红彤彤的。现在老太的脸没有表情，也没有血色。很长一段时间，我看大人们的脸都是这样，既无表情，也无血色。

随后的一个月，外公经常被带到大队部，有时候夜间也不回来。第三天上午，父亲去了大队部，他告诉外公，早晨起来发现西头老太断气了。民兵营长同意外公回家治丧，他生怕外公逃跑，派人跟在外公后面。外公到西头老屋时，老太已经穿好寿衣，被抬到棺材板上。外公摸摸老太的脸，感觉老太还有一口气。过了一会儿，外公手里拿着一根茸茸的鸡毛进来了。他把鸡毛放在老太的鼻子下面，惊人的事情发生了，那根鸡毛浮动起来。所有的人都呆了，这个时候，边上站着的怀仁老头儿说，老太太可能在等人，你们家还有哪个不在场？叔外公开始点人数，这才发现我不在场。母亲原来以为我站在堂屋门外，大家开始寻找我。

在老太微弱的呼吸吹着鸡毛时，我正在床上呼呼大睡，我还不知道西头老太归天了。我夜间睡不着，白天昏睡。母亲开门拉醒我时，我嘴巴里还流着口水。我连鞋子也没有穿，就奔了过去。外公看我进来，再把鸡毛放到老太鼻子底下，鸡毛纹丝不动。

人到齐了，怀仁老头儿开始安排老太的收殓仪式。我傻傻地站在老太的房门口，靠在门柱上看老头儿张罗，这个经常荒唐的老头儿在死亡面前是如此肃穆。

回想起来，我已经记不清西头老太坐在灶膛旁边看我烧火时，她说了些什么。我隐隐约约听她说到，我母亲生我时大出血。母亲从来没有说过这个细节，她只说在我哭出第一声时，她也一起哭了。在我的身旁，西头老太比划着对我说，火熄了，在灶膛口猛吹几口气，要赶紧缩回头，不然会被再起来的火燎到头发。在我开始学着生活时，老太坐在我旁边。老太是我生活中的第一个老师。

胡怀忠也来给西头老太磕头了。外公等对他行礼如仪，没有说话。怀忠磕了头就走了，我问母亲，这个人怎么也过来？母亲说，邻居啊，他小时候喝过老太的奶水。我无法理解。他不久前还揭发外公，现在若无其事地过来送别老太。

前几天，我在教室里见到了胡怀忠。我们的教室是胡鹤义家以前的粮仓，在这个大院子里坐南朝北。很奇怪，虽然有阳光从南面墙上两扇窗户照进来，但教室就是阴森森的，地上铺了砖，无论夏天还是冬天总是潮湿的。忆苦思甜会之前，我们先吃了面粉和野菜烧的粥，里面没有放油，野菜的味道很浓。老师说，解放前，贫下中农吃的就是这种猪狗食。胡怀忠开始讲了，一把鼻涕一把眼泪地控诉大地主胡鹤义。苦大仇深的这位贫农，讲到胡鹤义的吝啬剥削，讲到大少奶奶被逼上吊，和村上流行说法没有两样。怀忠说到大少奶奶就是在这间教室吊死的，我们已经很紧张了，他最后突然说道："大恶少胡若鲁为什么会逍遥法外，大地主胡鹤义在镇压反革命时为什么没有被枪毙？就是因为有一个人包庇他们。”他问我们知道不知道这个人，我有点知道他说的是谁，同学们都不知道。

当胡怀忠自己说出这个人就是李春山时，我浑身发抖。坐在我旁边的余三小悄悄说：“在说你外公呢，李春山。”我记不得放学时怎么走回去的，路过供销社时看到东墙上有新贴的大字报，有人说：“啊，李春山用船送走胡若鲁的？胡若鲁逃到台湾去了？”我问母亲，这是不是真的，母亲说：“胡怀忠嚼蛆子。”奶奶在旁跟母亲说：“你还小，我认识大少奶奶。大少爷到处躲藏，其实不是赌输了，是大少奶奶娘家雇了人在追杀他。”奶奶说的其实也是传闻，传递这个消息的是二少爷若愚，他在泰州读中学，听到有人说溱潼一户人家的女儿在什么地方被婆家害死了，娘家不甘心，找了人要报复。若愚特地赶回来，告诉了他的父亲。在大少奶奶去世后，若鲁就成了惊弓之鸟。

胡若鲁的去向成了谜，有人说他去了台湾，有人说去了新疆。后来的说法更具体了，说他隐姓埋名在山东安家了。外公在接受调查时说，他是看到若鲁天黑了从西曲口坐船离开村庄的。那天外公用船到他的外婆家接回他母亲，也就是我说的西头老太。外公的船靠岸时，若鲁的船刚刚离开码头，他们彼此挥了挥手。外公坚持说他没有用船送若鲁，也不知道若鲁一去不复返。外公说，你们可以问房如金，我用的是他的船。

不管胡若鲁去了哪里，现在怀忠咬住说是我外公李春山送走他的。外公也有点慌张了，他从大队部出来给老太送终，路过供销社门口时看到了还贴在墙上的大字报，他的名字上打了红叉。外公早已忘记二十多年前在西曲口和胡若鲁挥手的事，他在堂屋里呆坐了好长时间才回忆起来。二十年前的十月，好像是要收稻了，他雇了房如金的船去小范庄接回西头老太。是晚上，他和老太从西曲口上岸时，遇见过胡怀忠。黑暗中，怀忠好像靠在杨树上，两人有没有说话，外公记不得。外公对父母亲说："我讲得清楚的。"

在谈到这件事时，外公认为他是无意中与若鲁的船相遇的。胡鹤义应该是悄悄安排若鲁从西曲口离开的，正常情况下，胡家的动静都会在大码头出现。若鲁没有料到，他在进船舱时与外公照面了。而这一切，又都被在岸上的怀忠看得一清二楚。村上开始运动的时候，胡怀忠便到大队揭发了外公。在外公被关押的那一天，勇子悄悄告诉父亲，有人揭发外公，是外公用船把地主恶少胡若鲁送出去的，土改时外公又包庇了胡鹤义。勇子说，上面认为这是比较严重的历史问题。

外公一直不明白为什么怀忠会如此诬陷他。还是烂猫屎提醒外公说，你想想，你有没有得罪过他。烂猫屎记得有一年怀忠从养殖场回来，在供销社门口骂人："这个场长是呆子，不用自己村上的人，你看他有没有好结果。"外公这才想起，他在养殖场工作时，怀忠去找他，说想到养殖场厨房烧饭。外公没有理由换掉炊事员，便拒绝了怀忠。但那一天，外公还留怀忠一起在食堂午餐。

如果不是怀仁后来说出来，外公怎么也不知道二十年前，怀忠已经用那个晚上的事敲诈过胡鹤义。在若鲁离开西曲口的第二天上午，胡怀忠跑到胡府，咳嗽几声后，对胡鹤义说："我昨天晚上看到大少爷的船了。"怀忠是个痞子，此言一出，胡鹤义心里发愣，笑着对怀忠说："你晚上到我这里喝几杯。"胡怀忠晚上半醉半醒从胡家大门出来时，右手捏了捏口袋里的一根金条，在对面东院看门的怀仁见到了堂兄怀忠从西院走出来。

东院朝西的大门北侧有一间像传达室一样的房子，是怀仁老头儿当年看护院子住的地方。看见怀忠从西边院子里出来，站在东边院子门口的怀仁喊住怀忠。怀仁看到怀忠的右手一直捂着口袋，便说："你不能做混账事啊。"怀忠朝怀仁吼道："你神经病啊，说什么呢。"怀忠骂骂咧咧地走了。此时，怀仁一个人守着空空的院子，若鲁去哪里了，他不知道，若愚在泰州读中学，听东家说快要回来了。佣人连英向东家辞别时，怀仁也跟东家说："这里没有事做了，我也回去吧。"东家说："你再等等，二少爷要回来的。"

· 8 ·

有人说怀仁老头儿这次是装疯卖傻的，他如果不发神经病，可能也会被批斗。在我母亲去看西头老太的路上，秋兰告诉我母亲，神经病发神经了，她听到老头儿在家里吼 :“落刀子吧，落刀子吧。”第二天上午，他又跑到大队部门口朝里面吼叫，关在里面的外公听到老头儿在大喊 :“人色坏了，人色坏了，落刀子吧，落刀子吧。”他婆娘跟在后面喊 :“不要放屁了，不要放屁。”有个大队干部出来了，他婆娘上前解释说，他说的不是你们，他作死。

怀仁老头儿的声音很响，虽然没有牛号子那样嘹亮，但我们在教室里都听到了。那天的忆苦思甜会，两个主讲人只到了胡怀忠一位，另一位贫农余连英，她是胡鹤义家的佣人，说是也来的，但上课铃声响了，她还没有到。我喊连英姨娘，她比我母亲大好几岁，母亲说连英是她哪个姑奶奶家的孙女。连英姨娘最终没有来，我们左顾右盼时，勇子哥进来了，听到他跟老师说 :“我妈妈生病了。”母亲去看了她的这位表姐，连英姨娘跟母亲说 :“吓死人了，我很多年不想这件事了，想到那个吊死鬼，我心里就慌张。”

大少奶奶的自杀，几乎是胡鹤义家的一个转折点。私塾停了几天，大少奶奶的尸体安放在那个大厅。怀仁在给大少奶奶收殓时，看到了大少奶奶脖子上绳子勒过后的血痕，他要大叫时，不知谁在边上拉了拉他的衣服。这个晚上，怀仁没有照例在院子巡视，就蹲在门口的屋子里。他要上床时，听到了动静。出门向院子的东边走过去，他感觉有人趴在院墙上，就把裤袋里的弹弓拿出来，对着墙上的黑影弹射过去。好像有人叫了，接着是从墙上滑落到地上的声音。怀仁困了，他不想再管什么，返回门房再困他的觉。

这是我从小就熟悉的故事，谁都会讲的胡家的故事，讲到最后只剩下大少奶奶自杀的这个故事。我现在能从容完整地往下说，是我听得太多了。奶奶说是狐狸精害死大少奶奶的，这好像有点离谱。我听下来，故事最早的来源是亲历者怀仁老头儿和连英姨娘。我分别听他们俩说过，他们说的时候没有添油加醋。

全村的人都记得大少奶奶嫁到胡家时的排场，这也是我奶奶经常唠叨的往事之一。奶奶说大少奶奶娘家不是一般的人家，在溱潼开钱庄，出嫁时娘家的陪嫁连扫把都备上了。连英在胡家是个普通的佣人，并不专门照顾谁，只是打扫卫生。她每天先去大少奶奶住的房子打扫，向大少奶奶请安。大少奶奶住在东巷的另一座房子里，那是一个大院子，坐北朝南有四幢，南边两幢更大的房子是粮仓。青年时期的怀仁，像门卫一样，看粮仓，做这个院子里的杂务。连英每次过来时，先是问："大少奶奶起床了？"怀仁说起床了，连英才从大门口进去。连英最初见到大少奶奶时特别紧张，大少奶奶好像不怎么会笑，话也很少。除了请安，她几乎很少和大少奶奶说第二句话。大少奶奶每天都坐着看书，偶尔还会描红。

连英每次离开这间屋时，总会对大少奶奶说："大少奶奶没有别的事，我就走了。"一天，大少奶奶对连英说："等等，你会磨墨吗？"连英摇摇头。大少奶奶便让连英留下，学着磨墨，连续几天。连英学会了磨墨，也就多了一件事，早上过来打扫好房子，倒好马桶，叠好被子，便去磨墨。第二天上午过来后，先洗净砚台，再磨墨。连英整理房间时，大少奶奶有时会在客厅描红。连英晓得大少奶奶上过学堂，心中羡慕不已。大少奶奶说："小时候描过，手生了，学着描描，以后教自己的儿。"连英明白了，大少奶奶想要孩子了。但连英发现大少爷在家的时间很少，大少爷多数时间在镇上管洋行。孤单的大少奶奶有时也去私塾看看，母亲说她在听李先生上课时看见过大少奶奶。一晃两年，大少奶奶还没有怀上，连英又多了一件事，每天帮大少奶奶煎中药，大少奶奶看医生了。在服第三帖煎药时，大少奶奶把药碗摔在大少爷的脚下。很少回来的大少爷没有发火，连英吓坏了，赶紧收拾地上的碎片。出大门时，怀仁说，大少爷五更天才回来，鸡都叫了。

村上的人说，在镇上的大少爷可能有相好的了。这句话传到了胡鹤义的耳朵里，一次去镇上时，他悄悄让商行的一个伙计留心大少爷的行踪。但还没有等到这个伙计回话，大少奶奶就在粮仓上吊了。那天连英照常来到东巷的大门口，怀仁说，还没有起来呢。连英等了差不多一个时辰，里面还没有动静，厨房的人也在等大少爷大少奶奶早餐，不敢离开。怀仁说，大少爷回来了。又等了半个时辰，连英说，我去敲敲门。左敲右敲，里面没有回应声。连英喊来怀仁，怀仁再敲门，还是没有人应答。怀仁这时才发现，门的外面锁起来了。怀仁再看，房间的玻璃窗关着，里面的帘子也拉着，怀仁让连英找来一块砖头，把窗户砸了，拉开窗帘，床上没有人影子。怀仁跟连英只说了大少爷回来了，没有说大少爷早上又出去了。怀仁在三更左右，听到里面的大少奶奶和大少爷的吵架声，后来渐渐静下来。五更时，睡熟了的怀仁醒来，听到大少爷敲他的门，说要出去走走。怀仁起来开了大门，大少爷一个人出门向北走去。

大少奶奶怎么会在粮仓里上吊的，一直是个未解的谜。怀仁确认五更天出门时只有大少爷一个人，也就是说大少奶奶没有离开过这个院子。他们寻觅了院子所有的角落，最终发现南边粮库的门没有锁。奇怪的是，粮库门钥匙在这个院子里只有怀仁一个人有，怀仁说，他从来都是钥匙不离身的。备用钥匙在账房那里。账房说，大少奶奶从来没有跟他说过话。怀仁被警察局带走了，过了几天回到庄上时，已经有点疯疯癫癫了。剩下来的关键问题是：大少奶奶是在大少爷出门后上吊的，还是大少爷吵架后捂死了大少奶奶，再制造了大少奶奶上吊的现场？溱潼那边的娘家人说是姑爷捂死了大少奶奶。

大少奶奶断七后，连英先离开了胡家。临别时，老夫人拿了小块绸布包着的银手镯给连英，说，你嫁人时戴吧。怀仁从警察局出来后，在屋子里抖抖霍霍待了好几天，偶尔说胡话。在警察局他一口咬定，那天深夜，大少爷若鲁出门了，是他起来开的大门。胡怀仁成了大少爷免罪的主要证人之一，这让胡鹤义对这个平时寡言少语的小伙子心存感激。胡怀仁像丢了魂一样，说话前言不搭后语，他被吓坏了。他后来说，他关在警察局时还是有胆的，他是看到大少奶奶吐舌头的样子后吓坏了。胡鹤义觉得，不管什么原因，胡怀仁是被他家连累的，亲自请了医生。服了两个月的药后，胡怀仁清醒了。胡鹤义把西码头岸上临河的一幢房子给了怀仁，又帮他做媒成亲。怀仁的老婆是大奶奶即胡鹤义夫人的远房亲戚，她有一次跟我说："我做姑娘的时候就见过你奶奶了。你奶奶出嫁的场面好大。"

"你晓得吧，东家对我多好。"有一天，我跟着这老头儿在船上捞鱼时，他兴奋地跟我说，"东家把我喊到堂屋里，问我，你是要钱，还是要地？"船过了大桥向东，老头儿说，我就是在这里把东家捞上来的。老头儿说，他的东家其实是个小气鬼，又说，如果不小气，也余不了钱。"我没有要钱，也没有要地。我要了地，土改就是富农了。有了钱，我也会赌输掉。大少爷就是赌输了，被人追债的。他到处躲。怀忠也是赌输掉的。"

怀仁跟他的东家说："我要房子，要婆娘。"

· 9 ·

乡亲们跟着呼口号打倒外公几个人时，房老头儿在台下面发抖。根据外公提供的线索，有人去找房老头儿证明胡若鲁离开西曲口的那个晚上，外公和老太在他的船上。房老头儿紧张地说：“记不得了，记不得了。”房老头儿没有被押到台上，双臂被绳子绑着，民兵们认为他和外公几个人站在一起不够格。散场时，我听到有人说，房老头儿吓昏了，被抬回了家。房姓在我们这一带罕见，好像就他们这一户人家姓房，据说是很早很早之前从海边打鱼过来的。

房老头儿以捕鱼为生，家里养着一群鸬鹚。我看到他坐在船尾，鸬鹚簇拥在他周围，他拎起一只鸬鹚，往空中一扔，飞行的鸬鹚落到水面，然后叼着鱼在欢呼声中返回到船舱。这是我小时候看到的最像杂技一样的表演。外公贩盐时，偶尔也用过房老头儿的船。房老头儿出事，是红卫兵从他家里抄出了什么民国的国旗。据说，在场的民兵房营长打了房老头儿一个耳光，这样就和他的伯父划清了界限。房老头儿的婆娘泼辣，上前也给了这个侄子一个耳光：“你打上人，你是狗日的？国有国法，家有家规。”

外公的批斗会好像是我们村上运动的高潮。此后两年，外公还被喊去谈话，有时让他写书面材料。外公记得，他租老房的船到头灶运盐，行船时，老房把一面旗子挂在桅杆上。外公在交代材料里谈到一个细节，他说这在当时是正常的，但没有想到这面旗子还留着。外公的这份材料被退回，要求外公删除其中的“这在当时是正常的”这句话。

房老头儿的自杀在乡亲们的意料之外。我记得那是一九六八年的夏天，我很多年不过生日了，但这一年我十岁，家里人说十岁生日要给大头做一个油煎鸡蛋。房老头儿吊死在大桥下面，一根很粗的绳子一头扣在高高的桥梁上，一头扣在他的脖子上。他应该先是站在北面河坎上，然后向前一跃，便悬着了。这是一个隐蔽的地方，除了行船过桥，谁也不会留意桥下面发生什么。那天早晨怀仁老头儿撑船去东泊，由西向东过桥时，发现了房老头儿垂挂在空中。

我也跑到桥口看着房老头儿的尸体被几个人拖上来。烂猫屎站在旁边说，死了也好，死了也好。不知谁朝烂猫屎吼了一声，你嚼蛆子。烂猫屎回话："你死了不生蛆？"

供销社门口的人越来越多。房老头儿被人抬回去时，李先生站在北桥口看热闹。烂猫屎发现是李先生说他嚼蛆子的，就冲着老先生吼道："老蛆子管什么闲事。"李先生没有搭理烂猫屎，自言自语说："吊死在桥下，风水坏了。"

· 10 ·

那天我在河边采桑，梅儿去挖猪草。

西泊西岸的这块地是桑田，坡上也是桑树。朝东望去可以看到东岸已经废弃了的西曲口。上了西曲口，岸上就是外公的老屋。这个村庄的历史有一部分与这个码头有关，游击队王二大队长从这个码头上岸和还乡团周旋过，地主胡鹤义和若鲁在这个码头迎接了台城警察局局长。“金条发亮。”怀忠总是重复这句话。民国三十三年，大少爷胡若鲁在西曲口岸上跪着往警察局长筒靴里塞金条时，怀忠正坐在前屋的门槛上喝粥。怀忠在大雨中看到的那个场景，一直成为我后来询问的一个话题。现在这个码头废弃了。和庄前码头的敞开不一样，西曲口狭长的码头是偏僻和隐蔽的，难怪当年胡鹤义选择西曲口让若鲁离开。

我在发呆时，西舍的李先生找过来了。他朝我喊道：“明天星期天啦，你要不要来读《古文观止》？你究竟要不要读古书？”李先生的口吻几乎是巴结我。我后来在回忆乡村生活的散文中写道：“他的牙齿几乎都掉光了，声音碎而散。”之前李先生到我们家时看了我的初一语文课本，摇摇头说，这是什么文章，这是什么文章。

孔乙己，表姐说李先生是鲁迅笔下的孔乙己。我找来鲁迅的作品，觉得李先生是孔乙己，又不是。这个庄上曾经被称为先生的，一个是地主胡鹤义，以前，人们称呼他“大先生”，还有一个就是我眼前的这位李先生。李先生是老私塾先生，在胡鹤义家开的私塾教书。解放了，他不肯去学校教书，精神好像也不正常。人们称他老先生，已不含尊敬的成分，只是习惯，如同人们习惯地称桌子椅子一样。所有的人都不太在意也无须在意这位老先生，只有他自己觉得他是我的先生，我是他的学生。

我们一起坐在田埂上，秋风飘过，背后有桑叶婆娑的声音。我这个时候才发现，李先生的腿比我长很多，他的腰弯了，但腿是直的。梅儿背了一袋猪草过来，我让她先回去。她看看老先生，跟我说："不等你了，回去晚了我爸爸要骂我啦。"我确实有问题要问老先生。下午上语文课，杨老师说了一件事，公社中学一个学生偷听敌台，被公安局逮捕了。这个学生的班主任老师非常紧张，直到公安局的同志称呼他同志时，他才把心放下来。想起这事，我问李先生："怎么用文言文称呼我们大队的人，现在大家都叫社员，从前呢？"

李先生沉吟片刻说："应该叫'氓'吧。"他起身折下一根桑枝，在地上写了个"氓"。我说："这是流氓的氓字，社员过去叫流氓？""不不不，《说文》曰'民也'。"李先生说完，以《诗经》的《氓》为例。他又纠正我的读音，不是读"流氓"的"氓"，而是读"门"。李先生不会汉语拼音，他先引《说文解字》，再引《康熙字典》。我没有见过《说文解字》，只是翻过《康熙字典》。李先生床的踏板上堆放着《康熙字典》，这是我第一次见到线装书。

同样的文字，却是不同的意义，李先生讲了许多我似懂非懂的东西。有两年时间，我在语文课本和李先生的文言文里出没。乡下是松散的，你悄悄看什么书，没有人管你。我和东子偷偷翻他爸爸阁楼上的书时，翻到一本什么《金瓶梅》，东子也不知道

《金瓶梅》写什么，借给我了。我用报纸包好书，出门时，东子的父亲进来了，问："你拿的什么书？"我打开了，他连忙拿回去，说："这不是你现在看的书。"

其实，我和李先生没有任何关系，他的年龄比我爷爷和外公还要大许多。如果不是那年他看到我写的"春风杨柳万千条"对联，他完全不可能与我有什么关系。这件事阴差阳错：大队部门口的春联本来是我父亲写的，父亲不知什么原因拒绝了。尴尬之下，我说我来试试，我一直觉得我的毛笔字不错。李先生看了这副春联后跑到我们家说："孺子可教，孺子可教。"母亲客气地说："你教他学点东西。"李先生当真了，说收我做他的学生，他教我读《古文观止》。母亲说了好，李先生便说："仪式就不做了，要有拜师酒的。"我们没有能力办拜师酒，母亲留他吃饭，说这就算拜师酒。李先生吃饭狼吞虎咽，米粒掉在身上，毫无斯文。

我很奇怪，李先生为什么一个人住在西舍最偏僻的房子里。儿孙满堂的李先生独自生活，那是一间土坯房，周围是菜地。我很少去那儿，里面太脏了。南墙在门的左右各有一个窗户，所谓窗户，其实就是洞。冬天用旧报纸糊着，其他季节都是敞开的。有一年大雪，老先生只能用砖头堵上窗户，如果不开门，屋里没有灯光。

"你这里像猪圈，为什么不搬家呢？"我问李先生。"这里风水好。"李先生开始使劲说这里的好风水，"你看吧，北面这条河的后面是什么，是凤凰垛，我这个房子在凤凰头的前面。”我后来一直觉得李先生以凤凰垛为背景说他这个地方风水好有点可笑，两年前，那个叫凤凰垛的地方变成了大队的墓地。

李先生说：“小伙儿，你到附近的村庄转一转，四周有水的村庄都不是那么穷。这就是风水。”老先生还说这是玄学，我不懂玄学是什么。老先生说胡鹤义家当年给两个儿子造房子时，他就明言，那个地方风水不好，没有人听。老先生摇摇头，说：“后来不是出事了吗，大少奶奶上吊了。”

· 11 ·

在四面有河的地方，先人们筑巢而居，庄出现了。在田野的河岸旁边，舍出现了。这就是李先生说的风水。李先生说，你去其他大队看看，就知道我们这里风水好。我放学拾鸡屎时，特地去了溪南大队，溪南是比我们江南大队落后许多。那里只有一条人工开凿的河流从田野里穿过，河的两岸是散着的舍和墩子。我背着鸡屎篓子想，李先生说风水的时候，他已经忘记两年前他说过房老头儿在桥下上吊，这个大队的风水坏了。

在队史编写组会上，我说：“我们这个大队的庄子和其他大队不一样，四周都是河水。从互助组开始，一直是先进典型，现在又是学大寨的典型。李先生跟我说，我们庄子的风水好。”舅子问我：“你刚才说什么？”表姐代我回答了：“大头说，李先生说我们庄子的风水好。你不要当真，这不是大头自己的想法，他不懂什么风水。”表姐说得对，我确实不懂风水，但觉得李先生的说法很有趣。我没有想到舅子的态度这么激烈，他认为李先生的风水说“十分荒谬”。舅子指着我说：“你这小家伙思想有点危险。”

其实，我不太愿意参加这个队史编写小组，我的功课很紧，还要到田里干活，还要看小说。舅子跟表姐说：“大头初一学生，也算是文化人，这位小兄弟有自己的观点。”说是小组，其实就是舅子、表姐和我。他们都很忙，我负责写初稿。这件事让外公很兴奋，他跟我说：“你有不清楚的，可以问我。”

舅子怎么会推荐我参加队史编写组，说我有自己的观点，可能与我们在桥上的一次谈话有关。我读初一了，喜欢语文课和写作文。课本已经满足不了我，我从晓东那里借书，又在表姐的木箱子里，挑选了几本杂志和语文课本。我在高中语文课本里读到了陆定一的《老山界》，非常喜欢，悄悄背诵着。那天舅子在桥上遇到了放学的我，停下来和我说闲话。看得出他的心情很好，先是和秋兰说了几句，秋兰离开时，他们彼此点头微笑。

“你在看些什么书？”舅子问我，他知道我爱看书。

“我看了《老山界》，还有《野火春风斗古城》。”我停下脚步，如实回答。

勇子十分诧异，他没有问我《野火春风斗古城》，而是问，你怎么看到《老山界》这篇文章？

“表姐的，她语文课本上的。”

“你知道陆定一已经被打倒了吗？”

“不知道。我看文章不反动。”我回答的这句话，勇子在许多年以后还记得。我当时的坦率和镇定令他吃惊。其实我并不是镇定，我根本不知道陆定一是谁。

“那我要问问你，你喜欢哪一段。”我以为他要批评我的，没想到他要考我。这是勇子的过人之处。

我想了想，背诵道：“满天都是星光，火把也亮起来了。从山脚向上望，只见火把排成许多‘之’字形，一直连到天上，跟星光接起来，分不出是火把还是星星。这真是我生平没见过的奇观。”

勇子朝我看看，点点头，没有再问下去，但提醒我看书时小心点。

“我们可不能这样编写队史。”勇子一边纠正李先生的风水说，一边细说他编写队史的想法，“选什么地方做庄子，这应当是劳动人民生活劳动经验的总结。”勇子问我：“你知道我们大队以前为什么叫莫庄？莫庄不是知识分子取的名字，与什么玄学更没有关系。莫庄是劳动人民取的名字。”勇子强调这不是他的观点，是毛主席阶级分析的思想，“是劳动人民创造历史。我们大队也是这样，不能从风水角度做这样的解释。你不要相信老先生的胡话，阶级斗争的历史应当贯穿在我们编写的队史中。”

有一点，勇子说得不错，一个放牛的农夫给这个庄子取了名字。传说，从前有个余姓农夫，在南舍放牛，他觉得天气太热，就把牛牵到池塘边上，绳子一头系在牛脖子上，一头扣在木桩上。这老余觉得困了，就在河坎上睡了。等他困醒了，牛不见了，他只摸到还扣着绳子的木桩。摸桩，莫庄，地名就是这样来的。好在这个农夫不姓胡，不然胡鹤义的先人也是劳动人民了。

我来开会前已经做了一些准备，我跟勇子说：“这个农夫的传说作为队史中的引子写，给这一节加上这样的小标题：‘劳动人民是我们大队最早的主人’。”

勇子听我这样说，眼睛放光了：“你的觉悟提高了，争取初中毕业时入团。到时看情况，我可以做你的入团介绍人。”

勇子继续对我说：“你想过没有，我们这个大队的历史就是一部阶级斗争的历史。”若有所悟的我没有勇子的敏锐和深刻，还没有把庄上和舍上的差别上升到阶级斗争的高度，这是当时一个高中毕业生和一个初一学生的区别。勇子看出了我的迟钝：“我简单分析给你听。解放前是庄上的地主统治舍上的贫下中农，解放后舍上的贫下中农在庄上当家做主。再后来，不分舍上和庄上了，舍上和庄上的人都可能走资本主义道路。集体化后，还可能走资本主义道路。这就是我们大队也要开展文化革命的原因。”

我不得不佩服勇子的水平。勇子以庄和舍的差距，进一步分析了江南大队的阶级版图。土改的时候，一部分穷人分到了地主的房子，从舍上搬到了庄上。庄上殷实的多，舍上贫困的多。刘社长是西舍的，杨大队长是东舍的，解放前入党的三个人，只有我外公不是舍上的，他住在临近西泊的河岸上。

最后总结之前，勇子在办公室转了几圈，他看看表姐，问表姐有什么想法，表姐说没有。我注意到勇子看秋兰和看表姐的眼光是不一样的。"现在是舍上的领导庄上的。过去的穷人翻身了。我们的革命烈士王二大队长也是舍上的，他是我们大队最早参加革命的。我小时候听我爹爹讲过王二大队长的事迹。"这是勇子的结论，他的眼神像乡场上出没无常的萤火虫亮晶晶。

勇子将目光转向我，说："你祭扫过王二大队长的烈士墓，熟悉王二大队长的事迹。你外公和王二大队长是战友，你可以再问问他。队史中，一定要写好王二大队长。我们公社有革命传统的大队不多，写好王二大队长，也就写好了我们大队，甚至是我们公社的革命史。"

表姐接着说："我们也在写历史。我们开始准备填东泊了。"

我从办公室出来，沿着东巷往南走。我感觉自己的步伐轻盈有力，没有那么疲乏了，甚至忘记我画的那幅画了。但在小学门口，我又感觉自己是从教室里走出来的。这个地方正在修建大队礼堂，以后开会、演戏、放电影就用这个礼堂。之前的学校已经是废墟，废墟之上四周已经露出了半壁砖墙。我不由自主地想到那个我在教室做梦的下午，然后我在西巷遇见了那个白胡子老人。那是一个梦吗？

· 12 ·

好像是一年前，我还没有喝中药，在睡不着的一个晚上，我悄悄去过天宁寺遗址，在它的东南侧不远就是王二大队长和剃头匠的革命烈士墓。那时我会觉得白天看到的是虚幻的，晚上所见是真实的。我常常在夜晚充满了想象，我在想象中推翻或肯定我的所见所闻。

其实，我只是清醒地去证实我母亲的一个说法。母亲说，天宁寺的木柱子在她八岁时张开双臂都不能抱住。天宁寺毁于大火，但每个柱子的石础都还留着。在王二大队长牺牲后的第二年，天宁寺在一个晚上失火了。我不忍心追溯外公说过的这场大火。我无法想象母亲说的木柱子有这么大这么圆，母亲在闲聊中说到一个细节，王二大队长几个人在遭遇袭击时最初躲在木柱子后面。还乡团从南面窗户扔进手榴弹，王二大队长没有被炸到。这太神奇了，木柱子的体积应该大于王二大队长的身胚，才不会受伤。母亲说，这是雨香和尚说的。雨香当时在庙里。

非常奇怪，天宁寺烧掉二十多年了，这片废墟完好保留着。我不知道什么原因，这块废墟没有变成农田。我开始以为是乡亲们对神明的敬畏，但外公说，互助组时，那个地方清理过，却长不出庄稼，索性就留了下来。我在月光下，找到了几个石础。以前去祭扫烈士墓，我也见过石础，但我没有在意。我的胆子真大，在这样一个晚上，我在那里寻找先烈的踪迹。我站在石础上，试图还原王二大队长当年激战的情景。

现在，当我和外公谈起王二大队长和他的战友时，我好像回到了一年前的那个晚上。我在外公的讲述中，推测王二大队长在寺庙里作战的位置。我仿佛是他们的战友，我对王二大队长说，我掩护你，你撤退。我后来也觉得自己这个时候的状态是奇特的，但我理解我自己，斗争、牺牲、壮烈和崇高，对一个少年而言，总是一种召唤。

外公和剃头匠老杨参加地下党，是这个村庄故事线索中的一个重要环节。村庄的历史是在平衡中累积起来的，许多问题因平衡而潜伏着，平衡的时间长，潜伏着的各种因素也逐渐像树叶子一样烂掉。如果平衡被打破，那些沉潜下来的矛盾就死而复生。这就像大队巷子那条砖头路，风化的、翘起来的砖头在风和日丽时结构是稳定的，一旦连续下大雨，你走在这条路上，不时会踩到部分悬空的砖头，随即泥浆四起，不只是你的裤管，你的上衣都可能遭到泥浆的袭击。外公和老杨打破了这一平衡，他们参与的革命活动，在悄悄改变着这个村庄。

我感觉外公已经回到二十几年前的那个晚上。外公说，那是深秋，天宁寺前面的银杏树叶子金黄了，满地都是。他知道这个晚上王二大队长夜宿庙里，凌晨会转往后港。这个晚上，在天宁寺的东边墩子上，勇子的父亲在给他爷爷做断七的祭祀活动。外公借参加活动，留心天宁寺的动静。

外公从那时到现在跟我谈起这段往事，他仍然无法想明白究竟是谁出卖了王二大队长。王二大队长等二十几个人在子时进了天宁寺，在他们安顿下来一个时辰后，还乡团的人马已经将天宁寺南北门围堵起来。此时，王二大队长和他的战友们刚刚进入梦中。

还乡团团长余老三让三个人搭成人梯，然后砸开南墙东边的窗户，往佛堂扔了一颗手榴弹。爆炸声惊醒了王二大队长他们。余老三拿着铁皮喇叭喊道："王二兄弟，这下你没得魂了，出来投降。"

在佛堂的王二大队长意识到他们被还乡团包围了。他让队员们迅速分散到佛堂的四边角落，他从外面的嘈杂声音判断出大殿的南门已经被堵死。雨香后来说，他看到王二大队长站在木柱子的后面。

余老三又喊道："你们再不出来，我就一把火烧掉这座庙。"一支火把从窗户扔进来了。

阿弥陀佛。雨香跟老和尚在火光中念道。

又一支火把扔进来了。

"王二兄弟，你还想死到哪里去？"余老三在喇叭里喊着。

当晚庙里只有老和尚跟雨香两人，其他和尚去杨家墩子上做佛事了。杨家吹吹打打的声音，也从南墙的窗户传进来。此时，外公正在杨二家，杨二的奶奶是他的表姑。外公听到了从寺里传来的闷闷的爆炸声，走出院墙外，看到了寺庙南门有一群人举着火把。外公知道出大事了。

雨香跟外公说，他那时听到余老三这样喊叫，心里慌乱了，他怕余老三真的烧掉寺庙。

"这次连累你了。"王二大队长跟老和尚说，"我们等会儿从窗户里边往门口扔颗手榴弹，炸过后我们马上开门冲出去，你和小师父躲到佛像后面，我们再关上门。"杨副大队长随即护送老和尚和雨香到了外面。王二大队长的策略是，在南面窗户再扔几颗手榴弹，等还乡团散开后，他带着队伍冲出去。手榴弹聚在一起了，共有五颗。王二大队长说："老杨，你留一颗。"杨副队长后来回忆说，他们也曾想声东击西，或者兵分两路，一路冲出南门，一路从大殿的北门出去，撤回到禅房。但王二大队长自己否定了，他觉得如果这样，寺庙可能会在交战中毁掉。

四颗手榴弹陆续爆炸后，寺庙的大门打开了，王二大队长率先冲出大门。余老三的还乡团也早有准备，人马埋伏在两侧。这时候还乡团的火把几乎也烧光了，但天色已亮，王二大队长高大的身躯在人群中特别显眼，几乎所有的枪口都对着他。王二大队长中枪倒下时，杨副队长大喊一声兄弟，然后往水沟冲过去，这时杨副大队长才想起他还留着一颗手榴弹，他将手榴弹扔向几个尾追的团丁，滚下水沟。

外公说就在这个时候他听到墩子上的鸡叫，应该是四更天，是丑时。丑时左右，王二大队长牺牲了。后来王二大队长牺牲的日子，便根据外公的回忆，确定为一九四七年一月二十一日丑时。也就是在卯时，外公到了庙里，还乡团已经去追其他游击队员了。外公看到，雨香坐在老和尚边上，老和尚不说话，只是双手合十。

王二大队长和牺牲的十几个队友躺在寺前的路上。外公数了数，总共牺牲了十四位同志。几天后，镇上地下党负责人让外公再三回忆，究竟是多少尸体，外公再三确认是十四具。杨副大队长负伤后和一个姓王的队员已经转往泰州，姓王的在溱潼养伤。牺牲的战友有的面目全非，外公也无法确认一些死者的身份。

外公记得，到了第三天，十四位游击队员的尸体还没有人敢去收殓。外公想想，去了胡府。胡鹤义已经猜出外公的来意，他跟外公说："死者为大。"当天下午外公陪着胡鹤义坐船去了镇上。胡鹤义对余老三和若愚说了一句话："死者为大。"若愚此时为乡公所的保长，他和外公招呼了一声："好几年不见了。"在返回的船上，胡鹤义对外公说："一下子找不到这么多木头，棺材板只能马虎了。"

安葬王二大队长时，在场的有外公、怀仁、雨香，老和尚给每个坑撒了些纸钱，然后由雨香搀扶着回到佛堂。外公和怀仁正值壮年，和几个小伙子挖了一天，挖出十四个坑。细心的外公在给王二大队长收殓时，用涂棺材板的黑漆在棺材板上写了“王二”两个字。外公说，安葬王二大队长时，太阳已经落山了，他说太阳像鲜红的血。

剃头匠老杨上午到胡府给胡鹤义剃了头，再回到家里已经有几个人在等他。上一天，外公安葬王二大队长时疲劳了，他还在床上躺着的时候，外婆进来了。“你快起来，剃头匠被抓了。”外公当时可能很紧张，现在说到这事，外公还胆战心惊：“老杨被抓了，他会不会交代出我，我没有把握。他给各路人马剃头，消息很多，他觉得有用的，就告诉我，我再传给游击队。”在老杨被抓的当天晚上，外公不得不失踪了，以防万一。三天以后，老杨被押回庄上，在供销社门口示众。母亲回忆说，她和外婆非常紧张，看到老杨被五花大绑，站在供销社门口。外婆偷偷去看了老杨的婆娘，送去几把馓子。老杨婆娘躺在床上，看上去有点傻了。老杨是在示众的当天下午被活埋了。天字号东南边的田里挖了个坑，还乡团问，说不说，不说就埋了。老杨不说，被推到坑里了。五个月以后，老杨婆娘生下一个男孩。

外公从外地回来时，王二大队长的坟上已经长出了青草，剃头匠老杨的坟边上栽了一棵小柳。他在隐匿时，组织上也有人和他接触，询问王二大队长遭袭的过程和老杨被捕的情况。外公无论如何想不出是谁告的密。到家第二天，老杨的婆娘抱着小杨找外公了，要外公给孩子取个名字。外公想了想，说："叫杨青吧。"

· 13 ·

可能因为惊吓，剃头匠老杨婆娘的情绪影响了胎儿，这个叫杨青的孩子智商介于正常和不正常之间。政府抚养杨青到了十八岁，他读完小学就不肯读书了。外公让我叫杨青舅舅，我每次喊他舅舅时，他只是憨憨地笑笑。常常是他先喊我，大头，然后憨憨地笑笑。有时候说到杨青，母亲就会说，你这个呆舅舅。

我问杨青舅舅："杨奶奶有没有跟你说过杨爹爹什么。"

杨青说："我没有见过我爸爸，我问妈妈，爸爸长什么样子。妈妈说，你像你老子，不像我。妈妈说我爸爸也是呆呆的样子。"

"杨爹爹有没有什么遗物？"

"有一把剃头刀，一把剪子。政府收上去了。还有一件大衣，我穿旧了，丢掉了。"

"杨奶奶走之前，有没有跟你说过什么？"

"说过的。"杨青沉默了一会儿说，"她说，不要忘记共产党的恩情。我是共产党养大的。还说，有两个人要记住。"

"哪两个人呢？"

"一个是你外公。我妈妈说，你外公一直救济我们家。"

这是我知道的。小姨说，外公给她们做新衣服，也会给呆舅舅做一套。

“还有一个是胡鹤义。”杨青愣愣地说，“现在不好讲了。我妈妈说，我爸爸被埋了以后，胡鹤义送过几次稻子和小麦，救济我们。不过，这件事你不要写。”

初冬的下午，太阳暖暖的。杨青靠在供销社的墙上，双手插在袖口里。我站在他边上，这好像是我第一次认真打量自己的呆舅舅。他浓眉大眼，四方脸，如果不是嘴唇过厚，呆舅舅算是好看的男人。他会说“这件事你不要写”，看来没有人们说的那么呆。

这个下午的谈话和暖阳一直留在我的记忆里。也是这个下午，杨青告诉我 :“舅舅要去溪南了。”溪南有个寡妇愿意跟他结婚，但不愿意带孩子到这里来。呆舅舅说 :“她不来，我去。”

· 14 ·

外公和杨青的想法是一样的，他说 :“如何安葬王二大队长的事，你就不要写了。”外公还补充说 :“这不重要。”

勇子看出我有点犹豫，他指点我说 :“不是要不要写的问题，是怎样看待这些事情的问题。地主胡鹤义，是一个庄子上的人，做事不会那么绝情。他可能帮助过一些人，但不是支持革命。如果支持革命，他就是支持别人推翻自己。他毕竟是剥削阶级。我们大队的革命史与他没有关系。”

乡村生活的空间是狭小的，所有的人都拥挤在一起，你想避让也让不了。胡鹤义其实早就退出这个村庄的历史舞台了，他活着还是死去，与大家的生活已经没有关系。他的好与坏，在每个人那里的感受是不一样的。按照母亲的回忆，我和胡鹤义只有一面之缘，我躺在摇篮里，他朝我笑了笑。如此而已。

在后来别人说到胡鹤义的死亡时，我对这个地主的好与坏没有具体的感受。我意识到，胡鹤义在死亡之前或死亡之后，他已经不是一个人，他成了一个剥削阶级在我们村庄的代表。他可能自己也没有意识到，他代表了一个阶级。奶奶认为胡鹤义的死很简单，他应该是在接近饿死的状态下去投河的。“我还能去镇上走走，大先生去哪里呢？他能够过这种日子？”奶奶这样说，似乎同情胡鹤义，这让我对奶奶有点反感。

勇子没有发现，我只是一个观察者，我不像他那样把自己置于村庄的历史之中。事情的复杂性正在这里。那时我还不知道复杂性这个概念，但我知道了自己的矛盾。村上的人对从前的事只有好奇，没有疑问。勇子可能没有想到，就在胡鹤义下葬的那天，他妈妈在田埂上烧了几张纸。母亲后来闲谈时提到，那天连英表姐找她了。连英犹豫，要不要去送老东家。母亲想了想说：“你就不要去送了吧，找个地方烧几张纸，心意到了就行。”连英觉得母亲的话有道理，勇子上学后，她就在房子不远处的田埂上点燃了几张草纸。

我的这些想法是外公恢复组织生活后逐渐意识到的。那天，我在码头上没有等到外公，公社领导留外公在食堂吃了晚餐，还喝了几杯酒。我要上床睡觉了，外公到了我们家里。我的两个阿姨也过来了。我们围坐在一起，听外公介绍他谈话的情况。

外公说话时还带着酒气。他首先说："熬了这么多年，总算有了结论。"外公确实年龄大了，不能迅速进入正题，"我好多年不去公社了，之前还是在养殖场工作时去公社汇报。和我谈话的是一位副书记，他很客气，说我受了委屈，希望我作为老革命老同志能够正确对待运动，正确对待群众的批评。我说没有问题，只要能够恢复组织生活。你们说我的表态对吧？这位书记很客气，一定要留我在食堂吃晚饭，还喝了点酒，这样就回来晚了。"

母亲打断外公的话："领导具体怎么说的啊？"

外公这才回到正题："大概这样几点：一是，肯定我在解放前参加地下党，在险恶的环境下为党做了许多工作；二是，关于安葬王二大队长，组织上认为我去找胡鹤义父子俩是对的，不是投降主义，当时只有这样才能让王二大队长入土为安；三是，组织上经过调查，确认我没有送若鲁去台湾。"

在谈到这三个问题时，外公思路清晰。

父亲进一步追问道："说你土改保了胡鹤义，这事怎么说？"

外公说："谈话时也提到这件事了。"

母亲又急切地问："怎么说的？"

外公顿了一会儿说："领导认为，胡鹤义是剥削阶级，这是不能动摇的历史。说这个话的是县里的一位同志，他和书记一起跟我谈话的。我说，这点我没有动摇过。书记说，胡鹤义没有血债，还不是恶霸地主。在对待王二大队长这件事上，胡鹤义做了一点好事，但不是支持革命。他不可能支持革命。领导说，你在土改时，帮胡鹤义说了几句话，组织上是理解的。"

父亲接话："领导说可以理解？"

外公说："是县里同志说的。"

后来外公病危时，我回忆了这个晚上外公和我们的谈话。父亲重复领导说的"理解"，他心里其实是不满意这个说法的，"理解"并不是"肯定"。但父亲没有再说下去，外公对组织上的谈话和结论已经十分满意。

父亲问："现在查到胡若鲁的下落了吗？"

外公说："我忘记说了。组织上调查多年，胡若鲁后来在新疆死了。解放前他从上海去了新疆，在那里隐名埋姓很多年。若愚在监狱里的交代材料上也说若鲁可能到了新疆。"

女人的思维和男人是不一样。我发现母亲有点婆婆妈妈的了，她好像是问外公，又好像是自言自语："不晓得若鲁有没有结婚生子。"

没有人能回答母亲的问题。

外公说："若愚的刑期快满了，可能是明年出来。他当年逃到了昆山，在镇压反革命时被抓了。"

这个时候，奶奶插话了："若愚走的时候，他老婆怀上孩子了。"

"两位领导最后说到一件事。他们说，当年是谁出卖了王二大队长和剃头匠老杨同志，一直没有查清楚。他们希望我再想想，看看能不能找出点线索。"外公说，这也是他一直困惑的问题，"我估计查不出来了。"

· 15 ·

说来也是荒唐，我居然在搜索我听到的各种信息，寻找那个出卖了王二大队长和剃头匠老杨的坏人。我曾经在苦思冥想中怀疑胡鹤义，此人应该是个两面派。外公说，王二大队长也在胡鹤义家过过夜，老杨是在给胡鹤义理发回家后被还乡团抓走的。

也许，外公他们都被他的假象蒙蔽了。

当我大胆说出这一猜想时，外公惊讶地说："啊！"

卷二

· 1 ·

外公和奶奶的故事不同，他们分别筑起了一条田埂和一条砖头铺成的街道，我沿着奶奶的街道摸到了以前镇上的老屋，沿着外公的田埂回到了我现在的村庄。但我渐渐发现这两条路是交叉的，村庄和那个小镇有时重叠在一起。

我要读初一的那年冬天，经常抱着一条被子到生产队场头站岗。我贴着稻床，听外公说那些陈年旧事。稻床是一种脱粒的工具，和床一样大小，毛竹嵌成长条条，像篱笆一样搁在床架上，做农活的人围着稻床，把一把把稻草扬过头顶，再猛烈摔到篱笆上，上下几次，稻子就被打落到稻床底下。没有脱粒机的年代，都用稻床；有了脱粒机，在停电的日子还是用稻床打下稻谷。稻床不用了，放层稻草，再铺条草席子，就可以睡人了。外公的闲话是另外一种风格，他所有的故事不是来自故事，而是来自我们这个村庄。

让我惊讶的是，外公说到镇上的石板街曾经着过一次大火，我们王家的油店和胡鹤义家的“昶利和”在火中被烧成灰烬。外公说，有人看到水龙局的水龙扑灭了胡家的火，但油店门市部的油缸炸裂了，火势更加旺盛。最终，用水泥和石灰扑灭了油店的火。爷爷奶奶一直没有说起过这事，奶奶从石板街走过指给我看的王记油店其实是后来重建的。

外公说："你看到杨怀珠脸上有块大疤痕吧？他是大火中逃命出来的。油店的人都出来了。"我这才知道，杨怀珠的脸是在这次大火中烧坏的。我小时候看到他的右眼总是闭着，上面不长眉毛，原来是大火烧坏的。多少年以后想起在梦中被大火灼醒的场景，这老头儿还是唏嘘不已，我现在只记得这个老人闭着一只眼睛说，你有再多的家私也没得用，一把火就把你烧成锅灰了。洋行的煤油、纸烟、矿烛一旦着火，便无法收拾了。

据说这个时候胡若鲁回来过一次，他当时不在新疆，不在云南，更没有去台湾。这场大火以后，子承父业的想法在胡鹤义心里复活了。他让杨怀珠到台城电报局给若鲁发了电报，当若鲁真的从上海回来站在他的病榻前时，他有些说不出话来。他打量再三，一身西装的儿子，就像他在上海银行看到的那些高级职员一样，颇感生分。胡鹤义最后决定，还是让若鲁返回上海。胡鹤义心里一阵失落，富不过三代这句老话可能在他们胡家灵验了。此时，回到庄上做管家的怀珠，还不知道大少爷衣领上扎的那根既像绳子又像布条的东西叫领带。怀珠心里嘀咕，大少爷扎根上吊的绳子干什么。当怀珠后来知道这个上吊用的绳子比他几套衣服都要贵重时，他突然对这个家庭的振兴失去了信心：再大的家私也经不住几根绳子扎来扎去。

若鲁回来过一次这件事在一九六八年春天被公开了。上面再次审查外公时，杨怀珠出来做证，透露了差不多是二十年前的秘密。

之前，怀忠始终咬住说，外公用船把若鲁送走的，若鲁去了台湾。外公在漫长的回忆中，搜索出了杨怀珠跟他隐隐约约说过若鲁出去后回来过一次。外公没有直接去找怀珠，爷爷从粮管所回来时，外公说起这事，爷爷说他去问问怀珠。在石板街上，爷爷和怀珠有时候会在店里一起喝杯小酒。怀珠对爷爷说："我想想，想想。"这老头儿想了想以后，去大队做了笔录，帮外公作了澄清。

我问外公："这火是谁放的？"

外公说："不晓得。是胡家失火了，再烧到你爷爷的油店。江湖上说法很多。有人说是共产党放的，有人说是国民党派人放的。肯定不是共产党，王二大队长牺牲与胡家没有关系，我到镇上找了若愚，才好给王二大队长收尸的。这件事，我向上级报告过。国民党县党部派人放火的可能性大，胡若愚在镇上突然消失了，国民党台城县党部光大火了。"

爷爷奶奶从来没有说过家业衰落的事，他们一直活在王家最繁荣的景象里。父亲记得的当然是繁华逐渐衰退的景象，等父亲跟着爷爷奶奶到乡下时，石板街上的"王记"已经是一爿小店了。

"多亏那把火烧了你们家的油店。"外公早上喊我起身时，想起昨天晚上说的事，又跟我补上了这一句话。外公的潜台词是，如果没有这把火，爷爷奶奶的家庭成分就不是贫农了。

我想也是，我很庆幸这把火让曾经繁华的王家气息奄奄。我后来跟勇子说："那天如果你在生产队场头，你会看到早晨我的表情是如何轻松。”

·2·

曾祖父应该是个拘谨的人。

父亲第一次抱起我看这位老人的照片时我六岁，我有些紧张，他在照片上一丝微笑也没有。父亲印象中，他的爷爷表情平静，话很少。曾祖父去世时，他直接留给我的遗产是一只银手镯。父亲说，他是抱着我去送别曾祖父的。顺便说一下我们那边的称呼，我们叫曾祖父老爹，叫祖父爹爹，婆爹爹是外公，婆奶奶是外婆，婆太太是父亲的外婆。在灵堂，曾祖母给我戴上了这个手镯。

这个圆形的手镯是可以缩小和放大的，虽然我的手臂已经像一段藕，但这个银镯子在我的手腕上空空荡荡。奶奶关于曾祖母最愉快的回忆是老太亲手把我手腕上的银镯子捏小了。这个镯子在我手腕上不断放大，还没有放到最大时，我自己把它卸了下来。我们村上的孩子，没有谁像我这样套着一个银色的圈。当我把它放到母亲手上时，我觉得自己就像一只羊，扣它的那根绳子解开了。

想想还是那么紧张，我不仅戴过手镯，还戴过脚镯。如果不是奶奶说起妹妹糖果戴过的脚镯是大奶奶送的，我已经忘记我也戴过它。我只记得它戴在糖果的脚腕上，糖果走路时，小铃铛发出叮当叮当的清脆声。我好奇地看妹妹走路，好像看到了小铃铛在晃荡。母亲说："这是你戴过的。"母亲的话让我有些害羞，奶奶的话则几乎是打击了我："你不晓得吧，脚镯子是大奶奶送给你的。"我第一次听说了这个震惊的消息。大奶奶就是胡鹤义的老婆。那天，奶奶心绪好像特别乱，她说起了几个死去的人，说自己梦到大奶奶上吊了。母亲对奶奶说："你记错了，大奶奶是生病死的，大少奶奶是上吊自杀的，那是哪一年的事了。"

我出生后的第三天，奶奶陪着大奶奶到了我们家。大奶奶几乎很少出门，她向奶奶和母亲道喜。母亲说，大奶奶笑嘻嘻盯着我看了很长时间，我也朝大奶奶笑。临走时，大奶奶说："家里没有东西了。还有这个存货。这只脚镯子本来准备给若愚的孩子，也用不着了。给小宝宝吧。"母亲怎么也不肯收下，大奶奶说："你嫌我是地主婆？"看大奶奶几乎要哭出来，母亲这才接下脚镯子。这件事的因果，可能是奶奶给大奶奶送了红蛋和糖粥。乡下风俗，生了男孩要挨家挨户送红蛋和糯米糖粥。奶奶和母亲商量，要不要给大奶奶家送糖粥。母亲说送吧，人不能势利的。她们婆媳都觉得大奶奶人不错。大奶奶长我奶奶一个辈分，糖粥是奶奶亲自送过去的。大奶奶跟奶奶说："早上听说你们家从西边巷子里开始送糖粥了，我是想吃这碗粥的。"奶奶对比她落魄得多的大奶奶有着理解和同情："大奶奶哪样没吃过？那是什么日子，现在东家成了伙计了。"说到日子，母亲还感叹："如果你晚两年出生，就送不起红蛋和糖粥了。"我逐渐知道，我们家和胡鹤义的关系远不是大奶奶给我送脚镯子这么简单。

真的可笑，我曾经戴着手镯和脚镯在地上奔跑，戴着手镯和脚镯出现在小镇上。外公说了石板街失火后，我跟奶奶去镇上，在水龙局门口停留了一会儿。石板街从镇中央的大礼堂向西，一直到西码头。西码头在一条叫“小西溪”的小河东岸，北面紧挨着码头的是以前的水龙局，我见到这幢高大的房子时，里面仍然放着水龙，水龙局的名字已经不常用了。从西码头向南，沿河有一条巷子叫水巷，在巷子东侧，好几进坐北朝南的房子，就是我们家在镇上的祖屋。潮湿的祖屋住着我的曾祖母，还有在澡堂里发毛巾搓背的五爹。我很害怕去祖屋，我在曾祖母面前总是怯怯的。她像古时候的人。我们在同一个时空里，面对面，我们看着不同的方向。曾祖母留给我的形象就像曾祖父的相片一样发黄和遥不可及。

我第一次对祖屋留下印象，是父亲带我去第三进房子的堂屋磕头。曾祖父去世后，按照旧制，灵柩停放在家里。堂屋里撒满了石灰，潮湿的气息从石灰层里缓慢地散发。父亲说，你老爹就睡在里面。曾祖父是在我两岁的时候去世的，他活到了八十九岁，这时已经是一九六〇年了。关于我的曾祖父，我毫无印象。父亲和母亲也记不清他们有没有抱着我去看老爹。老爹知道有我，我不知道有老爹。他的存在，是我每次去镇上的祖屋，总要看到停放着的灵柩，灵堂香火缭绕。我要对着他磕头。我那个年龄记忆的不是这些东西，但它带给我巨大的恐惧，我能够想起来的老爹就是这些。我能够记得的还有爷爷对父亲说过，曾祖父去世后，县长也送了花圈，这在当时是莫大的哀荣。父亲说："方县长送花圈，是感念你老爹给游击队送过几桶油。"父亲这时候说到了独膀子，老爹差他到西码头给游击队送油的。这是我懂事后，第一次听到腐朽没落的家族与革命有关的一件事，我开始对曾祖父有些好感，我甚至想象他也会大笑的样子。

安葬曾祖父时，我走在一支长长的队伍里。这几乎就是我们这个大家庭最后一次大规模的聚与散，后来再也没有如此的规模。曾祖母出殡的场景零零落落，家道已经衰落，人心也已经衰败。我后来在听爷爷奶奶说起这些时，感觉曾祖父的出殡，是对往昔繁华日子的一次凭吊。此后再去祖屋时，我不用磕头了，我只要对着老爹的相片鞠躬。我的个子越来越高，我已经能够清晰地看到相片上曾祖父的额头、眼睛和嘴唇。我想着曾祖父遗照的轮廓，那是爷爷后来的部分轮廓，我和父亲、祖父几乎都是那种轮廓，各自稍有变形。我和他们不同的是，我在平静之外，脸上多了笑容。

在开始和父亲能够讨论一些问题时，我说，老房子太阴暗了，我在里面肯定睡不着。其实我也从来没有在祖屋过夜。父亲有点不同意我的看法。他说，老屋光线是很亮的。我父亲对待祖屋和生活在那里的人们总是怀着复杂的心情。我现在才理解，那是他生活的一部分，在那里，人们叫他"少爷"，少爷在老屋生活了十年，也许那时那几进房子阳光灿烂。至少父亲留下了这样的记忆。

我对祖屋不良的印象，可能与我随父亲去给曾祖母拜年有关。应该是上小学了，我跟在父亲的身后，走进老屋。老太坐在第二进的堂屋中间，手里捧着一只灌满热水的盐水瓶，脚底下踩着一只铜炉。她的眼睛好像总是闭着的，人老了可能习惯闭起眼睛。

五爹大声说："老太，德之带儿子给您拜年了。"

老太好像没有听见。五爹又往前一步，重复了刚才说的那句话。坐在我面前的曾祖母这时才好像从遥远的地方走来。

父亲差不多和我同时叫了一声："老太！"

曾祖母说："少爷上来了，好啊。今天天气不好。你们怎么还上来了？"

我很惊讶，曾祖母还称父亲少爷。不过，我父亲的名字"王德之"很古怪，说是古书上的。父亲曾经想把我的名字改为"王宏通"，也是老气横秋，我没有同意，我就叫王厚平。

父亲递上拜年礼，五爹收下来了。

曾祖母朝着我说："你过来吧。"

其实我已经靠她很近了，也许我可以靠得更近些。

曾祖母把一个红纸包放到我的手里。她每次都是从左袖口里掏出里面有两毛钱的红纸包，她的曾孙辈很多，她的两个袖口仿佛就是账房的抽屉。

台城姑奶奶家的孙子一次和我碰到一起拜年，她也是那样从袖口里掏出一个红纸包。我和这个弟弟去街上买连环画时，弟弟打开红包，里面是五毛钱。这是我第一次在自己的大家庭中感受到阶级的差异以及这种差异给我的压迫感，我性格中的敏感也许就是在这两个红纸包之间产生的。这个秘密我一直没有告诉我的父亲。

细想起来，曾祖母是一个非常细心的人。从镇上回村的路上，我的眼前总是闪过曾祖母掏袖口的动作。我终于发现曾祖母是在我转身的瞬间，从她的右袖口里掏了个红纸包给我城里的弟弟。这样的情景如同我小学的功课，差不多重复了六年，直到老太也最终离开了祖屋。

曾祖母去世时，我和奶奶正好在镇上。老太再也不会睁开眼睛了，经常闭上眼睛的老人是在向死亡眺望。三天以后，我捧着曾祖母的遗像，走在送葬队伍的前面。我抬起头时，看到一个和我母亲年纪相仿的女人用手指着我，和身旁的女孩说着什么。

半年以后，这个女孩和我坐在同一间教室里读高中，她告诉我，那天她母亲告诉她，捧着老太太照片的是她的重孙。我再回忆半年前的情景，这个女生看我的眼光已经模糊了。此后，这个女生成为我记忆中的另一个方小朵。

· 3 ·

爷爷、奶奶和父亲是从小镇到村庄的。他们在小镇破产后，到了乡下。有一天，烂猫屎跟我说："我和你爷爷奶奶都是难民，刚来的时候太难过了。"我体会他的心情，他们到这个村庄时，和现在的感受是不一样的。奶奶的口中从来没有出现"难民"这个词，奶奶始终保持着她的优越感。

曾祖母去世时，我也哭了，是跟在大人后面哭的。这时候流泪只是一种仪式，不是一种疼痛。一个人走了，你总会难过。所以，我也哭了。后来我知道了，不仅是他们，我周围的许多人，见过的，没见过的，都与小镇有些关系，甚至与我曾祖父的油店有关。那时我已经知道独膀子是油店的学徒，从监狱里放出来的胡若愚和爷爷在年轻时候就认识了。爷爷注意到了我的感受，他跟我说："若愚是保长，我是开油店的。"爷爷并不否认他们的关系，但区分出了他们俩的身份。他们两人的命运也不一样，爷爷到莫庄不久，政府觉得他有一技之长，安排他到另一个乡的粮管所工作了。

无论如何，也不论我是否愿意，小镇和镇上的一些人，他们的过去多多少少定义了现在的我，这不完全与血缘有关，好像更多的时候是日常生活中的一些规矩。"你喝粥的声音太响了。"这是奶奶最早对我的提醒。奶奶开始训练我：家里人不到齐了，不好开饭；吃饭不能有声音，筷子只能伸到菜盘子靠近自己的这一边；吃好了要对长辈说慢慢吃，不能起身就走，起身时要说您坐稳了；早上起来要向长辈请安。看到邻居捧着碗，站在门口哗啦哗啦喝粥时，我会觉得不文明，我就这样被训练出来了。中秋节时，我和糖果一个人半个月饼，奶奶感慨地说："从前家里过节，月饼从大到小放在盘子里。"

我最早看见荷叶与荷花，不在凤凰垛南边的池塘，是在我们家天井的荷花缸。春天，奶奶把几段小藕埋在缸里，这是我看到的她一辈子做的唯一的农活。然后她就等待小荷的尖尖角，等待荷花。奶奶对荷叶的吝啬超出我的想象，有一天我突发奇想，撕了半片荷叶放在开水里，感觉比薄荷叶子好喝多了。奶奶看到了，朝我大吼："这荷叶不是喝的，是看的。"但有一天她突然剪下一片荷叶，送到根叔家去了。根叔躺在床上，鼻子起火，红肿得像鸡头。奶奶说，用荷叶敷，去火。

奶奶的小脚，是裹了以后又放开的小脚。奶奶走路很慢，她身上驮着她的女庙巷和小镇，与乡村生活格格不入的这些东西让少年的我生活在一个错落的时空中。无论如何地忙碌，我和妹妹每天早晨起来的第一件事，是照多年的规训到奶奶的房间喊奶奶早。爷爷退休后，我们早上起来喊爷爷早，奶奶早。很长一段时间，我总觉得奶奶把旧社会的东西带到了乡下，后来我逐渐意识到，奶奶其实也在延续一种和乡村生活格格不入的文明或者是一种生活秩序。奶奶一辈子都生活在她的旧时代，她从来没有走出那个小镇。我感觉到的那种差异，其实是一个时代残存的瘢痕。

我好像一直抵抗奶奶，抵抗奶奶把她驮着的小镇像包袱一样挂到我的背上。"你跟我一起去镇上吧。"奶奶喊我。这是我知道那个叫小云的奶奶上吊自杀后的一年后。我有点犹豫，在安葬了曾祖父之后，我偶尔才去镇上，差不多已经忘记了那个小镇的模样。母亲动员我："你陪奶奶去吧。"批斗大会结束后的第二天，有个比我母亲小几岁的女人，突然到了我们家，在堂屋里朝奶奶跪下了。奶奶扶她起身，说："我收拾几件衣服，跟你走。"这个女人应该是希望奶奶去什么地方。父亲说，陶庄很远，奶奶走不了那么远的路。父亲赶紧张罗，去找了怀仁老头儿，请他用船送奶奶她们去陶庄。在这空隙，奶奶回到了她的房间，重新换了一件绸布的短袖，又梳了头发。

在父亲说出陶庄这个地名时，我知道奶奶是去送别那个我从来没有见过面的小云奶奶。奶奶让我叫那个女人霞孃孃，她应该就是云奶奶的姑娘了。在她们要动身时，父亲问："要不要叫独膀子一起去？"奶奶看着霞孃孃，霞孃孃没有反应，奶奶说："算了。不是时候。去了，罪上加罪。"后来的几年，霞孃孃逢年过节时会来庄上看奶奶。我最后一次见到霞孃孃，是麦子发霉的那个中秋节，她带了一包月饼到我们家。霞孃孃说："妈妈不在了，我还是要来看你的。"奶奶说："没有什么回礼，你带点水瓜饼回去，上午才做的。"这年，一整年的麦子都不行了，做饼的面粉是爷爷从粮管所带回来的。难怪奶奶早上起来就开始忙碌。然后，她们就到房间里嘀咕。我去修猪圈，猪也不吃发霉的麦子，不停拱圈。我下午放学回来，常常是先去修猪圈，再做作业。不知道父亲什么时候卖掉这头猪。

快到牛桥时，奶奶停下来，过了这座桥，就是镇上了。奶奶站在牛桥边说，以前是木桥，更早之前是吊桥。奶奶也没有见过吊桥，婆太太说，修木桥时，第一个从桥上走过的人死了。死了的那个人是小偷，被人追赶着，他跑到这边时，大桥最后一块木板正在安装。这小偷就过去了，追赶的人说，他跑了也没有用，要死了。这里的风俗是，最后一块桥板装好后，修桥的人往后退回到路上，然后桥口的人一拍牛屁股，候着的那头牛先从桥上过去，牛过了桥，放鞭炮，这时人才好通行。这个仪式没有完成，桥西边的那头牛看着小偷抢它一步过去了。

我一直怀疑这个故事的真实性，但母亲也说了一个意思相同的故事。从前有个新娘子走上了新桥，造桥的人喊“新娘子，坐轿子”，新娘子若是应声，就会死掉。她连忙把戒指扔在桥上，说：“新人走新桥，拿钱买路跑。”后来，新娘子活下来，一个造桥的人死了。母亲说是真的，她听外婆说的，新娘子和外婆是一个村上的。

牛桥的名字与过桥的牛有没有关系，奶奶也不知道。我觉得奶奶也笨，想想我们那里叫“莫庄”，牛桥的河边最早一定是放牛的地方。我的猜测应该是不错的，牛桥的东岸是一片农田，散落着农舍。牛桥下面的河道比南河宽出半倍，但两岸的风景不一样。东岸河边连着很宽的河坎，坡上是四季不同的蔬菜，河边围着各种竹篱笆，里面圈养着鸡鸭鹅，我曾在夏天看到养鸭的人拿着一根长长的竹竿，把鸭子从水面引到篱笆里。站在岸上看篱笆里的鸡蛋鸭蛋鹅蛋，就知道有些石子为什么叫鹅卵石。一水之隔，分为城乡。西岸的河坎不算陡峭，但没有东岸的那种坡度。河坎上倒满了烧过的煤球，里面夹杂着鸡蛋壳鸭蛋壳鹅蛋壳。春天东岸的河坎上是黄黄的菜花，西岸的绿色是从煤球灰里挣扎出来的野草和蔬菜的败叶。

我跟在奶奶后面，熟悉的人和奶奶打招呼："你上来了。"到镇上是上来，回莫庄是下去，是下乡。有了两次经验，我区别出在镇上的词典里"上"和"下"的定义。过了牛桥，是贯穿镇中心最长的街道。我听镇上的人说，这是大街。大街的南边是公社医院、邮电局、银行，北面是公社中心小学、供销社、照相馆。我在大街上第一次看到法国梧桐树，说不出名字，问奶奶，奶奶说是国外的树，梧桐树。这时我也知道了法国。很多年后，我在巴黎塞纳河左岸徜徉时，我又想起在小镇大街的那个下午。我和奶奶在梧桐树下躲着阳光擦汗，奶奶买来两根赤豆冰棍，突然听到对面医院门口的喧闹声，有人慌张地喊着"让开让开"，两个人抬着一副担架进去了。那个跟着担架进医院的年轻女人哭得撕心裂肺，我的冰棍还没有嘣完，这女人回到门口，捶胸顿足。

奶奶说："你在这里等一会儿，我去看看婆太太。"奶奶转身到供销社，她说先去给婆太太买点东西。我站在梧桐树下，在这个女人的哭声中猜测着他们到医院之前发生的事情。我好奇地走过去，听到有人在门口说："喝农药死的。"我突然感到恐惧。这个小镇留给我的记忆，都与死亡有关。有人劝那个女人说："哭也没用啊，他去做死鬼，对得起哪个？"我模糊听出，这个男人喊错了什么口号，然后吓得喝农药了。女人发现时，给他嘴巴里不停灌水，但迟了。

奶奶去女庙巷的时间长了，我走到女庙巷口去等奶奶。已经是黄昏了。我看到不远处的奶奶在女庙大门外面烧了几张纸，然后又到婆太太家拿了扫把，把灰烬扫散出去，随风而起的灰烬不像蝴蝶，像大大小小的蝙蝠飞着。奶奶脸上被刚才烧纸的火映得红红的，她说："今天晚了，不回去了。到姑妈家住吧。"奶奶真的是惦记那个小云，她还给她烧纸了。

我有些不情愿，但只能跟着奶奶去了。奶奶走在大街上，似乎忽略了我的存在。只要她带我到镇上，大致都是如此。她和熟悉的人打招呼，我感觉好像是那个叫小云的人跟在她身后，而不是我。我好像还听到哭声，是小云缠着的小少爷突然生气了。奶奶每次回到镇上，都是返回她从前的日子，奶奶在小镇上走路时太自在了。走过石板街时，奶奶才想起了我还跟着她。奶奶指着文化站说，这以前是胡鹤义家的房子；又指着隔壁的隔壁，一家酱油店，这是我们家的，后来卖了。奶奶在小镇上总是说一些与我毫无关系的事，她如数家珍，而我心不在焉。

奶奶和姑妈开始聊天的时候，我放下饭碗，我说出去走一会儿就回。我一直很好奇那条石板街，我之前以为这条石板街始于大礼堂，终于西码头。当我从大礼堂门口继续向东时，发现这条石板街其实是贯穿东西的，它只是在大礼堂向东一百米左右被改造了，铺上了砖头，让我产生了错觉。我走到女庙巷和石板街的交界处，石板街还在向东延伸。奶奶从来没有带我走过这里，她总是从女庙巷向南，右拐，进入大街，再右拐，进入红旗巷，再左拐，走进石板街。大礼堂东边的这条石板街太冷清了，奶奶喜欢走热闹的道路。这个时候，我觉得奶奶好可笑。

即便是在夜晚，我也觉得小镇的气味是浑浊的。镇上的人家是用煤球炉的，街上的拐弯处都是一堆堆煤灰；镇上人的粪便和乡下人不一样，厕所特别臭；女人从身边走过，化妆品的味道也是异样的。我特别不习惯街上的人放肆地走路，他们像螃蟹，乡下人像小鱼。我后来向朵儿说过这样的感受，她说我是狭隘的，说我对小镇的人有仇恨。那个勇子，更恐怖地说我对文明生活充满了敌意。勇子的话让我惊讶，这不像他说的话。刚刚，一个喝醉的人撞到了我，我的敌意好像更强烈了。这人踉踉跄跄，嘴里唱着“临行喝妈一碗酒”。这是个戴眼镜的中年人，后面有个女人追着。他撞到我的时候可能是刚刚吐过。那个追着的女人喊道：“你再跑，打断你的腿。”我赶紧避让，往西走去，过一会儿回头看时，这两人好像打成一团，边上多了劝架的人。戴眼镜的人对女的说：“你打我的腿，不要打我手。”这个人真的是喝多了。

我跟着奶奶睡在东厢房里，这个房间临近马路，东墙上的窗户外面有一盏路灯。房间里有三张床，我睡在靠东墙的床上。表弟一会儿就睡着了，奶奶说她走路多了，也睡觉了。临街的窗户糊上了报纸，但朦胧的灯光还是透过报纸稀薄地照进来。我突然听到一个声音，女人的声音："我打断你的腿。"是我在石板街上听到的那个声音，原来他们是姑妈家的邻居，我听到了对面的开门声音，听到那个男人被几个人拖进去了。然后好像是姑妈开门，到对门劝架了。这是个让我做噩梦的晚上。第二天一大早，我就听到街上咕咕噜噜的声音，这里没有鸡叫，但赶早市的人起得很早，煤球炉生火的烟味已经从窗外渗透进来。

姑妈留奶奶再住一天，这是我估计到的。街上熙熙攘攘，没有一个我熟悉的人。我从大街向东，在中心小学门口我看到了一个似乎熟悉的面孔。我听到有人喊他"张老师"，张老师回头时，我判断他就是昨天晚上撞我的酒鬼。几年后，我在我们学校见到张老师，他调过来教我们音乐和美术。我在课堂上认出了张老师，他肯定不知道，那天晚上，有个少年对酒鬼印象很差。我想起张老师说"不要打我的手"，他说他的手要拉二胡。

· 4 ·

曾祖父出殡时，我们走过的只是镇上西边的一部分。我们沿着水巷向北，在西码头右拐进石板街，走到大礼堂东边时，我们右拐向南，看到那棵梧桐树了，我们再右拐，这是贯穿小镇东西的大街，然后过桥去了郊外。这大概是曾祖父之前一直来回走的路线。

我少年时看到的已经是半新半旧的小镇，如果曾祖父真的有灵，在夜间重走他熟悉的路线，他一定会说变化太大了，但他肯定预料到石板街的衰败。外公看到曾祖父趴在柜台上时，这条石板街就开始坍塌了。我在石板街上见到的繁华和曾祖父眼里的繁华是不一样的，石板街是万花筒，即使我们俩都是顺时针旋转，我们看到的也是不同的乱花，何况我还习惯反转。

我们已经基本不说镇了，说公社，正如我们不说村，说大队一样。到公社去，就是到小镇去。连奶奶也不说镇，说公社了。公社大会堂坐北朝南，居于石板街的中央位置，如果以大会堂为界，可把石板街分为东街西街。西街，差不多是公社的商业中心，各式各样的商店都开在这里。也许有些不协调，公社的文化站也在这条街上，两大进房子，还有东西厢房。奶奶说，这地方就是以前的“昶利和”，胡家的洋行。石板街的西头连着水码头，向南，在大街的西段，分成南水巷和北水巷，我家的祖屋就在南水巷的中央东侧。我曾经站在水码头北面水龙局的门口，从门缝中看到水龙的锈铁和蜘蛛网，马放南山已久，这个镇多年不失火了。奶奶说，独膀子就是在水龙局门口和小云说了几句话后消失的。

下了大会堂的台阶往南走，就是公社南北向的红旗路。红旗路的西侧是公社革委会所在地，东侧都是民居。公社大院有若干进平房子，那也是镇上以前大户人家的住宅。我一直没有问过奶奶，房子是谁家的。那时也不会有这样的问题，都是公家的。红旗路两侧的老砖瓦房都拆掉了，公社南面临街的小砖瓦房，是当年的邮政局，里面还有一进同样的砖瓦房。红旗路的南端，是一条和石板街平行的街道，信用社、医院、中心小学和银行都在这条大街上，我就是站在这条大街的梧桐树下听到一个女人在医院门口嚎哭的。红旗路是公社的政治中心，镇上的人习惯叫公社巷子。"工"字形是小镇，也就是公社街道的基本构架。

公社院子解放前是乡公所，胡若愚就在里面做保长。在说到杨麻子在里面做乡长时，奶奶自己感慨起来：保长和乡长都是莫庄的。奶奶继续说道："你不晓得啊，杨麻子以前多神气，腰里插着驳壳枪，想打死哪个就打死哪个。他没有打死独膀子，他举起了枪，戳到独膀子的额头，说，你这个打枪毙！"

"你看，杨麻子现在走路都靠着墙，别着身子走，像个小鬼。从前他大摇大摆走在路中央。这个庄上，从前走在路中央的只有三个人，杨大队长，刘社长，还有你外公。现在好了，靠边站了。"奶奶没有说错，他们都靠边站了。独膀子从山东回到台城，再从台城回到莫庄时，杨麻子大队长在另一个乡做乡长。那时的乡长都佩了手枪。父亲看到杨麻子在供销社门口见到独膀子时，掏出了手枪，就像奶奶说的，手枪顶到独膀子的额头了。路过的人都围了上来，谁也没敢上来劝阻杨麻子。不知道是谁在圈外喊了一声“大麻子”，杨麻子听了，突然把枪放下来。

我是下午看到杨麻子被绑走的。他中午在加工厂喝醉酒，把一颗图钉别到毛主席像上。胡怀仁等着机米不耐烦，到办公室吵架时，看到杨麻子踉踉跄跄走到墙边，把图钉别在毛主席的额头上。胡怀仁没有犹豫，几乎是跑步到大队部，向民兵营长报告，说杨麻子是现行反革命。麻子酒醒后一身大汗，公社来的人已经拿着麻绳在等他。麻子说他是怕主席像掉下来，眼睛花了，别错地方了。杨麻子被抓走的时候，我在过九岁生日。母亲在厨房里炒韭菜，一个鸡蛋还没有打开，外公跑过来说，杨爹被捉走了。

在奶奶的唠叨中，西溪和石板街的水码头同时出现。“薛仁贵的船路过西溪了。”奶奶说，“你下次去台城割草时去看，西溪还有个塔，叫孝母塔。”我后来看到那座塔了，还有弯弯曲曲的范公堤。那时我还没有读过《岳阳楼记》和他的《至西溪感赋》。“独膀子就在西溪八字桥上被新四军抓住的。”奶奶又说错了。她最新的说法是：“在镇上石板街的西码头抓的。抓他的是赵大队长。”其实也不是，奶奶有点颠三倒四了，她总喜欢把独膀子往最坏处说。奶奶之前不是这样说的。她改正了先前的说法，说独膀子可能是在西溪参加新四军的。是不是在西溪，奶奶也不能确认。独膀子在西码头和小云说了几句话，后来人就没有了。奶奶说往事，总要顺带出我认识的一些人。

奶奶关于这个小镇的记忆好像有点错乱了。奶奶说薛仁贵的船过了西溪，又不知过了多少个月，船队行到了东北的一片海。奶奶说不出那海的名字，但她说后来日本人和俄国人在那里打过仗。她让问问老师，我问了，老师说那是什么地方？你奶奶说书，哪个晓得真假。我想也是。几十年以后，我到了大连，又到了旅顺口。我站在日本人修了塔的山顶上，第一次看到了旅顺口。当地的朋友说，当年薛仁贵东征，就是从这里出海的，旅顺旅顺，地名就是这样来的。奶奶没有完全瞎编。我一直佩服奶奶的记忆力，她不识字，但听到的都记住了。我不晓得她怎么知道日俄战争的。抗战时，日本人的飞机从镇上飞过，奶奶说她和胡家大少奶奶就躲在柜台下面。奶奶后来又纠正说，大少奶奶那时还没有出嫁，还是大姑娘。她从溱潼过来玩，碰上日本人的飞机了。

石板街，这条以南北货为主的商业街，一直到我七十年代走过时，依然繁华。曾祖父和爷爷曾经活跃在这条石板街上，也在这里退出了小镇的舞台。外公记得，在爷爷奶奶已经到乡下后，他去镇上，看到我曾祖父一个人趴在油店门市的柜台上，五爹站在他的身旁。外公跟曾祖父打招呼，曾祖父认出了外公，拜托外公多关照乡下的亲人。

“你老爹一个人趴在柜台上打着算盘。”外公跟我说。

· 5 ·

奶奶出嫁的场景是怀仁的婆娘最早叙说的。奶奶出嫁那天，她跟大奶奶去镇上办事，正好遇见了。大奶奶跟她说:“闻二小姐嫁人了。”奶奶坐着花轿从女庙巷到三千米之外的爷爷家，路线是出了女庙巷右拐向西，走过东西大街——这是镇上最长的一条街了，我看见医院门口那个女人哭疯了，就站在这条大街的梧桐树下——向西走到底再左拐，就进入南水巷了，爷爷家在南水巷的中段。如果右拐向北，走过北水巷，一千米处是水码头和水龙局，再右拐进去，就是我不停唠叨的石板街。

爷爷家在南水巷有五幢房子，在与这条巷子平行的中巷有一个四合院，奶奶生下小孃孃后，他们住到了那里，也就是我说的祖屋。爷爷的规矩和奶奶娘家是一样的，那是镇上大户人家通行的礼数。数百年来，这些规矩成为小镇文明的面貌之一。

我不知道奶奶当年是什么发型。在我的印象中，奶奶的头发从来都一丝不苟，梳着一个髻。奶奶出嫁一定是大排场，随她去爷爷家的还有一个丫鬟。在镇上读高中，我走过无数遍奶奶坐花轿的这条路，但很少到南水巷。我常常在大街的丁字口向北，往礼堂方向去。在女庙巷的路口，有些老人似乎熟悉了我的面孔，偶尔有人喊住我说，你是闻二小姐的孙子？我是闻二小姐的孙子。在南水巷，有人会指着我说，这是大老板的孙子。

我一直记得婆太太散光的眼神，她没有奶奶那样自信，她的脸上留下了从繁华到衰败的痕迹。我偶尔跟奶奶去镇上看婆太太，在有限的接触中，我从未听她说过闻家当年的境况。婆太太从不叫我的名字，见到我会说二姑娘的孙子来了。如果我的舅爹、舅奶奶在家，我进门以后，依次恭敬地称婆太太、舅爹、舅奶奶。舅爹和舅奶奶都是老师，舅爹教中学语文，舅奶奶教小学算术。舅爹是我在青少年时期见到的读书最多的人，他晓得我喜欢读书，但我们两人无法交流。舅爹背《古文观止》，我读小说，偷偷看了《野火春风斗古城》、《三家巷》和《红旗谱》等。在客厅站着，舅爹舅奶奶和我的谈话像老师给学生上课一样。大客厅周遭的物件都散发着我在《苦菜花》《家》中读到的那些大户人家的气息。后来读成语“如芒在背”，就想到在婆太太家客厅的感觉。一次舅爹问我：“那个老先生还给你讲古文吗？”老先生就是李先生，我说是的。舅爹再问：“讲的是《古文观止》吗？”我回答是的。舅爹又问：“你喜欢吗？”我回答是的。我不喜欢，但我都用“是的”回答舅爹。我随奶奶出门后，奶奶说：“他们就是讲斯文。”

这条巷子其实叫井巷，但奶奶习惯叫它女庙巷。一口古井居中，巷子两侧是粉墙黛瓦。井巷的房子似乎都特别高大宽敞，可以想象当年这条巷子的富贵景象。我后来去安徽的古村落，突然想起奶奶的女庙巷，确有几分徽派建筑的风格。奶奶就是在巷子裹脚又放脚的，这位“闻记棉线店”的二小姐，把往昔繁华的生活和她在女庙里听来的故事都梳进她的发髻里。即使在最潦倒的日子里，奶奶在乡下依旧保持着镇上大家闺秀的风采。奶奶晚年经常向我讲述的我们那个大家族的故事，早已离我和妹妹糖果远去，我们像听别人家的故事一样。

婆太太家后面的房子就是女庙。奶奶的姐姐，我的大姨奶奶说："你奶奶闲着没事，就喜欢到女庙里听人家说书。"大姨奶奶又补充说："那个小云有事没事也跟在你奶奶后面。"女庙，尼姑，有尼姑会说书，这一切与我相去甚远。奶奶没有读过书，她的故事都是女庙里出来的。尽管只有一墙之隔，但我从来没有跨进过女庙，奶奶也从来没有带我进去过。现在女庙里没有尼姑，砌了两堵墙后，女庙里住了三户人家。这些都是奶奶从镇上回庄上的路上说的。

奶奶有一只箱子，总是锁着，我一直想有机会打开它。为了防潮，奶奶在箱子底下垫了一层砖头，砖头上再垫一层木板。但凡连续几天下雨，这只箱子就从床下面移到一张椅子上。以前是奶奶自己一个人做，等我有了点力气后，奶奶便喊我帮她一起搬箱子，再后来，我就一个人把箱子搬到椅子上，等天气持续晴朗时，我再把箱子放到床下面。我不知道奶奶的箱子里藏了什么秘密。即使奶奶在后来把这个箱子打开以后，我仍然对所有提着箱子的人，包括影视里提着各式箱子的人，都怀有好奇，甚至充满了警惕。

爷爷奶奶的房间里是一张雕花的大床，床前有一块踏板，差不多和我的小床一样大，一头放床头柜，一头放马桶。马桶是婆太太给奶奶的陪嫁，奶奶从镇上用到庄上。父亲说，在镇上老屋，爷爷奶奶的房间就是这样布置的。踏板总是很干净，奶奶的鞋子是放在地上的，她脱了鞋子，再走上踏板。我和父亲儿时一样，也时常坐在踏板上听奶奶说书。

我记忆中的踏板被我的屁股焐热了，我又把手插到屁股和踏板之间。这是我现在能够想起来的奶奶讲故事的最早场景。那应该是一九六七年或是一九六八年的冬天。这个时候，杨麻子已经放回来了。我记得煤油灯罩黑得像铁锅底，如果是夏天，一定会有许多蠓虫被灯光吸引，撞进罩子里。在我的记忆中，那个晚上只有风，还有老鼠在游走。老鼠在冬天游走时的步伐显然比夏天迟缓些，这是我躺在床上辨析出来的。在我们从堂屋往房间去的时候，我已经听到老鼠略微沉重的步子了。奶奶把灯端到房间去时，用手捂着灯罩口，风太大了。奶奶肯定是没有讲完，不然我不会在她上马桶时随她坐在踏板上。

初夏了，奶奶去粮管所爷爷那里住一段时间。我一个人睡在奶奶的房间，我从来不会在凌晨醒来，但我怎么就在那个时候惊醒了，我看到窗外有影子晃动，便坐起来拉了电灯线。我屏住呼吸再看窗外，没有什么动静。我睡着时，即便有一点响声也会醒来。这个时辰应该是村庄最宁静的时刻。我关了灯，刚刚躺下，听到砖头落地的声音，随后是砖头堆哗啦啦倒了的声音。在窗外的东南院墙旁边，有两堆新买来的砖头，准备修厨房和铺猪圈。

我走到房门外面时，父亲母亲已经站在天井里，倒下来的砖头七零八落。母亲说，会不会是没有堆好，刮风吹倒了。这是个露水很大的凌晨，没有风吹过。父亲摇摇头说，我一直担心这几天有什么事。我们都上床复觉了，父亲说他抽根烟再睡。我没有听到鸡叫，也不知道六爹一早就从镇上跑到我们家。六爹跟我父亲说："出事了。老爹的坟被人挖了。"这也是让我恐惧的一个晚上，难道老爹的坟墓里有宝藏？此后老太身体开始出现问题，奶奶说与这事有关。

那天，奶奶是趁我和糖果不在时打开箱子的，等我们俩进来时，她还在箱子里翻东西，来不及盖上了。箱子里有上海从前的香烟广告，一个女人优雅地抽着香烟。这个女人穿着分衩的花袍子，奶奶说这是旗袍。这是我第一次遇见三四十年代的上海穿旗袍烫发的女人，和电影里看到的国民党女特务一个模样。箱子里的这些东西大概是奶奶在"昶利和"买的，我后来在新编的镇志上看到，这家洋行经销过南洋兄弟烟草公司生产的各种香烟和上海华城烟厂生产的"美丽牌"香烟。洋行主营"美孚牌"煤油、"鹰牌"矿烛和肥皂、英商的"卜内门"肥田粉和碱粉等。

妹妹看到胭脂很好奇，拿着那只精巧的盒子看了又看。奶奶说："糖果，还没有到你用的时候。"奶奶收回了胭脂盒。我不知道父亲怎么会同意奶奶给妹妹取了这个名字，奶奶说，生糖果的那天早晨，她梦到一个婴儿面前放了一把糖果，一块铜板，那个婴儿的小手摸了糖果。

·6·

这个家族一直向我掩盖的一个秘密，在我要读初一的那年春节暴露了。我之前看到的爷爷、奶奶在祖屋对老太行礼如仪，完全是旧式家庭的那一套。我曾经说我是一只羊，在脱下老太给我的手镯后，扣着的那根绳子解开了。其实没有，如果爷爷奶奶不在粮管所过年，我就得在大年初三去圣堂邀请爷爷的两位姐姐，我的大姑奶奶和二姑奶奶到我们家。两个姑奶奶和奶奶一样，头发一丝不苟，衣服整整齐齐。我觉得大姑奶奶特别像我的老爹，不苟言笑。二姑奶奶则端庄中带着微笑，露出洁白的牙齿。

我偶尔去圣堂，但几乎不去两个姑奶奶家，我不想自己紧张。一次听说圣堂有杂技表演，我偷偷去了，无巧不巧在庄前遇到了二姑奶奶，我想闪开，但她认出我来了。二姑奶奶拉我去她家，用铁锅做鸡蛋摊饼。二姑奶奶用稻草烧火，慢慢把蛋饼烤脆。她从厨房里端出的饼，像完完整整的锅巴。我走的时候，二姑奶奶说："大头啊，你要好好念书，王家就靠你了。"许多年以后，我在电话中听到二姑奶奶去世的消息，泪如泉涌。在习惯了乡下的争吵后，我对奶奶与两个姑奶奶亲切而有分寸的关系感到吃惊，旧式家庭会训练出这样的关系。

秘密是在不经意中露出来的。在奶奶和两个姑奶奶的言谈中，我听到她们对老太的一些非议。我想没有女儿会这样议论妈妈，在向父亲表示了我的惊讶后，我才知道了老太的身份。我嫡亲的曾祖母生了我爷爷两年后去世了，现在的这位老太生了五爹和三姑奶奶、小姑奶奶。当时我觉得自己很愚蠢，从爷爷和大姑奶奶、二姑奶奶的年龄，我应该能够算出他们和老太的关系。是爷爷奶奶他们对老太的尊敬，让我失去了判断。

在爷爷、奶奶和父亲的言谈中，他们始终没有让一个人清晰地浮出来，但我隐隐约约觉得有一个人曾经在我们家族中活跃过，又不知什么时候消失了。我在喊惯了五爹后，有一天突然想到一个问题，爷爷这一辈是从大姑奶奶排起的，爷爷排行三,五爹排行五。也就是在这一天，我问父亲，五爹上面应该有个四爹，四爹呢？父亲说四爹早就死了。接下来我就没有问出什么，这个被我问出来的四爹早就死了。

最早给我模糊答案的是外公。那天在稻床上，外公说起石板街的大火，他说那天失火后，你们家祸不单行。我问还有什么事，外公说："你有个四爹，在泰州，大火过了几天也暴死了。"这是我第一次晓得，我猜疑中的那个四爹是确实存在的。

"我和四爹在一起的时候不多，他几乎都在外面。"父亲在我问起这事时告诉我。父亲印象中，四爹很少回家，回来后在曾祖父的房间里两人经常吵架。这在家里是个例外，从来没有人和曾祖父回嘴。父亲说，一次四爹和老爹吵架后，找到他，摸了摸他的头，又把他抱起来，然后出门了。父亲说，这是他最后一次见四爹。再听到四爹消息，是四爹在泰州死了。

外公没有说的更重要的一件事，四爹曾经参加过王二大队长的游击队。在稻床上跟外公睡了几个晚上的冬天过去后，已经是一九七三年春天，我们又去祭扫王二大队长。这次是外公介绍革命烈士的英勇事迹。在回来的路上，我和外公走在一起，外公说起去年冬天谈到的四爹。外公说："你四爹参加过革命。我认识他。"

我想起父亲之前说过，四爹总是和老爹吵架。曾祖父肯定没有准备好，他这个家庭中会产生一个叛逆者。我无法理解，这样一个革命者，怎么会在爷爷奶奶的口中被拦下来，让我错失了与我们家一段光荣历史相遇的机会。

外公说四爹参加了天宁寺那一仗，他受伤了，和杨副大队长一起逃过了还乡团的追杀，在溱潼养伤。再后来，杨副大队长成了大队长，他去根据地时，四爹没有跟着他走。外公分析，四爹肯定吓坏了。我问外公，如果四爹不死，活到现在，属于什么性质。外公说："脱离革命。"

脱离革命后四爹又跑到了泰州，再也没有回到镇上。四爹最后的行踪是奶奶偷偷告诉我的。四爹从溱潼到了泰州，和一个寡妇同居了。一年后，他们生下一个孩子。在这期间，四爹有没有再次回到镇上，奶奶不知道。很多年以后爷爷跟奶奶说回来过一次，但曾祖父不肯见四爹。奶奶说四爹人很爽快，可惜命不好，得了打摆子，死了。到镇上来报丧的是胡家大少奶奶娘家的一个伙计，那个和四爹在一起的寡妇是大少奶奶的表妹。奶奶记得，曾祖父把爷爷叫过去，说你带上两根金条去泰州。爷爷从泰州回来后，曾祖父当着家里所有人的面说："事情过去了，以后不要再提这个人了。"

我没有想到，曾祖父会这么绝情。不管怎么说，四爹革命过了，至少，他没有像独膀子那样叛变革命。曾祖父肯定不理解革命。我一直想象我几乎没有怎么听说过的四爹的样子，但怎么也具体不了。我估计四爹可能像他的母亲，就是我的老太。这个时候，我对老太的印象比之前好了许多。

王二大队长冲出去，中弹牺牲了。他的战友杨麻子和我四爹在手榴弹爆炸后滚下了南面的水沟，然后他们逃走了。我想到的问题是：他们滚进水沟里怎么逃脱还乡团的？外公说，水沟里有一条船，是庙里的。杨副大队长和四爹上船后，使劲划到了对岸。说是水沟，其实是一条很宽的河。等他们靠近对岸时，在这边的还乡团也束手无策了。这条河里只有一条船。

我再次回到了天宁寺夜战的场景。老师说，英雄牺牲之前，思想也会斗争的。我不知道王二大队长有没有斗争，他可能来不及。但我估计他明白他可能要倒下了，在倒下之前，或者在地上流血的时候，他会不会想到那间草棚房子就在不远处的东南角。我想他在有意识的时候，应该会想到不远处就是他的房子。我知道，他没有父母了，他有一个哥哥，哥哥也没有了，就是圣堂那个卖棉花糖的老头死去的那一年，他的哥哥也染上瘟疫了。但王二大队长有童年、少年，他青年时就出门打仗了。可我无法理解，王二大队长怎么没有名字。外公说，成立大队和乡时，上面也考虑用王二大队长的名字命名大队或乡，但王二大队长的名字就是王二。我开始责怪方天成县长，他读过书的，怎么没有给王二大队长起个正式的名字。

那个在我们家族中消失的四爹应该是有名字的，但我没有问爷爷，问与不问是一样的。四爹那天夜战，他哪里负伤了？他如果不死，我应该有机会见到他的。我曾经觉得在村庄和小镇之间的我，是最尴尬和痛苦的。当知道四爹之后，我晓得四爹才是最痛苦的。他背叛了一个商人家庭，没有成功，半途而废；他想开始新的生活，又突然染疾丧生。如果他没有死，我见到他，我会问什么？在水泥船舱时，在外公的鼾声中，我想到了这个问题，我会问他：你为什么没有革命到底？如果我这样问他，其实就是拷打他了。我放弃了这样的问题，我在心里宽恕了四爹。四爹也许愿意回答我的问题。他可能是膝盖被子弹击中了，他瘸腿站在我面前，他对我说，我也不晓得怎么回事。当我以为四爹会这样回答我时，心想：四爹，你就是革命理想不够坚定。

过了很多年，在重修曾祖父、曾祖母的坟墓时，需要立一个墓碑，父亲让我用毛笔写碑文。就在我想着曾祖父样子时，四爹，长得像老太的四爹浮现在我眼前。我给父亲打电话："四爹叫什么名字？"父亲愣了一会儿说："我想想。"父亲一直没有想出四爹的名字，爷爷奶奶已经在地下长眠了。

· 7 ·

说我祖上很阔的是独膀子。

"你不晓得啊，你老爹过的是什么日子。"有一天，独膀子觉得可以跟我说话时，他开始回忆在曾祖父家做工的那些日子，"你老爹话很少，你爹爹话也很少，就你奶奶话多。"独膀子显然借机发泄他对我奶奶的不满。"我第一次去拜见你老爹时很紧张，走了好几进房子，才见到他。他抽水烟，呼噜呼噜响。他问了我家里的一些事，听说我没有父母后，就说了一句：'你把这里当自己的家吧。'然后，你爷爷就领我去了陶庄，油坊在陶庄，油店在石板街。"独膀子举的例子是，那年中秋节，他正好运油到镇上，我爷爷带他回去吃饭，他看到八仙桌上一个盘子里堆了像宝塔一样的十几个月饼。他告辞回陶庄时，老爹说等一等，让爷爷把盘子里的月饼包好："你带回去，大家一起吃吃。"我相信独膀子说的是真的，奶奶也经常说到过去的月饼。

独膀子和我说这些时，他已经从批斗会上活过来几年。我在进一步询问村庄的革命史时，也访问了独膀子，他在盐城和王二大队长见过面。五十年代，独膀子在乡政府做了一段时间通讯员，乡政府撤了以后，他到台城的一家百货公司去了。我很少见到独膀子，那场批斗会后，他偶尔从台城回来。我记得那天独膀子从台上下来时就像死人一样，杨怀珠接他回去了，怀珠是独膀子姑妈家的老大。在和独膀子聊天时，我说到几年前的下午，我说你倒下来时我很紧张。独膀子看着我，感慨地说："你这孩子懂事，你奶奶是狠角色。"真的，那天夜里，我虽然心事在外公身上，但也想着独膀子怎样度过这个夜晚。独膀子和外公不一样，外公突然被揭发出了一些历史问题，独膀子的事情是有结论的，他先是革命，再反革命，后来又举手投诚了。

我好奇地看着独膀子用左手打开火柴盒，抽出一根火柴，再将火柴盒夹在独臂与右胸之间，干脆利落地擦出火来，点燃香烟。独膀子说："你爸爸见过小云，喊她小姨。"沉默了一会儿，独膀子接着说："那是一九三七年春天，你爷爷要结婚了，我从油坊到门市来帮忙。我在放鞭炮时，看到丫鬟小云搀着新娘下轿。"我知道新娘就是我奶奶，但独膀子还是说："新娘子是你奶奶。"

王记油店的门市在石板街上，油坊则在镇西南的陶庄。独膀子在油坊榨油，这小子在油坊的一次火灾中脱颖而出，他的机灵引起我曾祖父的注意和好感。给爷爷办婚礼时，曾祖父把独膀子从陶庄的油坊调到镇上帮忙。独膀子看到小云把奶奶从轿子上搀下来时，小云并不知道姑爷家有这样一个伙计，但伙计识别出了小云。后来小云跟奶奶说，我扶你下轿时，这个人就盯着我看。奶奶在跟我闲聊时也说，你说独膀子脸皮厚吧。

爷爷对独膀子没有奶奶那样的敌意，他一直觉得独膀子是个人才。爷爷回忆说，那是个月黑风高的晚上，油坊西侧存放菜籽的仓库门口突然起火了，蔓延的火已经烧焦了仓库大门的门窝子，火苗蹿到仓库里。这火是用芝麻秸点燃的，没有脱尽的芝麻在燃烧中像炸蚕豆一样噼噼啪啪响着，为火势欢呼。发现仓库起火的伙计，他的床靠着窗户，起来小便，才端起尿壶，感到窗户外有火光，发现对面的仓库门口起火了。

等爷爷凌晨从小镇赶到陶庄时，大火已经扑灭。这把火烧掉了几堆菜籽，这一年油店损失很大。在几个伙计要清扫门前起火的那堆灰烬时，独膀子突然叫停，他发现地上有一只烧焦的手套，他从泥水中拾起这只手套。油坊的人在冬天用的是布手套，这只手套是针织的。独膀子分析这个放火的人是戴着手套抱了一大捆芝麻秸过来，点火时脱了手套，慌张中忘记再戴上这只手套逃跑。曾祖父和爷爷都认可独膀子的分析，爷爷拿着这只手套去报案了。

据说警察局找到几个嫌疑人，但没有最后定案。独膀子得到老东家的赏识，从陶庄的油坊到了镇上的门市。独膀子每天卸门板开门，装门板关门。独膀子还有一件事，每个月给育婴堂送两次油，一次两桶。独膀子后来离开门市消失后，有人说两年前的那把火是独膀子故意放的，然后贼喊捉贼，但爷爷怎么也不肯相信这种说法。

奶奶回忆说，小云在奶奶娘家起初不是丫鬟，她在闻记棉线店做学徒。奶奶出嫁时，婆太太在物色陪嫁的丫鬟。小云空时会跟着奶奶去女庙听书，她跟婆太太说，如果二小姐不嫌弃，我陪二小姐吧。二小姐心里想着的也是小云，她一直把小云当妹妹一样看待。

二小姐对小云说："你跟我几年，我给你找个婆家。"

小云说："嫁人还早呢。哪天我嫁人了，再回来，给你们带小少爷。"

小云的话说到二小姐心里了。小云不撒谎，是想嫁人的。奶奶满意她的实实在在，小云说嫁人后还回来做佣人，二小姐开心。二小姐说："我给你办嫁妆。"

婆太太看小云眼睛湿润了，笑着对二小姐说："你自己先嫁出去再说。"

小云跟着奶奶去了爷爷家，在不忙的时候，奶奶会打发她下午到大街上的烧饼店买几个斜角烧饼送到门市，爷爷下午常常在门市处理生意上的事。

这天，小云又买好烧饼送到门市。爷爷在里面和账房算账，独膀子在柜台上接下了烧饼。小云转身要走，独膀子问小云："你阿是圣堂庄子上的?”

小云有点诧异，之前她只和独膀子点点头，不禁回头说:“你怎么晓得的?”

独膀子说:“我外婆家在圣堂。她家门对过有个老头儿是做棉花糖的，我跟姨娘去买过。”

卖棉花糖的老头儿是小云爷爷，小云父母双亡后就跟着爷爷过日子。小云记不得这事，独膀子说他在巷子里见到过小云，说小云跟在她爷爷后面。

小云将信将疑，还是有些兴奋。她没有想到，在这里能够遇见一个认识她的男人。她离开圣堂后，这镇上除了二小姐家，她没有其他说话的人。

独膀子又说，我记得你是瘪嘴，你还这样子。

小云有些不高兴，脸色一下子就变了。“二小姐说过，瘪嘴不难看，牙齿杵在外面才难看呢。”她觉得自己的话也多了，便说，“你不要再说澹话，把烧饼送给东家，要冷了。”临走的时候，小云轻轻说了一句:“嚼你的舌头。”

小云骂过后，独膀子知道自己失言了，他回过神来，赶紧说:“哦，哦，哦。”

已经走下台阶的小云说:“你是结巴。”

独膀子唔唔唔说不出话，小云噘起小瘪嘴，往西走了。

小云后来告诉奶奶，独膀子为了“你是瘪嘴”这句话，在一次她离开门市回去的路上，特地赶上去说：“我说错话，打自己巴掌了。”独膀子真的打了自己一个嘴巴，小云不知所措，只是说：“以后不要嚼舌头了。”独膀子这才笑着离开。小云没有告诉奶奶，那一天独膀子送给她一把小梳子。小云是不要的，但在街上不好拉拉扯扯。小云手里拿着小梳子，心里是欢喜的。

又过了些日子，独膀子在柜台里趁着没有旁人，悄悄跟小云说：“我喜欢小瘪嘴。”小云吓坏了，也没有看一眼独膀子，慌慌张张下了台阶，差一点踏空。小云在石板街往回走，耳畔还是独膀子这句话，突然打雷，响了几下，阵雨就落下来，一下子淋湿了身子。她在水龙局门口躲雨，望着突然静下来的石板街发呆，独膀子拿着一把雨伞出现在她面前。雨越落越大，即便撑伞也无法挡住大雨。小云和独膀子都僵硬地站着，独膀子靠近她一步，她就往前移动一步。独膀子说，我有水龙局门钥匙，要不要进去躲雨？

小云说不要进去了。几年以后，小云想起这一温暖而别扭的场景，才意识到她忽略了其中不祥的迹兆。怎么就突然打雷呢？小云想不通。

· 8 ·

奶奶后来说，小云那天回去，还是有点发烧了。奶奶给小云烧了生姜红糖茶，小云喝了就睡觉了。第二天起来，她跟奶奶说，她夜里做梦了，汗出来了。梦里她爷爷跟她说，棉花糖卖不掉，没有钱花了。

奶奶问小云："是不是你没有给爹爹烧过纸？"

小云说："到镇上就没有上过坟。"

奶奶说："要么你回一趟圣堂，给你爹爹烧几张纸吧。"

小云有点犹豫，奶奶说："没事，我管一天少爷不要紧，你明天回去一趟吧。"小云谢过奶奶，奶奶又说："我打发独膀子陪你回去吧，路上有个照应。"

小云连忙说："不用不用。"

这成了奶奶一年后最后悔的一件事，她跟爷爷说："不该让独膀子陪小云回圣堂的。"在小云回到镇上后，她和独膀子一路来回的情景，只用了一句话告诉奶奶："这个人还好。"

后来奶奶晓得了，独膀子回程时，还带着小云顺道回了莫庄，他们去看了胡鹤义。小云跟奶奶说："天宁寺好大，我们也去烧香了。"奶奶说："你们没有去教堂看看洋菩萨？"小云说："没有去，我们直接到爹爹的坟地了。"

小云爷爷卖棉花糖时，圣堂叫东莫庄。西化的风也吹到了东莫庄，一个姓顾的富家子弟远涉重洋读书，回来带着一个传教士到了东莫庄。那时，天宁寺香火很旺，邻村突然有洋人说起上帝。东莫庄没有莫庄胡鹤义这样一言九鼎的人，虽然也有乡绅反对，但教堂还是拔地而起。这地方开始有人叫它圣堂了。

当教堂的那个塔尖成形时，很多人去看西洋景。胡鹤义也去了，他第一次看到那个叫十字架的东西。回来时，他绕道莫庄寺上香。老和尚吃茶时告诉他，上帝就是洋菩萨。莫庄有寺庙，东莫庄有教堂，这个乡有了菩萨和洋菩萨。莫庄寺的香火依然很旺，到东莫庄看西洋景的人也越来越多。小云的爷爷不要挑着担子四处游走了，他索性把担子放在教堂门口。

小云爷爷是在六月大水过后倒下的。四月清明过后，纷纷的小雨成了大雨，然后是水灾。爷爷说，大片大片的油菜花在风吹雨打中折断，那一年油菜籽几乎是颗粒无收。水灾过后，又是瘟疫，小云的爷爷在教堂门口倒下了。小云就是在这个时候由我二姑奶奶介绍到婆太太家的棉线店的，她首先见到的是闻家大小姐，二小姐正在女庙听书。小云进了棉线店没有几天，对面的那幢房子门口挂上了“育婴堂”的牌子。

挂牌子是民国二十五年九月，胡鹤义在解放初期写的交代材料中回忆他担任育婴堂堂长的时间。那个留洋的学生已经在上海一所大学教书，暑假回来，他特地到莫庄拜会胡鹤义，商量在镇上开设育婴堂，收留瘟疫过后的婴儿。这事很快就落实了，镇上的几家商号差不多都是育婴堂的董事。胡鹤义在交代材料中也提到了我曾祖父的名字，除了支付日常的费用外，王记油店还要供应育婴堂的食用油。

独膀子到门市后，过半个月给育婴堂送一趟油。那天独膀子送油去育婴堂后不见人影，晚饭时，他没有回来吃饭，也没有回到门市过宿。第二天他仍然没有回到门市，爷爷派人去育婴堂查询，那里回话说，昨天的油送到了。晚上回去，爷爷告诉奶奶，独膀子失踪了。

没有人知道独膀子到哪里去了。有人跟爷爷说，独膀子失踪的五六天前，曾经有个外乡人在门市和独膀子说了很长时间的话。爷爷想起他前天在西码头看到独膀子和小云在一起说话，便问小云。小云慌张地说，我不晓得他去哪里了。小云失神地回忆说，他说了日本人好像要从溱潼过来了。爷爷看着发呆的小云，没有再问下去。

日本人真的坐船从溱潼过来了，没有上岸，汽艇在镇码头停靠了一会儿，然后又开走了。此时，奶奶带着她的儿子躲在陶庄的一个农户家，一起过去的小云坐在奶奶的旁边，突然呕吐了。奶奶问怎么了，小云说可能着凉了。

关于独膀子的去处，不时有消息传来。有人说，在盐城的街上看到他了。又有人说，独膀子在安徽呢。慢慢地，没有了独膀子真真假假的消息，再后来，油坊和石板街上的人们已经淡忘了独膀子。

大半年以后，西码头两岸的桃花开了。突然有个外乡人在门市说要找少东家。那人鼻梁上架着眼镜，递给爷爷两包东西，“有人托我带东西过来”。一包是茶叶，一包是红糖。

“请问你是？”爷爷问。

“我是台城洋伞店的。前几天有个当兵模样的人到我店里买伞，我偶尔说起我要到这里来，隔天他就托我带两样东西过来。”外乡人把带来的东西放在柜台上，又补充说，“这个人好像姓杨。”

爷爷判断，这个当兵模样的人就是独膀子了。

外乡人继续说：“他说茶叶是给你家老爷的，红糖是给一个姑娘的，这姑娘的名字我记不得了，好像是你们家的丫鬟。他到店里放了东西，就匆匆忙忙随部队开拔了。还有张纸条，上面写着你们的地址。”

很长一段时间里，奶奶不断盘问爷爷和卖洋伞的见面细节。此时，收到红糖的小云被奶奶藏在陶庄的一个农户家，再有一个半月，小云就要临产了。在躲日本鬼子几天后，小云发现自己不来红了。开始她心不在焉。这是个暖冬，她没有减少棉衣，但时常会发抖，早上会睡过头，比奶奶起得还晚，午间还没有丢下饭碗，就哈欠连天。奶奶觉得小云的状况不对，说人家都是春困，你怎么冬困呢。小云不回应，边伸懒腰边打哈欠。

又一个月过去了，小云还是不来红，她知道自己出事了。

“这个打枪毙！”在小云说了原委后，奶奶骂了独膀子一句，这可能是奶奶第一次不讲斯文。后来几十年，奶奶嘴里的“这个打枪毙”专指独膀子。

出乎小云预料，奶奶并没有责怪她。奶奶第二天跟小云说："我愁得一夜困不着。"

· 9 ·

在油店门市，和独膀子说话的这个外乡人叫方天成。父亲说，你记不得吧，红卫兵用小汽艇送到庄上来批斗的那个县委书记就是他，他当年是新四军。我想起来了，几年前，他被人从汽艇上押到供销社门口的台子上批斗，外公就是被拉来陪斗的。就在我倒着看这个世界的时候，这位书记陪同省委书记坐着汽艇离开码头，驶向西泊，他在上汽艇之前，悄悄和大队书记说到了我父亲的墨镜。

爷爷的推测不错，应该是独膀子到西码头给游击队送油时熟悉了新四军的。独膀子在石板街西码头送了两次油以后，方天成认识了这个小伙子，对他的机灵留下深刻印象。那天他在执行任务的空隙，到油店门市找到了独膀子。在后来的交代材料中，独膀子有意省去了他离开油店之前曾有的犹豫，他说，方天成动员他到队伍上来，他毫不犹豫就决定参加革命了。但独膀子是怎么从新四军叛变到了国民党军队的？烂猫屎在供销社门口说，独膀子的部队被国民党反动派打散了。

在独膀子灰头土脸往山东去的路上，小云在陶庄一个农夫家生下了女婴。这是一九四一年四月的早晨，小云在房间窗户里看到了阳光。奶奶来看她时，问这孩子取了名字没有。小云说还没有，她想起那天早晨的阳光，问奶奶叫云霞好不好，奶奶说好的。她们俩都知道困难不在名字。姓什么呢？小云想起奶奶对她点点滴滴的照顾，说，要么姓王吧。奶奶开始觉得可以，再想想，姓王会引起外界误解。奶奶对小云说，这样子吧，要么跟你姓顾，要么跟我姓闻。小云没有犹豫，说，那就跟你姓。她觉得让孩子姓闻，是对奶奶的报答。

就在返回小镇的路上，奶奶想到小云母女俩往后的日子，小云不可能带着孩子待在奶奶身边。奶奶和爷爷商量如何安置这母女俩。隔了两天，奶奶再次到了陶庄，她问小云往后如何打算，小云请奶奶做主。奶奶说，你带着孩子，再到我那里，不明不白，肯定不行了。小云也说是。奶奶问她，要不要等那个打枪毙的。小云没有直接回答，说，等到哪天呢？奶奶说，也不知道这个打枪毙现在死在哪里。小云这个时候随着怀里的云霞一起哭了，奶奶后来说，小云哭得揪她的心。奶奶说，哭了有什么用？我再问你，你想不想嫁人？小云说，带着孩子嫁人，日子也不好过。

在云霞出生一百天后，奶奶抱着她到了育婴堂，里面的人并不知道小云和云霞是母女。奶奶说，早上起来，发现门口有个宝宝在哭，不知道是谁丢在我们家门口的。我给这宝宝取了名字，叫顾云霞。奶奶还是让孩子跟了她妈妈的姓。又过了几天，奶奶带着小云去女庙听书。她看庙里的人都在忙碌着，便说，小云，你留在这里帮忙吧。奶奶一个人带着父亲回到祖屋，小云就这样留在了女庙。父亲后来说，他从此没有再见到这位小云。

奶奶看婆太太时，特地到女庙去了。那个年长的尼姑说，你那个小云好喜欢孩子，经常去育婴堂。我看她听到对过有孩子的哭声，就不安神。奶奶说，小云可能带我们家宝宝习惯了。奶奶出门时，小云也跟出来。奶奶说，我们去对过看看。

育婴堂的一个女子抱着云霞迎接奶奶和小云。这个女子说，二小姐，小云心好，认了这个孩子做干女儿。

· 10 ·

爷爷说他最后一次见到胡鹤义的二公子若愚，是在石板街的油店门市。

他们有时会碰面商量育婴堂的事。若愚这位白面书生，此时的身份是镇公所的保长。两年前，他从泰州高中毕业回到了莫庄。若愚想念大学，但胡鹤义不同意。大少奶奶上吊后，胡家一直在不祥的气息中活着。胡鹤义希望二公子回来支撑家业，他觉得自己已经力不从心了。虽然他怎么看，这个孩子都不像生意人，但他没有其他选择。

若愚肯回来的原因之一，是上海表妹家催他成婚了。表妹家的条件是，实在去不了上海也可，但结婚后不能住在莫庄，大少奶奶上吊的恐惧也传染到上海表妹家。就在这个时候，台城的国民党县党部物色若愚到镇上做保长，若愚在高中时加入了国民党。上任一年后，泰州解放了。若愚开始慌张，在他任保长后不久，王二大队长遭还乡团伏击身亡，虽然他对这次行动毫无所知，但事情是在他保长任上发生的。外公为了给王二大队长收尸，到镇公所找的就是若愚。

这应该是一九四八年七月一天的傍晚，胡若愚和爷爷约好了在门市见面，说有事相告。二公子和爷爷互相称“先生”。

二公子说：“想起来，老先生说，我们两家有点亲。”

爷爷说：“我的婆奶奶是溱潼的。”

二公子说：“我的奶奶是溱潼的。”

爷爷记得他的婆奶奶说过，有个表姐嫁在不远的一位大户人家。爷爷的婆奶奶去世早，人走了，不往来，一切就淡了。

二公子说：“我要出趟远门，下个月给育婴堂的大米我已经安排好，会派人送过去。”

爷爷说：“等你回来，我们一起去溱潼看看。”

二公子还要说什么，欲言又止。

爷爷一直记得，二公子穿的是西装，戴着墨镜。跟在爷爷后面的少年，一直盯着二公子的墨镜看。二公子发现了少年的好奇，他摘下眼镜说:“给你玩吧，我还有一副。”

胡若愚在夕阳下沿着石板街向西。少年将墨镜打开，双手扶着镜架向西望去，眼镜里的夕阳已经没有了刺眼的光芒。

· 11 ·

父亲在墨镜中看到的夕阳下的小镇，不久就成了他的幻影。

奶奶说，他们不是从西面的水码头上船的，接他们的船在东边的牛桥下面。无论如何，家道衰落了。爷爷、奶奶和他们的儿女都带着旧的记忆开始新的生活。

在牛桥的东岸上，父亲记得爷爷回头看了看大街，自言自语说:“我们本来也不是这个镇上的。”父亲听见了，他在船上问爷爷:“我们是哪里的人过来的?”爷爷说:“那是从前的从前，我也不知道。小时候听大人说是苏州阊门。”父亲不知道爷爷也没有去过的阊门在哪里。

爷爷到了莫庄不久，在供销社门口邂逅了县城那个洋伞店的老板。爷爷很快辨认出他就是当年到油店门市送红糖和茶叶的那个外乡人。比爷爷他们早到莫庄两个月的这位外乡人，庄上的人开始喊他“烂猫屎”。烂猫屎没有想到他会在这里和爷爷重逢，两人唏嘘不已。

如果说村庄里曾经有一个幽灵在晃荡，那么他就是烂猫屎了。我一直不知道他叫什么名字，只知道他姓宣。宣喊我爷爷大老板，爷爷也喊他大老板，宣应该是家里的老大。在大家都称呼同志或者直呼其名时，这些从旧社会过来的人，彼此间还这么客气。我偶尔见到他们寒暄，“大老板”称呼中的那种气息，让我恍如隔世，但两人语气里的快意是那样自然而然。一个时代过去了，残留了一些词语，也残留了曾经的一种生活。

这一带姓宣的只有他一家。他的祖先是安徽的，太平天国起事时，他爷爷从安徽到了台城。等到他和戈师娘一起从台城到莫庄时，他从父亲手上接过来经营的那家宣记洋伞店已经破落了。烂猫屎说，他只带了一卷铺盖和卖不掉的几把洋伞到了莫庄。究竟带了多少把洋伞，没有人知道。这个很难听的绰号，源于他的眼睛一直有眼屎，他眯缝着眼睛时，眼屎就像没有涂匀的眼药膏。据说，台城的邻居只喊他“猫屎”，到乡下后，这种眼睛被喊成“烂猫屎”了。不管他的眼睛有没有烂，乡亲们喊烂了。

“独膀子不是嫖婆娘被砍掉的。是打仗，炮弹轰断了他的膀子。”这是烂猫屎在供销社门前说的最有分量的一句话。独膀子从解放军医院出来后，回到了已经解放的台城。天下变了，他觉得自己在黑白两个世界都混过了。他伤势严重，昏迷数日，在他醒来的那一刻，他本能地想伸出右手揉揉眼睛。他并没有梦到小云，那个梦是零碎的。在梦中，方天成出现了，他向方天成敬礼，方训斥说，脱下你的狗皮衣服。这好像是一个暗示，天下变了，如果回乡，如果方天成还在台城，他只能去找他了。

当独膀子右臂长袖空空荡荡地垂着回到莫庄时，他曾经熟悉的那个村庄已经物是人非。他在晚上悄悄去看了表姑父胡鹤义，老先生比他想象的淡定，说没有想到你还能回来。独膀子问，姑妈呢？老太太才从房间里出来，喊了他一声侄少。老人搬到了东码头那条巷子的一座房子里，独膀子觉得这位姑父比十年前老多了。这个时候，他才晓得大少爷和二少爷都不知其踪了。独膀子一直站着，老先生让他坐下，他也不知道该说什么好，就告辞了。老先生在门口送他时，拉了拉他垂着的袖子说："往后，不要来看我了，我好的。"

独膀子见到他过去的东家，两人都有点百感交集的样子。"你阿晓得，独膀子涎皮赖脸站在门口，我就是不让他进门。我骂他打枪毙，他也不走。"奶奶说，独膀子是硬挤进门来的。我不知道那一天独膀子说了什么，但奶奶肯定没有告诉他小云的下落，更没有说他们还有一个女儿。奶奶心里以为这是对独膀子的惩罚，独膀子离开我们家时，奶奶还对他吼了一声："你这个打枪毙会遭报应的！"

独膀子问了烂猫屎，确认他当年有没有把茶叶和红糖带到。烂猫屎说是大老板收下来的，记得是下午，大老板还请我吃了一块斜角烧饼。独膀子由这个细节判断，应该是小云前脚走，烂猫屎后脚到。其实不对，这个时候小云躲在陶庄。独膀子也找过爷爷，爷爷说:“事情过去这么多年了，小云是还在，见了又如何。”独膀子让烂猫屎问爷爷，爷爷说了相同的话:“事情过去这么多年了，小云还在，见了又如何。”爷爷还补了一句:“他托你带过来的红糖我也转给她了。”爷爷没有说，小云把那包红糖给了我的老太。

· 12 ·

我们这个家族在小镇上最后一次欢乐，我缺席了。

五爹好像看到我坐在大礼堂门口了，我赶紧把披在身上的毛皮大衣团好放在腿上，头埋在大衣上。等我再抬起头时，五爹已经从石板街拐弯向南了。也许五爹没有看到我，如果看到，他一定奇怪我怎么没有跟奶奶去他那里借衣服。我坐在台阶上，如果穿上毛皮大衣，我可能就像老屋之前的石狮子。大衣的樟脑丸味道太重了，几乎让我有迷幻的感觉。我转头向西，看着熙熙攘攘的石板街。曾祖父搀着他的孙子从这条石板街路过时，他的脸上也没有笑容吗?

父亲穿上曾祖父的毛皮大衣后的扮相已经很接近样板戏宣传画上的角色。在父亲未扮演杨子荣之前，我偶然听人称道父亲和母亲的表演才华。当我自己做了父亲后，父执辈的还用玩笑的口吻告诉我父亲和母亲年轻时同台唱扬剧《夫妻观灯》的情景。

父亲他们在快要下雪时完成了第一次彩排。大桥南边电灌站泵房门前那棵高得出奇的槐树被风刮得不剩一片树叶，1973年冬春之际，给我留下冰冻记忆的是参差不齐的冻丁丁，我们常常把冻丁丁当棒冰吃，一直吃到春分。在舌尖完全失去知觉后，嘴巴哈出了热气，红肿的手开始发烫发痒，少男少女们像冬眠过后的蛇，浑身有了游动的感觉。

父亲在剧中“打虎上山”时的亮相和童祥苓的剧照步调一致。父亲一有空闲就不时端详《智取威虎山》剧照。母亲一拍手，父亲就开始表演。母亲拍手的声音很响，天井里围观的几只鸡吓得散开。

我奶奶捧着个手炉也在边上看。奶奶不以为然地说：“哪有你们这样演京戏的。”奶奶常把京剧说成“皮簧”。奶奶的父亲，也就是我父亲的外公，当年也特别喜欢京剧，是镇上“青云票房”的成员之一。奶奶告诉我，她曾到县城里看过《女起解》《拾黄金》。

其实，我父亲并不愿意出来演杨子荣，他已经多年不上舞台。大队革命领导小组杨组长亲自跑到我家来做工作，父亲还是一口回掉了。在这之前，勇子也来劝过，没有用。那时我很迷样板戏，不解父亲为什么这样。我也忘记了我讽刺过父亲：你们比电影里演得好？父亲说，我和你母亲都演过《夫妻观灯》了，还有什么好演的？这个杨组长非要把革命进行到底，又跑到我家来做父亲的工作，母亲只好出来打圆场，她先答应了下来。杨组长走后，父亲埋怨母亲，母亲说："你以后就不求人家了？现在是文化大革命啊。"

在冻丁丁愈垂愈长时，父亲他们准备演出了。父亲回来说，杨子荣上山的那场戏还缺服装，杨子荣穿的是毛皮大衣，到哪里都借不到，公社宣传队也没有。父亲想起镇上祖屋有件这样的大衣，不知老太肯不肯借出来。父亲和奶奶提起，奶奶说开不了这口。父亲还是说，去借借看，不一定。

泥土垒成的戏台用已经褪了绿色的篷布搭成一个有两间屋子大的空间，篷布在风中僵硬地鼓着，发出短而脆的"嘭"，"朔风吹林涛吼峡谷震荡"的氛围好像出来了。演出快要结束时，我把手中的一截冻丁丁丢到地上。微弱的光线下我看到东子一只手夹在裤裆里，两条腿在打颤。台上扮演小常宝的是我们数学老师左老师，东子说，左老师好看。我正要踢踢东子，舞台东北角的篷布突然塌下来，台上台下的人才发出一声惊叫时，西南角撑着的毛竹也戛然折断，舞台顶上的篷布扑了下来。东子大喊一声："左老师！"

左老师轻伤，但伤在脸上的关键部位，额头和颧骨部位都破皮出血了，额头还缝了几针。受伤的左老师不能继续演出了，谁来演小常宝呢？最初考虑的是小姨，但小姨已经在准备李铁梅的角色，她说她演不了两个角色，铁梅的戏太重了。父亲推荐了秋兰。勇子有点犹豫，问巧兰是否合适。父亲说，巧兰不合适，你不要担心秋兰的成分了，我听说样板戏的一些演员也是从干校回来的。父亲和勇子一起扳指头，排来排去，只有秋兰合适。巧兰是赤脚医生，也不能离开卫生室。

父亲回来跟母亲说："你晓得晓勇怎么和秋兰说的吗？"

母亲说："我又不在场，怎么晓得他说什么？"

父亲说："晓勇跟秋兰讲，这是对你的信任和考验。"

王副主任看了父亲他们的演出，说很成功，下个月要安排到公社礼堂去演出。王副主任还表扬了晓勇："这件事你抓得很好，学唱样板戏，就是学做革命人。"

出发的前一天晚上，秋兰到我们家，问母亲去不去看，母亲说不去了。奶奶说她要去，说她带糖果一起去。让父亲和奶奶诧异的是，老太竟然拐着小脚到大会堂来看父亲的演出。谢幕的时候，老太在台下喊父亲的名字。众人散了，老太还在座位上。她让糖果跟她回去住一个晚上，奶奶便一人到姑妈家去了。

糖果回来后，我问她早上吃的什么，糖果说，老太请她吃了小馄饨，还有烧饼。

"老太喜欢你吗？"

"喜欢的。老太说，如果在从前，我就是家里的小姐。"糖果想了想，又说，"老太还说在从前你就是小少爷。"

卷三

· 1 ·

在我哭出第一声时，父亲沮丧地从大队部回到家里。

父亲摘下了墨镜，红肿的眼睛充满了委屈。外公也有些落寞，他赶到码头时，省委书记的船已经过了西泊。我持续不断的哭声，让翁婿两人豁然开朗。

即便在最落魄的时候，父亲也没有说过对他后来命运产生致命一击的这副墨镜。那些天，为了迎接省委书记视察，父亲一直在准备各种汇报材料。他此时的身份是生产队的会计，奶奶一直骄傲地说父亲打算盘是全公社最快的。除了算账，父亲的书法和文章在公社可能也处于前列。因为这个原因，父亲差不多是大队部的兼职文书。

父亲很像爷爷奶奶，任何时候都穿着清洁的衣服，即便是破旧的衣服他也能够穿出精神来。难怪母亲说过几次，那时村里的很多姑娘喜欢父亲。连续的熬夜，这位兼职文书的眼睛红肿了。为了不影响形象，在跟着大队干部接待省委书记时，父亲佩戴了墨镜。

当时谁也没有在意父亲这个细节，好像是在送别的时候，县委书记对大队书记说，那个戴墨镜的小伙子不像农村青年啊。大队书记当时紧张得来不及解释原委，隔了几天，他想起县委书记的话，觉得这是批评，便特地约父亲到大队部谈话。大队书记说了什么，我父亲说了什么，没有人知道，但村上的人很快知道县委书记批评了某某人。过了几天，书记又对父亲说："德之啊，你不要有压力。"

那个尴尬的场面是母亲一次在抱怨父亲太老实太不会讲话时说出来的。在下半年改选生产队会计时，父亲和另一位出来竞选会计的根叔并排坐在地上。他们的背后各放着一个大碗，刘队长发给每个社员一粒蚕豆。

大碗相当于票箱，蚕豆相当于选票。父亲和根叔都安静地坐着，他们都听得见背后蚕豆落在碗里的声音。蚕豆丢完了，两个大碗放在一张高高的长条凳子上，两个监票的社员，分别数着碗里的蚕豆，数了一遍，再数一遍。

张三说："这个碗三十二。"

李四说："我这个碗三十三个。"

有三十二个蚕豆的碗是我父亲身后的。

怀仁老头儿说，父亲少一个蚕豆，是刘队长没有放。他看到刘队长在他们身后犹豫了片刻，然后把蚕豆丢在另一只碗里。

也许，这一切与墨镜没有什么关系。父亲不是本村人，他是从镇上到村上的难民。很多年前他是镇上的少爷，他的身上总有一种与这个村不吻合的气息。当后来我知道我是倒着睁眼看世界时，我觉得我和这个村的关系比父亲他们更复杂了。

根叔做了不到一年生产队会计，账目一塌糊涂。大队长拍台子了："一笔糊涂账！"根叔识相，主动说不干了。大队动员父亲再做，父亲不肯，他说在田里干活也挺好。我父亲是个固执的人，领导找他，他只说了一句我不做。领导再动员，他一声不吭，连"我不做"这三个字都懒得重复，但父亲答应帮根叔把账目弄清楚。母亲回忆说，你父亲是个奇怪的人，自己不做，熬了几个夜，帮别人理清了账目。

我对根叔印象不太好，他鼻子里总是嗡嗡地响，呼吸时发出像老人抽水烟的声音。我看他用手指擤鼻涕，两只手摩擦到没有鼻涕。肯定不是我一个看到他这样，村上的人给他取了一个绰号：嗡鼻儿。

根叔勤快，吃苦，愿意帮大家干活。我们家修猪圈时，根叔来帮忙，都顾不上擤鼻涕了。这个时候我父亲已经去学校代课了，根叔也喊他王老师。晚上喝了几杯酒，根叔拉着父亲的手，欲语又止。母亲是个体贴别人的人，见状便说："过去的事就过去了。"根叔倒也直率："我熬不住了。不是我小人，那年是刘队长动员我去参选的。"那天根叔趴在桌上打呼了，他起来时，袖口上有很多血，他的鼻子出血了。我模糊的印象中，晚餐时大蒜炒茨菇，青菜豆腐汤。这是唯一一次看到根叔在我们家喝醉酒。

酒醒以后，根叔又说："我把你抱到台子上的。"他没有再说我多高，学着我口吻说："大家不要笑，听我唱个小调调。"

我问根叔，我唱了什么。

母亲说，没有唱，是背的儿歌。

根叔和我父亲、母亲几个人想了想，把我背的儿歌凑出了几句：你拍手，我拍手，做好游戏往前走，十字路口不停留，红旗插在校门口。儿歌的最后一句是我突然想起来的。外公被批斗后，我再也没有登台表演过。我觉得自己的嗓子不如以前悦耳了，再后来声音变得很粗，闷在喉咙里，有时候还沙哑。过了十岁生日后我听到父亲低声对母亲说，大头发育了。孩子一旦发育，父母的压力好像变大，他们不得不用另一种口吻和孩子说话。

根叔死了。根叔死之前，梅儿去了安徽。我们这一条巷子，突然少了两个人。就像一群鸟，突然飞走了两只，那种空寂只有这一群中的我们知道。根叔得了我们从来没有听说过的一种病，鼻癌。难怪，那个发霉的五月，只有根叔说他闻不到霉味。出殡时，我正撑着捞水草的船离开码头。根叔的棺材停放在船上，黑的油漆几乎把棺材板刷得像锅底。我的船先离开，向东，根叔的船缓慢地出发，向西。我回头看，河面平静如常。

根叔头七时，我随母亲去了根叔家，我要磕头时，婶婶拿了拜垫给我。婶婶记得我喜欢吃涨饼，跑到厨房拿了两块给我带上。

我再次想起根叔，是在那个清晨，我起早出门去捞水草，饥饿的我闻到了婶婶家厨房窗户飘出的水汽，是麦粉和碱水混合后熟了的味道。我犹豫，要不要敲婶婶的门。我右手拿着叉子，左手提着一小罐子粥。

午间躺在岸上休息时，我回忆起那个热烈的晚上，根叔把我扶到椅子上，然后我开始背儿歌。对了，是根叔。根叔的力气很大，他轻轻就把我举起来了。当时，根叔的鼻子没有嗡嗡的声音。我们住在一条巷子里，他在田里干活，我在教室读书，也不是每天都能碰到。根叔夜间清理鼻涕的声音，有时会传到我的房间里。我对这种声音特别敏感，根叔使劲擤出鼻涕时，我会感觉他的鼻子在出血，似红非红的血滴在我的课本上。根叔走了，巷子的夜晚突然安静下来。我躺在床上，听到秋兰家的老狗叫了。是幻觉，老狗死了几年了。

· 2 ·

队史初稿完成了，勇子和表姐看后说不错，需要集体讨论后定稿。那天在大队部，我看着墙上的挂钟，有点意识到时间是什么了。

我并不是随便怀疑胡鹤义，他可能又做人又做鬼。如果不是胡鹤义，会是谁？好像没有人比他更值得怀疑。当我说出出卖王二大队长和剃头匠老杨的坏人时，外公的一声“啊”，让我有些沮丧，我感觉外公老了。这几年变化好大，父亲在学校安心教书，他在剪掉林彪的画像后，几乎不评论外界的事。和他一起站在码头上送别省委书记的大队书记，已经是县革委会副主任了。这位副主任回到大队时我见过一次，他问江南大队大礼堂几个字是谁写的，旁边的人告诉他，是王厚平写的。在知道我是谁的儿子后，他说，颜体，比他爸爸写得好。勇子告诉我这个评价后，我兴奋了好几天。

外公恢复组织生活了。他似乎特别关心集体化的事，问过我几次队史如何写集体化道路的。我把稿子给他看了，他说六里合作社的事写得少了，大队和六里乡都是在六里合作社基础上成立的。外公去了他工作过的养殖场，回来说，养殖场比他当场长时发展了。闲着的时候，外公还去西曲口那边转转。西曲口废弃了几十年，河边有几块石头堆砌成的码头，长久不用，河坎也塞满了垃圾，乱七八糟的砖头上是暗黑的青苔。要从那里走下去，已经很困难。临近码头的岸上，有一个小院子，是外公的祖屋。外公在这里出生，也在这里生了我母亲。那天他从西曲口回来后跟母亲说："我看到了西曲口埋你脐带的地方，上面也长草了。"我在旁听着，有点伤感。这个时候，我们都还不知道，癌细胞在外公的胃里活跃已经有日子了。

回到当年的村庄，外公还是一个青年。我在外公的材料中看到，一九四六年参加地下党时，他三十六岁，当时的公开身份是盐贩子。他是在去一个叫三灶的地方时与方天成遇到的，后来又悄悄在小镇和方天成见过面。第一次见方天成时，方说王二大队长提到过他。外公这一代人似乎都显得衰老，我对外公有印象时，外公的两个眼窝已经陷得很深。但我看出外公年轻时的帅气，即使患重病后，他的腰也没有弯下来。外公在西曲口逛荡时，头上戴着一顶帽子，小姨用毛线编织的，他把双手插在中式棉袄的袖子里。乡下很多上了年纪的人都像外公这样，走路时把手插在袖口里，走路的速度似乎没有受到影响。勇子他们这一代人不一样，他们会把军大衣穿在身上，甩着手走路。我看勇子有时候还把大衣披在身上，这有点模仿样板戏里的人物。虽然喝一条河里的水长大，我看外公这一代人和勇子他们站在一起时，气息完全不一样。

我后来发现，一个老人如果不停地提起生命中的关键人物和事件，他可能是进入最后阶段了。外公去西曲口，也许在怀念他的父亲和母亲。他后来留下来的遗言之一是死后葬在他父母亲墓地的旁边，在生命最后的那些日子，他去那里回忆自己的童年岁月，缅怀他的双亲，应该在情理之中。外公的父亲去世很早，他的母亲，也就是我的西头老太一直念经。老太闭着眼睛一根一根地数着手里的麦秸，嘴唇翕动。大人说西头老太念的是麦秆经，但我一直不知道这是什么经。当时的风气是不允许宗教信仰的，西头老太好像置之度外，从来没有停止过她的念经，这让我十分恐惧。外公从西曲口回来时，并没有说到西头老太。他有一次拉着我说："你跟我去西曲口。"我去了，外公指着西曲口说："王二大队长就是从这里上岸的。"这是我知道的细节。外公又说了："我们俩站在槐树底下。"

我问外公："王二大队长长什么样子？"我在写队史时，一直想描写王二大队长的英雄形象。外公说："他个子很高，是我们庄上最高的。可能有一米八左右。"这么高的个子，让我想到我在巷子见到的那个白胡子老人，我在心中也久违他了。外公继续说："除了个子高，王二大队长眉清目秀，像个书生。"我又问："他的眉毛粗不粗，眼睛呢？"外公哈哈大笑："王二大队长是小眼睛。"外公的回答让我失望，但外公又说："这个人身上有英雄气。"

这段时期，外公时常觉得胃部不舒适。那天我跟他在巷子里走路，发现他在喘气。春天百病滋生，外公的不适应该不是什么病，我们所有人都没有往坏处想，但外公的情形却每天往坏处发展。先是去公社医院，再去县里的人民医院。医生诊断是胃癌。可能是谁说了外公识字，医生在诊断报告上写了"胃ai"。外公虽然识字，但不懂汉语拼音。外公问我，ai是什么。我说可能就是胃里长了块，但服药后这个块是可以消除的。我用的是民间的说法，所谓"块"就是肿瘤。外公也觉得自己的胃是长了块，他说谁谁也是长了块的，后来治疗好了。他由此有了信心。

在服用医院的药以外，家里人四处寻找民间偏方。怀仁老头儿到了我们家，他说以前在胡鹤义家听过一个偏方，将风干的壁虎磨碎服用。我们都有点怀疑，外公坚持试一试。慢慢地，外公的小腿开始水肿，他凭经验意识到了自己的生命可能处于危险状态。也不知道母亲从哪里找来的干壁虎，外公服了两天便停了。

怀仁发过神经，外公怀疑他说干壁虎有用是疯话。

怀仁行船，耕田，打牛号子，给死人收殓，不知道他什么时候发神经什么时候不发。从我有印象起他就是养牛、耕田，他老婆就是养猪、卖猪。他和我外公一样大年纪，但好像谁也不把他当长辈尊敬，他好像也从来不需要这种别人常常需要的尊敬。喊他神经病的人中有他孙子辈的，他并不生气；有谁喊他胡爹，他好像也不兴奋。乡下有许多这样的人，他们只是生活着，似乎与谁都无大的关系。其实，怀仁与每家都有关系，谁家死人了，都是怀仁去收殓，他在这个时候成了最重要的人物。我看到过他打老婆。他把老婆先拖到码头上，再拖到河里，揪住她的头发往水里按，一边打一边说："看老子打你，还不叫我老子。"

我在田里捡麦穗时，猛地听到一阵长长的牛号子，我一下子呆住了，我觉得这个老头子一生的力量都在号子声中。他号子的余音给我的感觉，很像我们用瓦片打水漂，瓦片紧贴着水面，一圈圈涟漪向远处扩散过去。那次听了以后，我觉得不过瘾。我对他说："我请你抽烟，你再打一段牛号子。"他说："好。"我拿了父亲的一根香烟给他，他吸了口，闭闭眼睛，号子声随着烟圈出来了。是慢节奏的，我感觉到这个时候他已经卸了犁，正牵着牛在田里溜达。

那天许多人都看着他在西码头下河，他一边往河里走，一边说我不想过了。码头上没有人劝阻他，更没有人下河去拉他，眼看河水已经淹到他的脖子，岸上的人还是无动于衷。水从他头顶上没过，水波打漾了。岸上的人说，这下要出事了，真的是自杀。开始有人准备下河捞他，余明已经冲到河里，就在这时，在靠近河南边的水面上怀仁冒出头来。老头儿呛水了，他往回游。上了码头时，老头儿对着大家说："你们都想我死！人色太坏了。"他这样一讲，围观的人倒一下子静了下来。

已经上岸的余明，学着怀仁老头儿的腔调说："落刀子吧，落刀子吧。"

·3·

奶奶不骂独膀子打枪毙了，外婆开始骂人。外婆提到胡怀忠时，就会骂他是个"老蛆子"，是茅缸里的蛆子。我对胡怀忠的报复，是看了电影《闪闪的红星》之后。这个老蛆子经常黄昏时分坐在供销社东南边的槐树底下抽烟，那天供销社已经关门了，我在西巷对着同学方小朵的宿舍喊了两声。朵儿开了供销社的门，我拿着弹弓悄悄进去了。我跟朵儿说，你把门半掩着，我几秒钟后就进来。我拿起弹弓，对着胡怀忠的后脑勺弹出一粒石子，在老蛆子还没有反应过来时，我已经退后，关上了供销社的大门。我从门缝里看不到老蛆子中弹后的状况，只听到他在嚎叫，我估计他一定双手抱头。在准备石子时，我怕出事，挑了几个圆圆的。胡怀忠骂骂咧咧离开之后，我才出来。

胡怀忠不是我击垮的，他是被一桶粪熏霉的。大年初一出门最早的是挨家拜年讨糖果的孩子，几年前我也跟几个小伙伴挨家挨户敲门，进门后喊一声“敬祝毛主席万寿无疆”，主人就会给我们几颗糖。那天，几个孩子到了胡家门口，看到门前放着装满了屎的小粪桶。孩子们捂着嘴，使劲敲门。以前过年胡家的门是敲不开的，这次还是敲不开。对门的人家见状，到门口喊，胡爹，开门，开门。胡怀忠这才开了点门缝，探出头来。

这件事一个上午传遍了全庄，也传到了溪南大队。本来溪南有个姑娘已经到胡家相过亲了，听到这消息后让媒人传话过来，作罢。在小儿子骂了老蛆子后，胡老头儿几乎不怎么说话了，人一下子傻了一样。他在年初三跑到溪南，站在姑娘家门口半天。那户人家还好，客客气气打发他上路了。

我去过溪南。李先生说了风水的第二天下午放学，我在村北面的溪南大队拾鸡屎，留意看了一下，溪南只是村庄北面有一条贯穿东西的河，这条河是人工挖出来的。溪南没有庄，只有舍，我们这里的人说溪南是穷舍。外公有一天突然说，你的外婆在本庄，你姨娘也在本庄，要不要给你在其他地方介绍个对象，好走动。母亲问哪里的。外公说溪南的，大队陆会计家的女儿。不等我回话，父亲说年纪还小呢。我从此不敢去溪南大队拾鸡屎了，但这时我意识到，我迟早会有个婆娘。差不多隔了半年，呆舅舅杨青去了溪南，他和那个寡妇后来生了个儿子。

就在春节过后的一段时间，和余明在稻床上说起老蛆子家门前的粪桶，我说，有人说是你夜里放在门口的。余明不置可否，他说，溪南的姑娘本来是介绍给他的，老蛆子知道后，跟溪南的人说，余明家底子不清。在我们那里，底子不清是指家里人有狐臭。那个年代相亲，除了看成分，看房子，就是摸底子清不清。余明问我："你说这个老蛆子缺德不缺德？"

我和余明的友谊，是这个寒假建立起来的。从冬天到春天的夜间，生产队场头每天两个人看护。以前，我也跟外公一起在场头值过夜班。安排青壮年轮流，每人十夜。父亲在学校教书，母亲也不必去场头。我瞒着他们报名了，这十个晚上睡在场头挣得的工分，相当于我捞一个暑假水草。我和余明被排在了同一个时间段，我抱着被子到场头时，他已经把稻床铺好。在稻床四角绑上四根杆子，四周挂上草帘子，上面覆盖草帘子，就像一间草房子了。余明睡觉打呼噜，不像外面刮的风，像风里传来的猪的吼叫声。我和他才说几句，他就呼呼睡着了。第二天，我就不跟他并排睡一头了。余明的脚很臭，他的个子比被子长，被头裹不住他的脚。这边臭气熏天，那边响声冲天。第三天我只好再睡到那一头，响声比臭味好受些。他后面的一夜没有打呼，睡觉前借着昏暗的灯光翻看《赤脚医生手册》。我问他，你哪来这本书？他说，借的巧兰的。他好像很兴奋，一会儿用手翻书，一会儿把手放进被子里。我要睡着的时候，感觉身旁的余明身体在抽搐，还大吼一声。我赶紧推推他，你怎么啦？他说，我射了。这一夜，余明竟然没有呼噜。我拿起他枕边的《赤脚医生手册》，翻了几页，我有点失眠了，我知道余明射什么了。

余明感觉我有点嫌他这样那样了，便说，我打呼时，你推我一下，我会停一会儿。果然，我推几次，他的呼噜声中断了几次。我快要睡着时，他的呼噜声又此起彼伏，我索性把他喊醒了。他一边呼噜一边坐起："啊，啊，有小偷？"我拥起被子坐着，我说："你以后结婚了，臭气熏天，你婆娘怎么睡得着？"余明大笑起来："婆娘，婆娘还在树杈上呢。"他嘎嘎嘎的笑声突然停止了，就像突然中断呼噜一样。余明正儿八经说："我还托过你妈妈帮我介绍对象的。"说完，他就不吭声了。这一夜，余明几乎没有再打呼。早晨起来时，他说夜里失眠了，问我晓得不晓得他夜里起来到外面转过。我一点都不知道。余明叹口气说，有小偷来，你也是睡得死死的。

这个初春的早晨，阳光干练地洒在场头上，我呵出的热气在阳光下有节奏地散发出去。余明说，你等等。一会儿，他提着只野兔过来了。"你带回去吧。"余明第一天就带了一只捕捉动物的小笼子放在田边上，第三天夜里终于有一只野兔子撞进来了。我让他自己留着，他说后面还会有的。这时，我才发现他的心细，他说回去剥皮很麻烦，我帮你弄好了。

在看到老蛆子经常站在我们家门口时，我有点后悔用弹弓射他。老蛆子从来不进我们家，就像我们家的门卫一样。外公和我们不住在一起，有时到我们家，看到怀忠也不说话，怀忠朝他鞠一躬。外公觉得怪怪的，母亲对外公说："他不是神经病，他揭发过你，现在吃后悔药了。"外公说："过去好几年了。"外公出门，老蛆子再鞠躬，外公看看他："我晓得了，你回家吧。"

老蛆子还是不走。过几天就站在我们家门口。我有点嫌烦了。那天我对他说："嗨，你再不走，我叫公安局的人来抓你。"老蛆子看看我，转身走了。以前供销社门口，只是烂猫屎一个人有事没事站着。现在我放学回来时，发现老蛆子取代烂猫屎了。我没有想到，一句恐吓会让一个猥琐了几十年的人变成了一个卑微的人。我后来再次看到老蛆子，他喝醉了酒，坐在东泊坝上的桥中央。

· 4 ·

我说的东泊是我们村庄的另一个圆圈。也许是我不熟悉，或者由于西泊有西曲口的缘故，我对东泊甚至有点陌生感。从供销社门口向东，第三条巷子东边的房子，就是东泊的西岸。西泊的东岸，也就是西曲口那一带，河坎特别陡峭；东泊的西岸则是缓缓的坡，有点像牛桥的东岸，岸上的人家就在坡上种菜，养鸡养鸭，热热闹闹。东泊的北面横了一道坝，坝上有一座桥，北河在这里和东泊交汇。过了桥，从坝上走过，就是东泊的东岸了，岸上是一片农田，钻井队就要在这里安营扎寨了。

东泊这个圆圈是个椭圆形，靠近坝的这一头，水面逐渐变窄。大队就是想在这里，先把桥下的水断流，再向南，在河道上拦截出一个半圆。公社的技术人员也过来了，难点是拦截东泊，在东泊里造出一条坝，打好坝，将坝里的河水抽到北河，然后再填土。开工的前一天，大队在新的礼堂开了动员大会。母亲回来跟我说："你表姐为了表示决心，把辫子都剪掉了。"杨组长在会议上批评了反对填东泊的人，他说，这是学大寨的具体做法，江南那边围湖造田，都很成功的，我们要有信心。外公没有参加会议，他听谁说了杨组长在会议上的讲话，有点不高兴。外公是反对填东泊的，特地找了大队领导。他问勇子："你们从哪里运来这么多土？"勇子告诉外公，北舍那边要开灌溉渠，南舍那边要接通幸福河，也有多余的土。外公摇摇头，我看不够的。再说，自古只有开河的，没有填河的。勇子跟我说，你外公很固执，你那个李先生还说填东泊，坏了风水。

很多年没有看到这么多红旗了。坝上插满了红旗，风吹过，红旗招展。六月的乡村，空气还没有那么高的热度，站在坝上，你会感觉到河面上吹过来的风很爽快。我们班级停课了，到坝上参加开工仪式。我看到勇子满头大汗，他主持开工仪式，杨书记动员讲话。表姐齐耳短发，站在他们边上。大队准备工作真是周到，我看到巧兰背着医药箱，也正在坝上。工地上会有人生病吗？我们同学跟着大家呼过口号后离去，这边热火朝天地开工了。

我再次来到东泊，是勇子喊我去商量安放宣传牌的位置。我在东泊的东岸，看到田里已经有钻井队的人在工作。这片农田在收割了麦子后就荒着，先到的钻井队工人开始在田里搭房子。河上的大坝已经筑好，上面已经可以走人了。水泵在不停地往北河抽水，河底快要朝天了。有一个老头儿，背着一个篓子在河床上挖河蚌，腰有点驼下来，篓子里应该装了很多河蚌了。突然，这个老头儿滑倒了，我听他的声音，知道是怀仁老头儿。我看坝上有个女同志在指指点点，那是表姐。我可能几个星期没有见到表姐，她一直在工地上。我看到河床这么深这么大，就问勇子："这无底洞能够填满吗？"勇子回答："应该没有问题吧。"我们说话时，秋兰过来搭讪："大头也来了。"秋兰没有像表姐那样剪掉长发，她梳了两根辫子垂在肩上。好像是谁说了，我们村上有五朵金花。秋兰，小姨，巧兰，表姐，这四位是肯定的。另外两朵金花有分歧，有人说网小，有人说凤珠。秋兰是朝我说话，但眼神好像是对着勇子的。勇子跟秋兰说："我请大头过来帮个忙，这里要竖一块宣传牌。"勇子是朝秋兰说话的，但眼神看着我。我觉得他们是故意的，便说："你们忙吧。"走了一段路，回头看看，勇子和秋兰面对面在说话。

回到家一会儿，大队部的广播响了，问巧兰在哪里，让她赶紧去工地。差不多过了一个小时，母亲从桑园里赶回来了，进门时就说，不好了，不好了。我也很紧张，但没有把母亲说的不好与大队部的广播联系在一起。出什么事了？你表姐摔伤了。表姐在坝上滑了一下，跌到河底了，头撞在沉在河床的铁锅上。我和母亲赶紧往供销社门口去，表姐已经躺在担架上，几个人从码头上了船，巧兰也上了船。

· 5 ·

在码头上，我没有看到勇子。

勇子这个时候应该是焦头烂额。东泊动工一个月后，打桩很顺利，装满了石子、砖头的草包很快将这个半圆形围起来。然后是抽水，见到河底了，接下来就是运来泥土，将空了的河床逐渐填高成为农田。根据预测，北舍和南舍运来的土，差不多能填满三分之二的河床，填好的这一部分，地势要低于东泊的水面近一米，也就是说，以后这块农田是块低洼地。这是“围湖造田”的第一期，如果再扩大填河范围，泥土从哪里来？原来的泥土是拓宽幸福河挖掘的，现在拓宽工程要在幸福公路修筑后进行。这就意味着，如果没有泥土，东泊就不可能继续填下去。大队领导班子开会时，勇子受到批评。就在填河工程进退维谷的时候，钻井队的同志来了，为钻井队进驻做先期准备工作。那个戴眼镜的技术人员说，东泊是个很好的停泊船只的码头，不能再扩大填土范围了，而且要打通东泊南端，跟南河交汇，这样钻井队的船就可以从南河转向东泊，在东泊的东岸修建一座大码头。公社的有关领导都在，这方案当场就拍板了。这个临时出来的方案不仅救了勇子，也救了大队班子。

很短的时间，东泊的事就淡出了村庄，七月中旬钻井队就要过来了。好像只有外公还惦记那块刚刚填出的低洼地，他去看了，回来愁眉苦脸地说："夏天大雨，那块地肯定会淹掉。"母亲劝他："你就别管这些事了。我来提醒晓勇。"我们都在等钻井队的船进来，南河上的大桥要不要拆掉，如果船不能从桥下通过，中间的桥板就要拆除。我们都想象钻井队的船一定高高大大。勇子也想到这个问题了，他让人测量了从桥板到水面的距离，让公社把这个数据报告给钻井队。外公说，光量这里没有用啊，进西泊的那座桥太矮了，我估计船进不来。勇子又赶紧去量了桥面与水面的距离。隔了几天，钻井队回话了，南河的大桥没有问题，西泊的小桥肯定得拆掉。

钻井队的船要进来的前两天，突然暴雨，南河的水面涨了半个码头石板的高度。村上的人都在想，这下也许船过不去了。勇子再测量，觉得船还是能够过去的。暴雨是在下午突然停下来的，太阳也出来了。傍晚时我算了算，钻井队的船现在应该停靠在牛桥附近了，船上的人可能陆续上岸到了小镇。他们会喜欢石板街吗?

我们都站在河的两岸。除了桥上没有站人，这有点像当年省委书记到我们村上视察的样子。钻井队的两艘船没有我们想象的那么高大，船甲板上站了不少人，我们朝他们挥手，他们戴着白手套朝我们挥手。秋兰和巧兰都站在我附近，我看她们俩像欢迎解放军进城一样欢迎工人同志们。巧兰说:“这些工人和我们差不多年纪。”秋兰用手指着船上的人说:“给你介绍个对象。”巧兰好像当真了一样，脸都红了:“你操心自己的事吧。”我听这两人说话，觉得她们有点可笑。

这是一九七二年的七月下旬上午十点左右，从远处行驶过来的两艘船终于靠近了大桥的下面。在船身慢慢靠近桥板时，两岸站着的人群突然静下来，眼光都聚焦到桥中央。第一艘船过了，第二艘船似乎是擦着桥板过去的。都过去了。这个时候，也处于紧张中的勇子带着几个人爬到桥上，点燃了鞭炮。鞭炮腾空的时候，船上岸上的人都鼓掌了。勇子喊:“向工人同志致敬!”船上的人喊:“向农民同志致敬!”

很多年没有这样喧闹的场面了。我也走到桥上，延续了几个月的霉味好像一下子在鞭炮声中散去了。当年母亲在桥上站着的时候，肚子疼了，我在母亲的阵痛中准备出世。现在，我站在桥上，看着向东驶去的两艘船，我觉得这个村庄好像也在分娩之中。

·6·

表姐在去公社医院的船上就醒过来了，她完全记不清她是怎么摔下来的，她认出了坐在她边上的巧兰。第二天台城的医生也来会诊了，说是比较严重的脑震荡，需要一段时间恢复。配好药后，表姐第三天就回到了庄上，她因公受伤，像英雄一样凯旋。她被人从船上扶到码头上时，问来接她的勇子："能不能带我去看看东泊现在的样子。"说完，不久就开始呕吐。勇子说："你还是先回去休息，等身体恢复了，我们再去看。"

那天早上，我们家做了饼，母亲说，你送几块饼给表姐。我到表姐家时，她已经在堂屋里慢慢走着。我曾经觉得表姐很像《我是海燕》中的那个飒爽英姿的青年女工人，现在海燕的翅膀受伤了，从空中落到地上。表姐在东泊开工时，作为妇女队长发言。勇子跟我说，我这个女同学真是不简单。那天我在场，表姐发言时说，等到东泊变成良田，等到良田上长起了庄稼，我才嫁人。我那个未来的表姐夫，此刻正在遥远的某处站岗放哨。

在表姐家的一刻钟，我看到表姐先是呕吐，然后她说眼花。

我扶她到椅子上坐下，她说她头疼得要命。我要离开时，表姐喊住我："我眼睛花，看不清，你放学了，有空就过来帮我读读报纸。"我说好。我跟勇子哥说了，他同意我从大队借报纸。

我借来了《人民日报》、《参考消息》和《新华日报》。表姐说："你先读头版头条。"我把前面几个月的报纸也借来了，我跟表姐说："要么先读五月份的《人民日报》吧，那个时候你们已经准备在东泊动工了，可能没有时间看报纸。"表姐说："真是很长时间没有学习。思想可能跟不上形势了。"我随手翻到一九七二年五月十一日的《人民日报》，先读了几个与农村相关的新闻标题：河北省涞水县大力发展果树生产；河南省信阳县发展改造新老茶园；广东省新兴县东城公社都村大队赤脚医生努力学习提高疾病防治本领的调查。表姐问我，有没有兴修水利、围湖造田的报道？我说再找找看，一时没有找到。表姐又问，有没有政治性强一点的？我再翻翻，六月十四日的《人民日报》头版都是讲基本路线教育的。表姐说很好啊，我刚刚读了头条《结合具体的工作路线进行基本路线教育》的标题，表姐说："等等，头又疼了。"我建议表姐闭上眼睛听我读，当我读到第二篇介绍湖北省监利县的报道《阶级斗争观念增强，政策水平提高》时，表姐睁开眼睛，比刚才有神多了。这个时候我感到表姐挺漂亮的。

每天下午放学，我就去读报纸，表姐觉得过意不去，也怕耽误我的功课，我快期末考试了。我也想到了这个问题。那天晚上，我去外公家，小姨正和小雪阿姨聊天，商量节目排演的事。小雪阿姨是从台城来的工人，到农村来同吃同住同劳动，据说回到厂里后就要提拔做车间主任。小雪阿姨看我来了，就去听她的收音机。离开外公家时，我突然想到，如果表姐有个收音机，我就不要去读报了。表姐能够听到的内容会更多，还能够听歌曲。一下子到哪里弄收音机呢？我回去跟母亲说了我的想法，母亲也说这是个好主意，但哪里有收音机呢？我说能不能问小雪阿姨借一个月。母亲想了想，说可以试试看。

我捧着收音机去表姐家。在表姐家门口，我打开收音机，里面正放着歌曲。表姐在天井里走着，听到歌声，回头朝大门口望去，我捧着收音机进来了。不用给表姐读报，我和梅儿几个在暑假几乎把河里的水草捞得一干二净。

我一直不明白，表姐和晓勇青梅竹马，从小学读到高中，又一起去北京串联，怎么没有产生感情。这已经是多余的问题，未来的表姐夫是位帅气的军官。表姐对八月一日非常期待，但一日收不到当天的报纸。我好久不去给表姐读报纸了，八月二日，我们去捞水草，我到大队部拿了八月一日的报纸去表姐那里。我先给表姐看了毛主席穿军装的照片，表姐说毛主席神采奕奕。她肯定想到她在天安门广场，毛主席向他们挥手了。这一天两报一刊的社论是《发扬光荣传统》。我读完了，表姐想了想，说："不好，我还没有给回信呢。"

从表姐家回来时，我想想表姐的反应，有一种说不出来的感觉。表姐以前不是这样的，她最初的理想是写小说，成为一个作家。她和勇子串联回来后，志向完全变了，穿衣服的风格也不一样了。其实，表姐并不真的是我的表姐。她小时候随她的外婆到我们庄上，我只知道她的舅舅抗美援朝时牺牲了，我父亲是她外婆的干儿子。这样，表姐就成了我的表姐。她的妈妈在台城，那个和她妈妈偶尔来庄上看她们的男人不是她亲生父亲。我和表姐很亲，从来都叫她姐姐。别人问我兄弟姐妹几个，我说一个姐姐一个妹妹。我把收音机带回了家，小雪阿姨要回台城。再过几天，表姐就到我们学校报到了。学校缺老师，表姐病愈后，大队和公社商量安排表姐去做民办代课老师。

表姐去东泊看那块已经填平的田地是坐着船过去的。在钻井队人马陆续过来的时候，东泊南端与庄前大河东端已经凿通了。我陪着她，怀仁老头儿撑船。在去东泊之前，表姐先去镇上医院做了检查，医生说表姐基本康复了。我们上船时，巧兰过来，说陪表姐一起过去看看。巧兰真的是心细。

临近东泊时，我看到那块标语牌了。它没有做成勇子之前说的那么巨大。我在标语牌两边分别写了“工业学大庆”和“农业学大寨”，为了防止风吹雨打褪色，用了油画的颜料。在靠近岸边时，表姐突然说：“就不上岸了，这样看看就行。”为了防止刺激她，我在上船之前，跟老头儿说，船在哪里靠岸，你到时听我的。

我想避开表姐摔下来的那个地方。这次看东泊，是表姐的一次告别。一直不吭声的巧兰说："等你好些，我陪你去看钻井队。"我们都朝东边的田野望去，我们已经看到在安装中的井架。我在河面上看，井架已经比房子高了。我问巧兰，你去过了？巧兰说，我和秋兰去看过一场电影。

返回时，表姐一直不吭声。我对表姐说："你看，两岸的颜色多看看，青的，绿的，还有花，还有倒影。"表姐这才抬起头："我听晓勇说，你背诵过《老山界》。"我说，那是几年前的事了。表姐说："我也背诵一段给你听听。我仿佛记得曾坐小船经过山阴道，两岸边的乌桕，新禾，野花，鸡，狗，丛树和枯树，茅屋，塔，伽蓝，农夫和村妇，村女，晒着的衣裳，和尚，蓑笠，天，云，竹，……都倒影在澄碧的小河中，随着每一打桨，各各夹带了闪烁的日光，并水里的萍藻游鱼，一同荡漾。"表姐顿了顿，继续背诵道："诸影诸物：无不解散，而且摇动，扩大，互相融和；刚一融和，却又退缩，复近于原形。边缘都参差如夏云头，镶着日光，发出水银色焰。凡是我所经过的河，都是如此。"巧兰在旁听着，对表姐说，你是合适当老师的。

我好像在她的语文课本里也读到过这篇鲁迅的文章，但记不得篇名了。表姐说，是鲁迅的《好的故事》。我这才想起，表姐是个爱好文学的铁姑娘。让我激动不已的是，表姐的脑子终于正常了。

· 7 ·

时间几乎就是在等待石油钻井队中过去的。

那年从初春到深秋，石油勘探队的炮声在我们村周围的河道上隆隆作响，大家在警戒线外围观，等放炮的船队行远后，到河里挑拣炸死了的鱼。渐渐地，大家没有了这样的兴趣，而是焦急地等待着确认我们这个地方是否有石油，等待着石油钻井队的到来。这不时的炮声与其说是在唤醒这个沉睡的村庄，还不如说是给村庄送来了那个原本不存在的梦想。如果我们这个地方出油了，大家都要被招工，大家都将变为城镇户口。我们都在等待。我们中的我，好像有点犹豫，我想当作家，不想当工人。勇子嘲笑我说："你死脑筋吧。你当工人，不影响你创作，可以做工人作家。"

忽然有一天，不知道是谁在村前的大桥上有了奇迹般的发现：桥桩附近不断往上泛泡泡，每个泡泡都冒油花。站在桥上的很多人以为这儿果真出油了！消息很快在全村传开，大家奔走相告。但也有人不信，觉得冒油不会这样冒，《新闻简报》中的大庆油田不是这样的。争执中，有位说不妨到河里看看。好像是余明，他一个猛子下去，沉在水中没有感觉石油往上冒出，他在河底捞到一团纱头做的油抹布。这时才有人想起，上午曾经有机动船从这儿路过，看到驾驶员把一团东西扔到河里。河水是经常泛泡泡的，抹布正巧落在泛泡泡的地方，于是大家看到泡泡在冒油花。我们都有些失望，也有人说，这件事情并不说明我们这儿没有石油。

当石油钻井队真的来了，大家又都有点儿忐忑不安。那么多的青年工人，会给我们这个文明的村庄带来什么呢？有些家长开始提醒自己的女儿与工人交往时要谨慎，不能上人家的当。来自五湖四海的石油工人，为我们这个村子带来活力。他们的发型、衣服的款式逐渐为我们村和周围村上的青年人仿效。这些工人只要站在桥口，你就能感觉到他们的气息与这个村庄不吻合。供销社商品的品种逐渐有了新花样，有些说法开始变化，譬如以前叫“变蛋”，这时开始叫“皮蛋”。钻井队时常放电影，我们也可以去看，我不必焦急地等待公社放映队一月一次的放电影了。现在看来，钻井队的到来几乎是一次文明的迁徙和传播。

石油工人的生活是单调的，我们没有看到女同志。在钻井架搭到一大半高时，我和三小、东子去围观。这才发现，工人在工地上的工作服到处都是油污，他们都戴着安全帽，但脸上黑黝黝的。他们是换了衣服到我们村口的。三小说：“我看这活儿比我们农民辛苦。看不到一个胖子。”东子不同意三小的说法：“人家吃得好，你到他们的食堂门口闻闻，都是大鱼大肉的香味。”我想他们俩说得都有道理。我的注意力在井架上，我对他们说：“听说这井架是罗马尼亚的。”去年，我们看到这个国家的总统，很长的名字，很高的鼻子，到中国访问了。在井架搭好后的一年，听说罗马尼亚电影《最后一颗子弹》在台城放映，我们没有机会去看。

因为井架是罗马尼亚产，那个经常听到的罗马尼亚也在我的感觉中成为具体的东西了。

村上每月一次的电影也吸引着钻井队的工人们，原本就拥挤的电影场差不多是水泄不通。电影场没有位置，谁看谁带凳子。工人们当然不可能从钻井队带凳子来，只能站在电影场的后面。那次放电影，我提前放了张凳子，可还是去晚了，凳子只好放在场后面。母亲和小姨原先说来看的，已经放映了一会儿还是没来，我站起来东张西望，没有见到她们。本来可以坐三个人的位置只坐了我一个。我看看边上站了个穿得干干净净的青年工人，便说："你要不要坐一会儿？"他有些喜出望外，随即坐了下来。这是八月了，他的汗味里有雪花膏的味道。中间换片时，我看到巧兰站在我后面，我问她要不要坐，她有点犹豫，坐着的青年工人也转身朝巧兰礼貌地点点头。我说："你过来坐吧。"这位工人朝我这边移动了一下，巧兰就在他边上坐下了。散场时，我们互相问了姓名，他说他叫阮某某，我记住了姓，忘记了名字。他也问了巧兰的名字，然后说，下次去井队看电影，你们找我。我觉得他很热情，不仅邀请我，还邀请了巧兰。他们两人站着说话，我扛起凳子先回去了。

我差不多忘记这个晚上了。中秋节的下午，阮某某突然来到我家，还带了月饼。他跟我父亲说他是我的朋友，名字叫阮长林。母亲说："你怎么找得到的？"他笑笑："我先找到卫生室，巧兰把我带到你们巷子口。”我想起，看电影时，巧兰坐在他边上。我们反复挽留，他答应留下来吃晚饭。那天他好像非常激动，看看天上的月亮，说好久没有在家里过中秋节了。我听说他是湖南人，就问他有没有去过韶山，有没有去过长沙第一师范，他说去过去过。我觉得他很幸福。临走时，母亲说，你应该叫阮叔叔。

阮叔叔值班时我去了井架，他带我登上井架的高处。我除了上过屋顶外，从来没有爬到这么高的位置上。我不仅看到了我们整个村庄，而且看到了村庄以外的村庄。当时从什么文章中读到过“欲穷千里目，更上一层楼”的诗句，觉得果然是如此。我向东望，越过一片农田，那是圣堂；向西望，是我们的庄子。我从来没有看到这么多屋顶，视觉中的屋顶几乎遮住了巷子，大桥上有人在走动，但你看不出是谁。登高是可以望远，你看到的东西虽然很多，但都是模模糊糊的。我还是喜欢贴着地，看风吹青草的样子，或者坐在码头上，看鱼儿游弋。

· 8 ·

我从秋兰的眼里看出了勇子的影子。

发霉的春夏之交过去后，是炎热的夏天。夜晚的桥上靠着栏杆站满了乘凉的人，我和秋兰站在一起。秋兰说，你怎么总是看斜对面的上海姑娘？她诡秘地笑笑。我是看了上海姑娘，我第一次看见穿花裙子的城里姑娘。秋兰问我："我穿裙子好看吗？""我不知道，你要问我妈妈。"我没有看秋兰的表情，我确实不知道，我没有看过我们大队穿裙子的姑娘。乡下的女人包裹得很严，只有在田里插秧时，才会知道女人们的腿和腰的形状。村庄的女人，从来不会为了展示身材裸露什么，只有在劳动时，她们才会为了方便干活不穿什么，才会把袖子和裤管卷到合适的位置。我在镇上新华书店看到很多宣传画，宣传大寨铁姑娘们的，她们都不穿裙子。我感到特别亲切，她们就是我们村上的姑娘，就是我的小姨。

秋兰对我的回答并没有失望，她说："你把那个上海姑娘喊到我们这边来乘凉。"

穿着裙子的小月过来了。她是大队杨组长家的亲戚，寒假也来过。我们大年初一是不吃药的，这姑娘大年初一就吃了感冒药，我们当时听说都很震惊。这次暑假，小月借过我的课本，我们熟悉了。

秋兰说："小月，我看看你。"

小月转了一个圈，裙子飘起来了。到底是女人，说话应对不一样："兰姐，你穿裙子一定也好看。"

小月好像还跟秋兰说了，给她量好尺寸，明年暑假过来时给她带一条裙子。她们说女人之间的事，我便跑到小月原先那个位置上。隔了一天，小月穿了一条长裤还我课本，我觉得她穿裙子更好看。小月似乎看出了我的心理活动，便说：“我的裙子被秋兰借去了。她说巧兰约她过几天去井队看电影，要我一起去。我问她巧兰是谁，她说巧兰是庄上最好看的姑娘。呵呵。”

在小月还没有回上海时，秋兰穿上了喇叭裙子。她从桥上飘然走过，月光下，裙子的藏青色显得亮中发黑。那时，从县城开始，流行用化肥袋子做衣裤。据说这些化肥袋是日本产的化纤布，像丝绸一样。在做短袖、裙子和长裤之前，先将白色的布染成藏青色或黑色。不知道秋兰从哪里弄来的化肥袋，裁剪成这么漂亮的裙子。妹妹糖果看见秋兰穿了裙子，也要母亲给她做。母亲说，明年给你穿裙子。过了几天，巧兰也穿裙子了，糖果跟母亲说，你今年不做，我明年也不穿了。

当勇子也穿着这种布料做的裤子时，应该不仅是我，很多有心人都发现了其中的秘密：勇子和秋兰谈对象了。

· 9 ·

我的爷爷、奶奶，他们都在粮管所。父亲说，爷爷打电话到大队部，他们过几天回来，有几个老朋友到我们家吃饭。父亲没有说哪些老朋友过来，他已经在做些准备。

爷爷退休了，奶奶说，再去一次粮管所，就把东西搬回来了。

当我在内心排斥奶奶那一辈人的生活时，我不可避免地和这种苟延残喘的生活相遇。在后来的日子里，我明白了奶奶是这个小镇的象征，也是旧时代小镇的延续。其实，小镇和村庄有太大的反差，但奶奶没有表现出痛苦。她在记忆中，在生活中不断延续的那个旧时代，给她带来了平衡。在我开始学会思考的时候，痛苦便随之而来。我这个时候会觉得奶奶比我幸福和充实。我找不到一个让我内心平衡的世界和记忆，唯一能够抚慰我的方式，是我自己不时想象未来。

让我不安的是，在钻井队看到中华牙膏、自行车、帆布包、皮鞋、雪花膏时，我想到了奶奶那只神秘的箱子和其中的物件。两个错落的时空，在我心中重合了。在奶奶打开箱子的那个瞬间，我闻到的樟脑丸气味仿佛也是从遥远的地方飘过来的。我一直认为奶奶的日常生活、小镇以及她的箱子都是旧时代的产物，现在突然发现，箱子里的那些东西是旧时代的现代文明。奶奶的洋货怎么也抵不上钻井架这样的洋货，但钻井队工人的一些日常用品，几十年前就在奶奶的箱子里了。

这是我第一次见到胡若愚。头发花白，平顶头，脸上白白净净里透出一点红，和我想象的不太一样。若愚是第一个到我们院子的，先在天井里和母亲聊天，母亲喊他二先生，也让我这样叫他。他好像知道我的情况，问我是不是要去镇上读高中了，母亲说是的。我补充说，要明年暑假以后，还有大半年时间。我们彼此看了看，他对母亲感慨道："我离开镇上的时候，你还是个小姑娘，现在你儿子都要念高中了。"我听出，若愚说的普通话，没有多少乡音。

话说到这里，母亲便问："二先生，你和上海那边还有联系吗？"

二先生告诉母亲，他离开小镇后，去了昆山。在昆山被逮捕前，他和上海的表妹离婚了。表妹带着儿子去了上海娘家，后来改嫁了，儿子跟她姓。三年前，二先生突然收到从上海寄到监狱的一个包裹，里面有一副手套。

"是她寄的吗？"

"是的。好奇怪。两只手套都是买的，一顺手，都是右手戴的手套，而且一只大，一只小。"

"寄错了？"

"我开始也以为寄错了。后来睡不着觉，突然明白。她是有意的，她是告诉我，小手套是她右手戴的，大手套是我右手戴的，这是说我们手握手。"

二先生泪水挂在苍白的脸上。

母亲说："她对你还是有感情的。"

我是站着听他们说话的，在母亲和若愚都沉默的时候，我听到有人敲大门，便去开门。进来的是独膀子，他乐呵呵地说："是小少爷啊。"若在之前，我肯定对这话反感，但在小云自杀后，我对独膀子突然有了点同情，不完全是责怪。在他进门时，我破例喊了一声“爹爹”。

客人都到我们家了。独膀子进来时，奶奶没有搭理，独膀子自嘲说：“打枪毙来了。”奶奶这才笑起来。我又想起长辈口中我满月的第二天，那个春夏之交的晚上。时间太恐怖了，恐怖得让曾经的恐怖烟消云散。

在回答奶奶他为什么不回来时，独膀子说，他是想回来的，不知道战事吃紧，转战到安徽。他说他是在安徽被打散了的。他没有再回新四军部队。他去山东做生意了。他在那里成家了。他在那里被抓壮丁了。孟良崮战役中，解放军的炮弹集中轰打了他们的阵地，他的右臂被击中。他和几个伤残的兄弟用枪尖挑起一件带血的白衬衫，向解放军投降了。

我没有陪客，我在厨房与客厅之间来回走，断断续续地听奶奶和独膀子的问答。我很诧异，在这之前，在座的人好像都不完全知道独膀子的情况。我以前问父亲，独膀子怎么可以在乡里做通讯员，父亲说，他是投诚的。

独膀子说，他在解放军的医院里昏迷不醒。等他醒来时，他的右臂已经做了截肢手术。独膀子喝了一杯酒后说：我的命是解放军给的。独膀子再次回到山东那个村子时，他住过的那间屋子已经锁上了门，山东媳妇已经重新嫁人。

奶奶确实不饶人：“你打散了，怎么不回来，还在山东娶老婆？”

独膀子说：“我没有脸回来。”

爷爷打圆场说："大家喝酒。我也退休了。"

在奶奶的心里，独膀子永远是小云的孽障。如果他没有离开油店，如果他没有离开新四军，如果他没有参加国民党军队，他只是一段故事中的一个细节。但他在离开油店后有了许多细节，有了他的故事。这不是少年我的分析，是独膀子内心不断折腾的追问。运动平缓了，他再回到莫庄时，他没有先到我们家找奶奶。烂猫屎跑过来告诉奶奶，独膀子去陶庄上坟了。奶奶说："我应该告诉独膀子的。"

在气氛平和时，独膀子向奶奶敬酒，奶奶没有起身，上身微微地动了动。这就是奶奶的修养和分寸。独膀子对奶奶说："云霞一直不肯见我。你们以为我在陶庄，不是的。我去过，请陈医生帮忙，她还是不肯见我。您能不能帮我做做工作，她会听您的。"

"我帮你说说，有没有用，我也不晓得。"奶奶从三十多年的故事中脱身了。

若愚的两只手套，是一九七三年春天我留下的最深刻记忆。即使在后来，我也没有想象出比这种方式更能表达两人的情感。他后来偶尔也来和我爷爷奶奶叙旧，但那些陈旧的话题无法激起我的兴趣，我甚至觉得若愚在收到上海寄来的手套后，他的一生就画了句号。

"她来看我时，已经有身孕了。"奶奶一直记得若愚的表妹，"我记得家里正好有新采的莲蓬，我给了她两个。"若愚也记得这个细节，说她回家后没有剥开吃莲子，只是不停地闻，说闻了以后就不想吐了。这些老人对往事记得那么清楚。

在回忆这个细节时，若愚从棉袄口袋里，拿出了那两只手套。奶奶接过来看了，两只手套果然是一顺手。母亲错过了这个节点，她收工回家，听奶奶说了，好奇地问："真的是一只大，一只小？一顺手？"奶奶比划着跟母亲解释。

我最后一次见到若愚，就是这一年的冬天。他穿着对襟的棉袄在我们家天井里晒太阳，右手戴着手套，左手插在口袋里。爷爷、奶奶也一起坐着，我发现他们的话也少了，只是坐着。除了小镇，他们并没有太多交集的话题，现在的小镇也与他们没有关系了。

· 10 ·

即使是过了一年多，我还时常停在一九七二年的春夏之间。在麦收季节到来时，我仿佛又闻到了去年麦子的霉味。这是错觉。今年风和日丽，麦子丰收了。拖拉机开始耕田，已经有些腐烂的麦子跟随着泥土翻转朝下，再放水，要插秧了。在水田里抛秧时，看着秧苗在空中飞行的线条，我都觉得自己的动作像舞蹈。如果你静下心来，看落在水田里的秧苗，能见到秧苗黑黑的倒影。学校往庄上的那条路旁，就是一片秧田。每天走过，你并不会特别感觉到它的生长，但它在你不知不觉中长高了。稻秆先是过了你的膝盖，然后齐腰高。你才看到它抽穗了。好像在你来回的脚步声中，穗子饱满了，黄了，弯了，黄绿相间的叶子几乎黄了。秋天就在这个时候悄悄来了。我赤脚站在码头的水中，感受到了凉意。秋天的河水似乎比夏天浓稠，转身自水中上岸时，从脚面滑落的秋水像丝绸一样。

为了庆祝国庆，钻井队和我们大队举行乒乓球团体赛。阮叔叔是他们球队的第一单打，我们这边是勇子。从部队退伍回来的小姨父和学校的张老师也代表队里参赛。我只知道张老师会拉二胡，看了比赛才知道他的乒乓球也很厉害。比赛是在大队部的展览室进行的，准备比赛工作时，勇子特地让我写了“友谊第一，比赛第二”的横幅。比赛在星期天的下午进行，我下课赶来时，正好是阮叔叔和勇子准备单打。观看球赛的人不是很多，大家还在田里忙着。巧兰在，随身带着她的那个医药箱。我看她只是盯着阮叔叔，像是井队的医生。阮叔叔穿着运动衫裤，脚蹬白色的球鞋，全副武装。勇子也穿着运动衫裤，运动衫上还有某某中学的字样，但他穿的布鞋。第一局，阮叔叔赢了，看得出他的球感很好，应该是经常打球的。巧兰好像很兴奋，还递给阮叔叔一杯水。

第二局开始，阮叔叔侧身进攻，就在他侧身的瞬间，突然滑倒了。阮叔叔挣扎了一会儿，但左脚没有能立起来，巧兰和我同时扶他到椅子上坐下来。巧兰蹲着，用手握住阮叔叔的左脚，变动着方向，问他疼不疼。巧兰起身说："是崴脚了，不是骨折。"比赛无法继续进行，在场的人都觉得遗憾，所幸阮叔叔不是骨折。怎么回去呢？用船还是用自行车？勇子说，还是坐船吧，人舒服点。阮叔叔搭着我的肩膀，瘸着脚走向码头，他的几个同事骑着自行车回去了。勇子把阮叔叔的自行车放到船上。站在码头的巧兰跟我说，我们一起去井队。巧兰和阮叔叔并排坐在船舱的一边，我坐在对面。巧兰不时侧过头来看阮叔叔，眼神里有着疼惜的光。

回家时，我跟母亲说，巧兰看阮叔叔的眼光好像不正常。母亲问怎么不正常，我说她看阮叔叔的眼神就像秋兰看勇子哥。母亲哈哈大笑，你是说他们在谈恋爱？我觉得有点像。母亲突然不吭声了，我问母亲怎么不说话了，母亲愣了一会儿说，这事是好呢，还是不好呢。我也不知道从什么时候开始，勇子、秋兰、网小这辈人的婚事都会找母亲商量，有时是这些年轻人谈好了，找母亲做介绍人。母亲愣着说巧兰和阮叔叔时，正在为勇子和秋兰的事情烦着。

我们晚餐时，母亲说："勇子和秋兰都到养蚕房来过了。"

奶奶说，秋兰这姑娘不错。父亲说，小猪不错，但猪圈有问题。父亲的意思是，秋兰是好的，但她的家庭出身是富农。我们都意识到，这确实是个问题，一个有前途的大队干部，如果娶了富农的女儿，他可能就做不了革命事业接班人了。

母亲说她在蚕房问勇子："我们不说秋兰了，这是个好姑娘。你自己怎么想呢？"

勇子没有回避问题，他如实告诉母亲，杨书记找他谈话了，意思是，此事得慎重考虑，秋兰出身不好，如果结婚，会影响他的政治前途。此时，庄上已经有风声，说杨书记可能提到公社做革委会副主任。杨书记暗示勇子，他可能会推荐他接自己的位置。

"事情肯定是这样，现在是你自己要拿定主意。"母亲说。

"我现在压力很大，也不知道怎么办。"勇子没有直接回答他怎么拿主意。

"压力大不大，看你怎么想。"母亲这个时候也没有表态。

"我昨天去公社开会，散会后王副主任特地找我谈了一会儿。"勇子补充他说压力大的原因。

"王主任怎么说呢？"母亲追问。

"王主任说，他过段时间要到我们大队蹲点，听说我的事情了。他说婚姻自由，但要慎重。"勇子好像希望母亲给他拿主意，"姨娘啊，你说我怎么办？"

"是我问你怎么办。"母亲说，"你不急，你想几天，如果你能够放下秋兰，你就继续做大队干部；你如果放不下秋兰，你就不做大队干部，和秋兰结婚。"

我们都觉得母亲的这个说法很好。

“秋兰怎么说的?”父亲问母亲。

“他们好像是约好了，勇子前脚走，秋兰后脚来。”母亲说，“秋兰能说什么呢，是到我这里来哭的，说她没有地方去哭，只能到我这里来。我等她哭了一会儿问她，勇子有没有回掉你。秋兰说没有回。我说那你哭什么魂?秋兰问，晓勇来说了什么?有什么说呢，我让他回去想想，能不能把你放下。秋兰说什么是放下。这姑娘糊涂了，放下就是不跟你谈了。这个时候秋兰才不哭了，问我勇子会不会放下。这谁晓得呢。我怕她再哭，就说，你自己心里应该明白，他如果能放下你，还跑到我这里来商量。”

母亲又对我说到巧兰:“巧兰妈妈好像有点呆了，很多人都认不得了。我们晚上去看看，她是你的接生婆。”

巧兰姐妹四个，三个姐姐都出嫁了。巧兰做赤脚医生，在村上人缘非常好，她很用心，是公社比较好的赤脚医生。母亲曾经给她做过介绍，但她不肯离开这里去其他大队，说要照顾她妈妈。我跟着母亲去看巧兰妈妈了，我叫她余奶奶，但我从来不叫巧兰姨娘或者姐姐，我就喊她的名字。余奶奶坐在堂屋里，傻傻地看着我们。春节我来拜年，她想了想，叫出了我的名字，现在她不认识我了。巧兰在边上指着我说:“你想想是谁。”过了很长时间，老太太突然举起右手，用左手在空中拍打。我那时热泪盈眶的热度，至今仍然记得。我出门时，我听到余奶奶在说:“大……

头……”

就是这个晚上，我突然有点怀旧。我想起和我只有一面之交的黄阿姨，在我出生后的第二天，她就去新疆了，我再也没有见到过她。我曾经想给黄阿姨写封信，但邻居婶婶说不出她的具体地址。许多年后，我出差新疆。在伊犁，我看到一大片油葵，想起黄阿姨，我恍惚看到黄阿姨就在这片油葵地里。在草原上，哈萨克大妈用马奶招待到访的客人，当她用木勺子舀起一勺马奶递到我面前时，我本能地跪下，接过勺子，一口喝下。就在那一瞬间，我觉得哈萨克大妈就是那位黄阿姨。一个小时后，马奶发酵，我仿佛微醺。我坐在车上看窗外，草原在身后，油葵地在身后，黄阿姨在哪里呢？

· 11 ·

我第一次看到网小哭了。她跑到我们家跟母亲说了下午发生的事。网小说，余明好傻，他把自己的那个剁了，我吓死了。我没有去公社报案。我和余明只是吵架。我听明白了，网小是说余明把自己的屌子剁了。他不是在稻床上跟我说要娶老婆吗？怎么会这样呢？

昨天晚上生产队脱粒，余明为什么事和网小吵架了，两人拉扯起来。我前几天听母亲说，网小也找她了，说那个上大学的未婚夫已经几个月不给她写信了，她写信也不回。网小应该是心情不好，她对余明说，你不要对我动手动脚。余明这下火了，我还要强奸你呢。网小当场哭了。余明说这话时，刘队长正好在边上，他朝余明吼道，你不要耍流氓！刘队长一直看不惯余明，余明觉得刘队长总是给他找茬子的原因是他从来没有请队长喝过酒。余明也朝刘队长吼起来，你才流氓呢。脱粒机的声音很响，在场的人知道他们仨在吵架，听不清楚他们说什么。

余明以为这事就过去了。第二天他还没有出工，听到大队部的广播响了，要他听到广播后就去大队部。余明到了大队部门口那间油印室以后，才发现公社派出所已经来了两个人了。其中一个说，你好好交代，你为什么想强奸杨网小？余明这才知道刘队长向公社报案了，他开始激动起来："你们不要瞎说，我没有去强奸她。"

"那你有没有说我要强奸你？"

"我说了，这是吵架。她说我动手动脚，我才说我还要强奸你呢。"

"你这样说，就是流氓意识。你要好好认识，说清楚。"

派出所的另一位同志说："这是纸和笔，你会写字吧？你把事情的经过写下来。要老老实实。你写好了，喊我们。"

余明坐不住了，他在小房间里来回走动，他觉得自己惹麻烦了。怎样才能证明自己清白呢？他看到小条桌上有一把裁纸的刀，他怒冲冲地拿起刀来，脱下裤子坐在椅子上，然后对着自己的生殖器就是一刀下去。

一个小时后，派出所的两位同志推门进来，他们吓呆了：坐在椅子上的余明脸色苍白，气息奄奄的样子，长裤在地上，身上的短裤染红了血。

巧兰赶过来了，她说她只能包扎一下，她不会看这个病，得赶紧去公社医院。

· 12 ·

我敲阮叔叔的宿舍门，听到他说，进来。

我推开门，看到巧兰在座。巧兰见我进来，便说："那我先走了。"

"我们一起走吧。我就是来看看阮叔叔。"我上前问候阮叔叔，他上身靠在床头，半躺着。巧兰听我这样说，又坐到椅子上听我们说话。

"我明天就能上班了。"阮叔叔说，"我已经休息快一个星期了。"

我约阮叔叔，再过一个星期，我来这里打球。我把一包花生放在床头柜上时，看到有两瓶梨子罐头，估计是巧兰送的，我在供销社的柜台里见过这种罐头。

我们告辞了，阮叔叔起床要送我们，我说不用了，巧兰没有吭声。阮叔叔下床了，他走路果然正常了。阮叔叔站在门口，朝我们挥挥手。

在路上，我突然觉得有点尴尬，后悔刚才跟巧兰说要她等我一起走。

巧兰倒是坦然，心情很好地对我说："你觉得这个阮长林怎么样？"

我根本没有想到巧兰这么直截了当，我说："人很好啊。"

巧兰笑笑，往前走。

"你是不是看上他了？"我也直接问巧兰。

"他会看上我吗？"巧兰反过来问我。

"这不晓得。"我回答巧兰，"你们倒是般配的。不过呢……"

我的话还没有说完，巧兰就接过去："不过什么？"其实巧兰知道我后面想说什么。

她这样问我，我就想起母亲说的这事好呢，还是不好呢。我停下脚步，认真地对巧兰说："如果钻井队不走，你们倒是有可能的。"

我没有说出城市户口和农村户口的天壤之别，巧兰心里是明白这一障碍的。但我知道，有些知青在乡下时间长了，会和当地的农民结婚的。

巧兰说："现在还没有到这一步。我再看看。"

我们没有再说什么，但我看出巧兰的心事重了。快到桥口时，巧兰停下来说：“你现在可能觉得我在高攀。你再大了，就会理解我了。”

巧兰这一说，我心里突然冷下来了，想了想村庄上的所有青年，觉得真的没有人配得上巧兰。

· 13 ·

这个美丽动人的秋天竟然是多事之秋。

母亲有点招架不住了，她和父亲自由恋爱的经验不足以解决勇子、秋兰、巧兰、阮叔叔以及网小、余明的问题。

我也被他们烦了，突然觉得这几位都有点不幸，他们好像都做不了自己的主。母亲吃饭时说，她的心里乱得像草把。稻子脱粒后，先是晒稻子，再把稻草扎成草把晒到田里，等干了再捆起来，在场头堆成草堆。等到起北风时，麻雀就会在夜间钻进这些草堆里。

我说的草把和母亲说的草把不一样，母亲说的乱成一团的草把，是在烧火时把稻草揉成团扔进灶膛的草把。晒稻草时扎的草把，是在稻秆的穗头用几根稻草扎成把子，提着穗头顺时针转一个圈，在稻草散开时落地，这个时候草把就像打开的伞立在田里。

稻草的中间是空的，阳光和风可以穿过。我放学后，到田里就是干这活儿，叫放把子。我看到秋兰也在晒草把，就喊她过来。秋兰放把子的速度好像没有我快，她说，大头歇一会儿。我放下一把稻草，坐在上面，秋兰也坐下来了。我看到秋兰的眼睛有些红肿，便说："你好像哭得很伤心。"

"刚才有虫子飞到眼睛里，揉了几下。"秋兰这样说应该是掩饰自己。

我们都朝远处看去，我怎么会觉得前面一簇簇的草把像凤凰垛的坟墓。我这种不祥的感觉，其实与秋兰和勇子的最终结果没有关联，但我心里的活动似乎朝着悲剧的方向展开。

"我想想，还是不要连累晓勇。"秋兰把手里的稻草扎成了蜻蜓一样的形状，然后扔到空中，"你回去跟姨娘说说。"

草蜻蜓没有飞起来，无声地落在田里。

秋兰说的是真话吗？

"你能放下杨晓勇吗？"我学着母亲的口吻问秋兰。

秋兰没有回答我。这个时候，巧兰过来了。她是来挖草根、树根的，这几天感冒的人多了，卫生室的感冒药已经不够用。公社通知说，草根树根煮汤，喝下去能治感冒。巧兰对我们说："你帮我挖树根，我给你记工分。"

场头西边的河坎上有很多巧兰想要挖的草根和树根。巧兰说："你晚上回去，洗干净这棵树根，多煮一会儿，你送一碗给你阮叔叔。”

巧兰说话时连续打了几个喷嚏。

我说：“有人念叨你了。”

这一天，我多了一个角色，成了秋兰和巧兰的使者。

· 14 ·

好像就在这个时候，我读小说时特别留意里面的爱情故事了。

可以读《红楼梦》了，父亲从学校带回来了。我看了好几天，我不能理解宝黛的感情。林黛玉真的多愁善感，我设想自己在《红楼梦》里是什么角色，我觉得自己好像更接近林黛玉。我在报纸上看到，很多文章都提到，毛主席说不读红楼，就不了解封建社会。《红楼梦》里的贾府是大封建，奶奶的那个小镇只是小封建吧，但我闻到了他们一样的气息。我看来看去，《红楼梦》里没手套的故事。时代不同了，不同的时代里，相爱的人好像都不能走到一起。我在田里和秋兰聊天时的悲剧心理，就与读了《红楼梦》有关。

我读过鲁迅的杂文，没有想到鲁迅先生会写《伤逝》。那个涓生的回忆啰啰嗦嗦，但好感人。涓生说：“在一年之前，这寂静和空虚是并不这样的，常常含着期待；期待子君的到来。在久待的焦躁中，一听到皮鞋的高底尖触着砖路的清响，是怎样地使我骤然生动起来呵！于是就看见带着笑涡的苍白的圆脸，苍白的瘦的臂膊，布的有条纹的衫子，玄色的裙。她又带了窗外的半枯的槐树的新叶来，使我看见，还有挂在铁似的老干上的一房一房的紫白的藤花。”读到这段文字时，我想到了独膀子，他在那个雷雨的下午，从石板街走过时，是怎样想小云的呢？

子君说：“我是我自己的，他们谁也没有干涉我的权利！”这句话吓我一跳，如果秋兰读到这句话会怎么想呢？我要不要给她看看？我觉得涓生没有巧兰果敢，他老是问自己：“莫非她翻了车么？莫非她被电车撞伤了么？”你去看看不就行了，巧兰就敢于去看崴脚的阮叔叔。我不知道《诺拉》是什么，我问表姐，她说，就是《玩偶之家》，易卜生的作品。我还是不懂，表姐哈哈大笑，你不懂的很多。我真的不懂。表姐又说，以后就懂了。

革命者和涓生这样的知识分子表达感情的方式不同，我更喜欢革命者的爱情故事。你看人家运涛和春兰，江涛和严萍。春兰做了一件蓝布褂，她要运涛写两个字儿绣上去。运涛问写什么字儿，春兰说写“革命”。这才是革命者，这才是革命者的爱情。春兰多勇敢，她穿着绣了“革命”两个字的蓝布褂去了庙会，庙会轰动了。

如果让我选择，我更喜欢《林海雪原》中的白茹。我有点羡慕少剑波，但我写不出他那样的情诗：“万马军中一小丫，颜似露润月季花。体灵比鸟鸟亦笨，歌声赛琴琴声哑。双目神动似能语，垂髫散涌瀑布发。她是万绿丛中一点红，她是晨曦仙女散彩霞。”这少剑波是个马背上的诗人。如果以后我遇到白茹这样的姑娘，我能写出让她喜欢的诗歌吗？

我没有把握。晓勇不写诗，阮叔叔不写诗，但两人都有喜欢他们的姑娘。这是秋天的晚上，我还在灯下看书。此时此刻，朵儿在做什么呢？我要不要给她回信呢？

· 15 ·

这不是我熟悉的勇子。他应该和表姐一样，读过鲁迅的《伤逝》，先生在小说里说：爱情必须时时更新，生长，创造。勇子从桥上走过来时步子拖沓，我扛着一把锄头往桥上走。他向南，我向北，我们各自回家。这些天，我放学了，就会到场头做些杂活，在田里放草把。秋日的黄昏比春天凝重，我已经感到有些凉意。我问他怎么了，他说坐下来再说。我们走到桥南左侧的岸上，那地方就是我之前说过的，我踏水车的地方。岸上的道路在钻井队来了以后拓宽了一倍，可以开卡车了。道路的南边，放了几块水泥板，准备修灌溉渠时用的，我们俩便坐在水泥板上。

勇子一反常态，好像有点魂不守舍了。他的挫折是从前年填河造田开始的，他风发的意气一落千丈，虽然没有完全写在脸上。勇子问我："你是不是听到什么了？"我说："大家都晓得了。"正要往下说时，余明挪着步子走过来了。这是他出事后，我第一次看到他。余明和勇子边招呼，边用手把裤裆往下拉，再用手捂着裤裆。我想离开，余明说："没事的，我屌子都没有了，没什么见不得人的。"话说到这个程度，我又坐到水泥板上。

"疼得好些了？"勇子站起来问余明。

"疼不疼就这回事了。也是肉，疼啊，怎么不疼。我看门的事怎么说了？"余明无可奈何地回答勇子。自残住院后，余明对去看他的勇子说："那个畜生，会遭报应，你们管不管，我不管了。我是被迫害的。"余明说他不可能讨老婆了，谁还会跟他结婚。他现在也后悔，但买不到后悔药了。余明请勇子帮忙，替他在钻井队找个临时工的活儿。现在余明说起这事，勇子告诉他："已经说好了，那里正好需要一个看仓库的人，过几天我带你过去。"余明再三谢过，临走时带着微笑说："我没有屌力气了，也只能做点闲事。"

我们目送余明离开，一时无语。还是勇子先问我："你说我怎么办？"其实，他已经有了答案，不需要我回答了。在这之前，秋兰找过我母亲。母亲在饭桌上说，秋兰没有直接跟勇子说，想让她转告。秋兰的意思是：如果勇子跟她结婚，会耽误勇子的前途。她不坚持这事了。秋兰跟我妈妈说话时没有哭，走出大门时哭了，正好被我奶奶遇到。母亲当天下午就去找了勇子，母亲对勇子说："秋兰不想为难你，这姑娘懂事，你自己看看怎么办。"还没有等勇子回答，母亲接着说："秋兰不为难你，但也没有说放弃你。"母亲的倾向性非常明显了，勇子说："姨娘，我晓得的。我再想想。"母亲武断地说："想来想去就这么回事了。这大队干部没有做头的。现在收稻子了，收了稻再种麦，一茬一茬的。干部就是一茬一茬的，你看看这个庄上的干部有几个结果好的？"母亲回话给秋兰时，没有提到勇子说的"再想想"，她说她跟勇子说了你这大队干部没做头。母亲相信勇子会娶秋兰，她还跟父亲说，你如果不信，我们打赌。

"这样吧，"我把手放到勇子的胸口，开玩笑地说，"听听你的心怎么跳的。"我没有恋爱的经验，也没有遇到勇子这么难的选择。那个黄昏，在船上，当朵儿说你亲我时，我心跳得很快，我现在就听到勇子的心跳了。我想起几年前勇子跟我说的阶级分析，但我在读《朝霞》时发现，那些工人作者的诗歌和散文中，也只是说他们是工人阶级的一分子，没有说他们就是工人阶级。

我问勇子："你出身贫农，秋兰出身富农。你如果和秋兰结婚，是不是就背叛贫农了？"

勇子愣了一下，回答我说："王主任找我谈话时没有明说，意思是这样的。"

我知道，如果王主任找他谈话了，这件事就是大事了，表明大队和公社领导都不赞成他和秋兰结婚。“那你听不听王主任的话呢?”勇子头动了一下，我看不出他是摇头还是点头。我在这段时间悄悄读到了《青春之歌》、《三家巷》、《红旗谱》和《红岩》等，小说中的一些人背叛了剥削阶级成了革命者，也有革命者背叛了无产阶级成为叛徒。我对勇子说:“如果王主任再找你谈话，你可以说，富农出身的秋兰嫁给我，是投身革命啊。你去跟王主任说吧。”我第一句幽默的话就是这个傍晚说出的。

勇子为我这句话大笑了，他说:“其实，我对秋兰的感情没有动摇过。你现在还不完全懂感情的事。我和秋兰结婚了，我就不做大队干部了。不是我想做干部，我想做一点事。我真的觉得我对大队有责任，我有很多想法。”说到这里时，勇子的情绪暗淡下来，“当然，即使我不和秋兰结婚，我的想法也不一定能做到。”我提醒勇子:“你现在不要去想大队的事，你先想想自己的事吧。”勇子尴尬地说:“对对对。”后来回忆起这次聊天，勇子说，我的几句话颠覆了他原先的观点。

我第一次意识到，一个再有能力的人，遇到自己的事情时，也会无法决断。难怪我母亲说，哪个医生给自己看病啊。我说:“勇子哥，要么这样吧，我们做个游戏。你把我的布鞋往空中扔，落下来时，如果鞋底朝天，你就和秋兰分手，如果鞋面朝天，你就和秋兰结婚。”

勇子当然不会甘心一只鞋子落地后的朝向决定他的婚姻大事，

但我觉得我说的挺有趣。他没有说“好”，而是说：“随你吧，你帮我扔。”

我脱下右脚的鞋子，用一根树枝刮去鞋底和鞋帮上的烂泥，起身准备向空中抛出这只鞋子时突然停下来：“这么大的事情，还是你自己做吧。”

“你抛吧。”勇子起身，站在我边上，“你没有压力，我有压力。”

我感觉自己的呼吸有些急促。我深吸了一口气，然后把鞋子朝头顶上空抛出。鞋子高出我头顶四五米，我和勇子都仰望着往下翻滚着跌落的鞋子。我曾经这样仰望星星、月亮，仰望太阳，仰望在空中飞翔的小鸟。勇子应该和我一样，也曾经这样仰望头顶之上。鞋子从空中落地的这两三秒，仿佛穿过了勇子一生的时光。我们都来不及看清鞋子接近地面时的朝向，只听到噗通一声，鞋子在一米之外落地了。

天已经开始黑了，还有一丝亮光。我后来知道，在我的鞋子落地时，秋兰从我们身后走过，她没有在意站着的两人是勇子和我。那些日子，秋兰低头走路。

我赶紧跑到前面，鞋子像一只落地的小鸟，头朝上，稳稳地站着。

勇子过来了，他看到了鞋底落地的鞋子。他哈哈大笑起来。

我问勇子：“要不要我带话给我妈妈？”

勇子说：“我已经跟她说过了，我要请你们吃喜酒。”

· 16 ·

勇子和秋兰的喜酒是在一九七四年元旦办的。

怎么请客呢？勇子和母亲商量。

母亲说："该请的都要请啊。"

"人家不来呢，会不会为难人家？"

"你请归请，来不来是人家的事，你的礼数要到。"

按照我母亲的意见，勇子约了所有大队干部和生产队长，还有表姐。他约杨书记时，书记问，你请了哪些人？勇子如实汇报了，杨书记说他们商量一下。

我们都到了晓勇家，连英姨娘也穿了干净的衣服。我看到堂屋里放了两张桌子，勇子做了客人都来的准备。到了六点钟，堂屋里还是我们一家四口，表姐，秋兰的父母亲和弟弟。勇子站在门口一会儿，对我们说，我到路口看看，说不定有客人会过来。我知道他在等大队干部和生产队长们。

差不多半个小时后，勇子一个人回来了，他说，我们开席吧。糖果胆大，她说她来放鞭炮。鞭炮响了以后，我们一起祝福勇子和秋兰。秋兰哭了，勇子说你哭什么。母亲说，你让她哭吧。秋兰去了新房，糖果也跟着去了。过了一会儿，秋兰出来，给大家发喜糖。

有人敲门了，是李先生站在门口。勇子让他进来，他不肯，连英阿姨盛了一碗饭菜给他，他站在门口吃完了。过了一会儿，李先生又来敲门，他说，大队来人了。

进来的是二队队长，勇子是这个生产队的。队长说，杨书记派我过来，我们一起表示点心意。他递给晓勇一块用红纸包着的被面，然后说，你们慢用。勇子和秋兰再三留他喝一杯酒，他死活不肯。秋兰赶紧去新房拿出一大包喜糖递给二队队长说，你帮我们分分。

· 17 ·

我从钻井队乒乓球室出来时，听到了几声雷响。还有一个月就要考高中，这是我考前最后一次打乒乓球了。我犹豫了一下，去余明那里了。余明在仓库里没有什么事，什么东西进来，什么东西出去，都有专门的人登记。余明开门，锁门，登记进出物件，打扫仓库内外。余明的自残，让这个村庄蒙羞。很长时间，外地人谈到我们大队，总会在不经意中说，你们那里有个人把自己的屌子剁了。

余明看到我走过来，说："你又来打乒乓球了？"

我说："我怕回家有雷雨，到你这里待一会儿。"

余明自己带了搪瓷茶杯，问我喝不喝水，我接过茶杯猛喝两口。余明问我："我才听说杨组长元旦结婚了？"

我说："是啊，没有大办。"

余明说："唉，闷声大发财。如果是我，肯定也是先娶了秋兰再说。找个好婆娘不容易的。"

余明这番话让我生出悲伤，我说："好像不会下雨了，我回去了。"

送我出仓库门时，余明悄悄说："你先不要对外讲，我这活儿也干不了多久了。"

"你有新工作了？"我很诧异。

"不是。我听这边的几个工人说，再过一两个月，要封井了。他们要去另外的地方钻井了。"

说话时，有几个人进来了，我们不再言语。这几个人走了以后，余明又说："这下麻烦大了，好像是我们这地底下没有什么油。"我身上一下子冷了下来，我想到的是巧兰。

走到大路上，我回头看了看身后的井架和一排排的房子，心里有些幻灭的感觉。在井架竖起来以后，我们这个大队就像一个塑料薄膜袋子，一群人张开袋口，迎着风，袋子鼓起来了，再赶紧扎好袋口。我们又把充了气的袋子挂在高高的井架上，像气球一样在风中飘荡着。在井架没有拆散之前，这个袋子里的空气已经渐渐泄漏了。我看到我越来越靠近的那个庄子，像正在瘪下去的气球。

又打雷了，又是闪电。我从东边走过，没有下雨。到了桥南，看到西舍那边大雨苍茫的样子，真是东边日头西边雨。六月竟然有这么大的雷雨。我走到桥中央时，突然听到有人说，刘队长被雷打了。我吓呆了，站在桥上，听到嘈杂声传过来，很快有人用担架抬着刘队长过来，往大队卫生室去了。刘队长的眼睛闭着，像睡觉一样。

怀仁老头儿说，这雷太吓人了，噼里啪啦的，我都吓得躲在牛的肚子下面，我看到刘队长倒下了。他们都在生产队场上，第一声闷雷，接下来就雷鸣电闪，刘队长从场上往房子里奔跑时倒下了。巧兰在卫生室检查刘队长的身体时，并没有发现被雷电击中的痕迹。刘队长已经不能言语，也不能动弹，他的右半身好像没有了知觉。巧兰诊断刘队长应该不是被雷击中，更像是中风。

过了几天，公社来了医生，诊断后的结论是中风。村里的人似乎不相信医生的诊断，从那天下午有人在桥上喊刘队长被雷打了以后，提到这事的人都说是被雷打了。刘队长的老婆说医生不是这么说的，是说中风。但没有人相信她的话，村上人都说刘队长被雷打了。

刘队长已经无法复述一九七四年六月傍晚的情景。

· 18 ·

勇子一直为没有做我的入团介绍人而遗憾，支部大会通过后，他特地到我们家祝贺我。他给了我一只黄色的帆布包，说是那年大串联时在韶山买的，没有怎么用，还像新的。勇子特地说："你快要上高中了，你就当书包用吧。"

公社讨论了勇子的事。不能说勇子犯了错误，但又不适合在大队干部位置上，最后决定安排勇子到公社棉织厂做车间主任。王副主任和勇子谈话，结束后，勇子找了我，他没有跟我说谈话内容，我看到他的眼睛湿润了。

勇子有两个梦，一个梦破碎了，一个梦半碎不碎。

勇子跟我说："你明年读高中，我可以时不时请你吃饭了。"我好像比勇子更失落，他曾经是我的偶像，他被他相信的阶级论击溃了，随之而来的是他建设这个村庄的抱负和远景也烟消云散。我觉得这个村庄，没有一个人比勇子更落寞。他的"大庆"和"大寨"的梦想还没有展开，就终结了。

我对勇子说："你就这么甘心走了？"

勇子没有直接回答我："再过几年，你就理解我现在的心情了。"

那天在桥口，巧兰也是这么跟我说的。其实，我现在多少有点理解他们，我的生活和他们基本是重叠的。再过几年，如果我不重复他们的生活，我可能很理解，也可能不理解了。

去镇上的汽车通了，不要坐船了。从我们学校往南走上一刻钟，就是公路。勇子明天和秋兰在那里坐汽车去镇上，去公社棉织厂。勇子特地来向我们告别。奶奶很兴奋地说，下次去镇上，到你们那里吃饭。

我送勇子回去，走到大桥时，我们停了下来。

勇子说："今天好像有雾。"这是八月，没有雾，傍晚的天空是澄明的。勇子的眼睛怎么发花了？"你以前经常喜欢坐在码头上。"勇子指着码头说。他突然想起，那一年我坐在码头等船过来。"那一年你说你不是等钻井队的船，等什么呢？"

"你忘记了？你说我外公要恢复组织生活了。那天我外公坐船去公社谈话了。我在等外公回来。"我告诉勇子。

他感叹地说："老场长不在了。"

我们都看着大码头，一时无语。一阵风从河道上吹过来，我似乎闻到了一九七二年麦子的霉味。我不知道勇子看见了什么。我看见了外公。我看见了爷爷奶奶带着他们的儿女走上了码头。我看见了母亲从大桥上匆匆回家。随后，我的大头倒着，好像睁开眼了，初啼的哭声成了母亲的笑声。

· 19 ·

在勇子和秋兰去棉织厂之前，井队的井架已经卸下来装箱了，钻井队开始做迁走的准备。我问阮叔叔为什么要走，他说他们要到另外的地方去钻井。我问他，我们这儿有石油吗？他没有立刻回答，看了看我说，可能有吧。他送我一张照片，并写了自己的名字。阮叔叔还说，他到了新的地方会给我写信，希望以后能有见面的机会。

钻井队的船离开村庄时，还是从大桥下通过的。三三两两的人站在河岸上看井队的船慢慢驶过大桥，杨书记带着大队干部在码头上朝船队挥手。我看到阮叔叔了，他站在船甲板上，朝我挥手，然后喊我的名字。我从来没有听到有人在船上喊我“王厚平”。阮叔叔喊出这个名字时，我泪流下来了，我好像第一次为我们这个村庄流泪。

我四处张望，没有看到巧兰。她怎么没有来送行呢？也许她昨天晚上已经送过阮叔叔。人都散了，我一个人坐在码头上。我听不到井队船只的机器声音，阮叔叔他们应该出了西泊了。他们去的那个地方叫哈尔滨，在东北。这里的八月，我们还穿着背心，那里的人呢？

阮叔叔没有给我写信，他通过巧兰向我问好了，还给了我地址。这已经是十月，我从小镇回来，巧兰站在我们家门口等我。我这时看到的巧兰好像是她最漂亮的时刻，她拉着我的手说，来信了，来信了。

巧兰和母亲在天井里坐下。一年前，若愚也坐在这个位置。母亲问巧兰：“你怎么打算？”巧兰说：“我还没有想好。他说，如果我不嫌东北远，他欢迎我过去。如果做家属了，可以在油田工作。”母亲问有多远，我告诉母亲，要从上海坐火车，可能还要转车，估计要几天几夜。巧兰说：“远不远倒是无所谓，我妈妈怎么办？”母亲建议她们姐妹几位商量一下。我这时意识到，巧兰也要离开这个村庄了。她要坐火车去哈尔滨，那个地方已经下雪了。我母亲有点伤感地说：“你们几个都走了。”巧兰是那种果敢又温顺的女人，听我母亲这样说，顺势拉起我母亲的手。我看到巧兰的眼神已经在那个遥远的北方了。巧兰在我们家吃的晚饭，糖果问她：“你会寄喜糖给我吗？”巧兰说：“不知道会不会结婚呢。”

我隔了两周再回来时，母亲告诉说：“巧兰把她妈妈送到大姐家，她自己去哈尔滨了。”

“这次去就结婚？”

“不晓得呢。我还是担心她。”

· 20 ·

这个晚上我失眠了。我熟悉和亲近的人，要么老了，病了，死了，要么走了。我索性起床整理自己的书籍，我准备带一些书去中学。我在晓东留给我的小说《红旗谱》中发现了我几年前画的那张画。一个高个子老人，一个矮个子少年，他们在交谈着。这个少年长高了，如果重画这个场景，他和老人的比例要发生一些变化。我想起白胡子老人说的那个我至今无法说出的地名，我会不会又要神经衰弱？

中学在镇上牛桥西岸的北面。我有时会走到牛桥，也会独自一人从大街走到石板街。我一直猜想爷爷奶奶从镇上到村庄之前的生活和心理状态，但我意识到这是残酷的。我对小镇和石板街留下的记忆不同，记忆中有爷爷奶奶，还有曾祖父曾祖母。小镇上的他们不是我的记忆，我只是在记忆中与他们相遇了。奶奶不在身边，这条街上几乎没有人认识我。我再次坐在大礼堂的台阶上，别扭地看着街上的行人，这些地方都曾经是我的祖先行走过的地方。小镇上似曾相识的砖与瓦，小西溪浑黄的河水，石板街上的大青石，并没有给我带来亲切感。如果是傍晚从石板街走过，在阳光消失后会觉得街道突然变得更加幽长。当我看不见自己的影子时，我就想起了鬼，这是小时候大人恐吓我们这些孩子留下的心理阴影。一个孩子心中的阴影就像幽长的老街一样幽暗和狭长。我看着那些情侣模样的人们在这条街上走着缠绵的碎步时，感到好笑，他们的身后没有自己的影子。

我知道我对石板街的认识有更多虚幻的成分。一个人总喜欢在时光消逝后的日子里重返他当年无法进入的场合。我和多数人一样，都夸大了自己少年时对事物的记忆。我被小镇遗弃的感觉在我少年时也是短暂的，因为这样的遗弃让父亲和我获得了一种新的生活。但我确实在呼吸中闻到了石板街的潮湿和阴郁。这种潮湿和阴郁竟然打动了我，我当年曾那样拒绝潮湿和阴郁，我少年的心中总是荡漾着红色的广告颜料和震天动地的呼号。

这样的感觉让我踏实。在过去了的暑假，我们几个伙伴再次到台城割草，去了西溪镇。这次没有梅儿，也没有三小了。西溪镇有八字桥，桥下的水流向了西溪，那条河的开阔超出了我的想象。奶奶说，薛仁贵的船从这里过去了。我在这里也闻到了潮湿和阴郁。我似乎在潮湿和阴郁中贴近了我的祖先，贴近了我奶奶讲述的那些故事。祖屋的潮湿和阴郁，还有大队礼堂、生产队仓库、学校教室等无处不有的潮湿和阴郁渗透在我少年的历史之中。在西溪割草的午间太热了，我在一棵树下睡着了。我听到有人说，太阳快出来了，晒到你的屁股了，上路吧。这好像是奶奶的声音。

奶奶是在镇上病危的，她坚决不肯回到庄上寿终正寝。我从学校赶到祖屋，奶奶已经处于弥留之际。我拉着她的手，我从她的嘴唇里听出她在喊我的名字，然后，她闭上了眼睛。在奶奶的大殓仪式上，见到了许多我不曾见过的亲戚，我叫不出他们的名字，也不知道他们的辈分。有个女人，走到我面前说："你还认得我？我是霞孃孃。"我在她的面孔上看到了独膀子的轮廓和神态，我和她打招呼了。爷爷坐在凳子上，看着我们说话。

这是一九七六年十月一天的傍晚，奶奶在镇上去世了。我们在镇上西南边的公墓安葬了奶奶，不远处，就是我曾祖父在破落时卖了的一片农田。又过了几年，我爷爷也去世了，他的遗嘱是葬在莫庄。为了不让爷爷奶奶分开，在春寒料峭的一天，我们又把奶奶的棺木迁回到莫庄。这个墓地叫凤凰垛，它的形状像凤凰。

在奶奶的骨灰迁移到凤凰垛后，我意识到那个小镇或许与我没有关系了。我在村前的那个水码头驻足良久，当年，爷爷奶奶带着他们的儿女坐船从镇上到乡下，就是从这码头上岸的。站在码头上的那一刻，我很快把自己看成废墟中的一块青砖，一根朽木。我又毫无理由地想把一个村庄一个小镇蜕变的历史承担下来，毫无理由地让我的记忆在潮湿和阴郁中成为废墟。我返回少年时的通道因此泥泞，但我已经无法抽身而退。很多年后我开始写作一部至今未完成的小说，小说开头是：我坐在码头上，太阳像一张薄薄的纸垫在屁股下。

卷四

· 1 ·

我躺在水泥船的前舱。

这可能是我一生中最漫长和逼仄的一个晚上。船舱中央有个圆圆的盖子，进了船舱后，外公把盖子和洞口错开了，留了一个长长的月牙形的口子，这样睡在里面的人就不会闷死了。深秋的寒气还是从月牙里渗进来，外公发现这个透气的口子应该留在后面而不是前面，他又坐起来重新摆弄了盖子。

我上身依着船身弯曲地躺着，船板上的稻草席子，散发着汗味酒气和霉味。摇橹的声音，在夜间听起来虽然悦耳，但总让我想起舍上夜猫叫喊的声音。这个声音压过船身撞击河水的声音，随着船身的波动，你会感受到船速的快和慢。空间的狭小并没有压迫我，一个人出生后就是在狭小的空间里被大人哄着的。但我觉得空气稀少后的窒息。在这种窒息的感觉中，无数的人和事都向你压迫过来。在后来的写作中，当我试图叙述死亡前的感觉时，那只水泥船，像畚箕形状的船舱，像猫叫的橹声，还有外公的鼾声，就在水面上向我飘来。

外公是搭船去台城看病的。他在公社医院看了，医生说，如果不放心，可以再去县城医院看看。前天父亲说学校今天晚上有船去台城，明天上午去新华书店运课本回来，是不是顺便安排外公去县城医院。家里都觉得挺好，我主动说自己陪外公去。大姨父正好在台城出差，他说早上在医院等我们。我多年没有跟外公躺在一张床上聊天了，也许这是我们最后一次长谈。外公看着我说：“你下半年读高中了。以前小学毕业的人，口袋里就插一支钢笔了。”外公觉得我已经长大，他的眼神、言语、举止都让我第一次意识到自己的责任。

我和外公钻进船舱时，已经是晚上十点左右，我们大概在明天凌晨到达。我躺在外公边上，我的身高好像已经超过外公。这是我隔了许多年后睡在外公身旁，那年冬天生产队的母牛生小牛，我跟外公睡在稻床。外公说他使劲地喊我，我就是醒不来，还是错过了看母牛生产的时刻。我们聊了很长时间，聊着聊着，我听到外公的鼾声出来了。我们的聊天，是我问，外公答。在外公往死亡的路上远去时，我仍然会想到那场批斗会的情景，那天的恐惧是我孩提时的一个巨大的黑洞。我问外公：“那天你害怕吗？”

· 2 ·

外公在船上谈起往事，轻描淡写，他好像没有力气说过去的事了。外公有一个非常大的疏忽，他没有问我，他被打倒时我的感受是什么。长幼常常是这样，在长者越来越看轻往事时，幼者恰恰驮着他们的往事向前走。

我想告诉外公，那天我尿裤子了。但我没有说出来。如果外公知道我当时胆怯到如此，他可能会愧疚，我应该让外公轻松地去和西头老太相见。在外公弥留之际，我想到的是，既然我们没有办法留住外公，那就让外公再次回到老太的怀抱，回到王二大队长的革命队伍里去。我想对外公说，那天我第一次感到黑夜的可怕。晚上十点多了，供销社门口的红旗像补丁一样缝在黑夜里。这可能是我后来神经衰弱症的前兆，秋兰家的老狗已经死了，但我还常常感觉它在疯叫。

在沉寂了几年以后，我在西巷遇见了那个白胡子老头。后来在我特别郁闷和慌张的时候，我会翻出我画的那张纸，上面有一个高高的长者，有一个抬头仰望长者的少年。我觉得这位老人拯救了我，我白天和夜间都会做梦，但我从来没有梦游。在我醒来之后，看到这幅画，我就平静下来，然后再做梦。我的梦与这个老头儿没有关系。在奶奶问我在哪间教室上课的那个晚上，我梦见自己在凤凰垛附近迷失了方向，到处是鬼火。从那一天开始，我经常做梦，甚至在白天也做梦。恐怖的是，我并不觉得我遇见的、闪过的是梦。当年，胡怀仁从警察局回来后时常神志不清，有人跟胡鹤义说，怀仁的爷爷就是神经病，会隔代遗传。那时胡怀仁还是个小伙子，现在是老头儿了。我不知道我会不会是怀仁一样的病，在头痛欲裂时，我的思维怪异。我拐弯抹角向父亲探听，我的祖先有没有神经病。父亲诧异地问我，你在想什么。爷爷从粮管所回来时，我冷眼旁观，想发现爷爷是不是有异常。父亲不知道我问的是什么，无法给我答案。爷爷显然很正常，我这才宽心些。

谁都发现我的话少了，我之前是个废话很多的人。母亲很高兴，说这孩子大了，沉稳了。杨老师上课时，把“受宠若惊”读成了“受庞若惊”，我只是在心里冷笑，如果是以前，我肯定会举手纠正杨老师。我甚至懒得去看电影了，我已经从《地道战》的地道里穿过几次，我都快学会做地雷了。在电影散场，大家各自扛着板凳回家时，我正在天井里将烂泥做成一个空心的拳头大的小坟墓，我把一根鞭炮插进泥土中，然后点着，那个小坟墓炸开了。这个时候，我竟然想到了董存瑞舍身炸碉堡。

父亲说，估计你是神经衰弱，我年轻时候也有过。母亲说，你不好好睡觉，白天肯定头发昏。奶奶说，猪脑子补脑筋。他们都说我病了。爸爸带我去看了医生，医生说你是神经衰弱。他给我开的药是安神补脑液。过了几天，爷爷回来了，带回来了猪脑子。一团团白色的猪脑，里面缠绕着像红线一样的血。我吓坏了，开始呕吐。我再喝安神补脑液，竟然闻到了猪脑子的味道。

月亮挂在天上，又好像踏在我脚下。我静静神，脚下是月光。我在巷子里来回走动，头痛欲裂，我试着往电线杆撞头，轻轻撞了一下，再用力撞，感觉自己清醒多了。突然张老师走过来，看见我撞电线杆，问我：“不疼了？”我还没有回答，他接着说：“你这是错觉。你撞头了，撞到的地方特别疼，你就忘记了原来的头疼。”我不撞了，果然还是原来那种头疼的感觉。张老师好像喝了酒，但他老婆在镇上，没有人追打他了。他一直没有想起我们在镇上撞见过。在初二的音乐课上，他拉二胡，摇头晃脑。“你留意，你睡不着觉时，想到的东西特别多，各种各样的事都在你脑子里打架。正常的人只有一种思维，神经衰弱了就不一样。”张老师对神经衰弱的理解，完全在我的知识之外。他举到了一些作家的名字，说他们都神经衰弱过。敏感的我当时觉得张老师在暗示我，我可能会成为一个作家。我看到张老师手里拿着一只小小的收音机，特别羡慕。

你们无法想象我有多大的压力。我知道我是正常的，我是正常的神经衰弱。但家里所有人都认为我应该去看医生，母亲甚至在背后担心我会不会得神经病。其实，母亲的担忧早被我自己悄悄排除了。无论我怎么解释，没有人相信我说的是真的。我突然开始紧张，烦躁，在我还没有理解什么是孤独时，孤独来了。让我有些释然的是张老师，他说我可能会成为作家，我想写小说就是从那个遇到张老师的晚上萌生的。喝醉了酒的人，应该和神经衰弱的我一样。

我的病情再次加重，是被烂猫屎棺材前头那盏长明灯吓坏的。我很怕去告别死者，但父亲坚持说烂猫屎是爷爷的老朋友，我只好跟在他身后去磕头了。那根灯线像蚯蚓弯在香油里，火苗不死不活地亮着。我当场就吓坏了，我怎么感觉烂猫屎坐起来了。父亲是在烂猫屎的灵堂里跟独膀子说到我的状态。我在回来的路上问父亲，独膀子朝着我说什么。父亲说独膀子介绍，陶庄有个中医，会看病。是的，是陶庄，那里有过曾祖父的油坊，有过小云分娩时的疼痛。还有夜间的一把火，那把火差点烧掉油坊。

父亲带我去了，我们先乘船到镇上，在新华书店领了春季开学的课本后，再坐船到陶庄。好快，半个小时后，我们就到了陶庄的卫生室。徐医生和我父亲一般大，温和而死板。我们去之前，独膀子还说，她女儿很好看，说不定看上你。这让我第一次去陶庄时就十分紧张，连续去了三次，从来没有见过徐医生的女儿。没有一点多余表情的徐医生，对我也没有特别亲热，我这才放下心来。

在我最后一次去陶庄时，徐医生才跟我父亲说："你可能记不得了，我们家就在你们家油坊不远的南面。我小时候见过你妈妈。"父亲在听到油坊时变得谨慎起来，只是说，这样啊。离开卫生室后，我问父亲，老爹以前的油坊还在吗？父亲说，我也要回去问你奶奶才知道。如果不是神经衰弱，在陶庄，我应该想到另一个人，那个叫云霞的孃孃。但我忘记了。那时我已经知道忘记的好处，忘记了，就不会神经衰弱了。

· 3 ·

在我说的沉寂的那几年，有一个晚上，鞭炮声几乎通宵达旦。

我像冻土一样的身体被炸开了。“九大”胜利召开的喜讯传到大队来的那天晚上，我们成群结队地游行，鞭炮声此起彼伏，响彻夜空。我在革命的狂欢中，心情如同鞭炮般欢腾。

我的鞋子被踩掉了，当我在游行结束时踩着炸碎后的鞭炮纸屑往回走时，如同在战场走过一样。我非常兴奋，表姐说，在天安门广场被毛主席接见以后，她光着脚走路时感觉像从战场走过一样。我那时也觉得自己奔跑在战场上。

勇子走在游行队伍的前面，我开始在他身后，但我很快被其他人甩到后面。游行结束时，我拖着一只鞋子回到家里。第二天早上，母亲顺着昨天晚上游行的路线，才在大队门前的阴沟里找到了我的那只布鞋，还带回了一串没有炸掉的小鞭炮。

我已经开始用水彩画天安门，画杨子荣打虎上山时亮相的剧照。但我不敢画毛主席像。暑假里，我跟在余老师后面，协助他用石灰水在墙上刷农业学大寨的口号。余老师说我的美术字快超过他了。过了半年，我替代了余老师。他在墙上刷了标语，然后偷偷自己打叉，再去大队报告，说有人如何。最终的结论是余老师“贼喊捉贼”，我一直怀疑这个结论，但余老师自己最终承认了。我在脚手架上刷标语时，烂猫屎凑过来说，小学生就能写这么大的字。

我经常满手是洗不净的广告颜料，五颜六色。奶奶嘲笑说，出了个画字匠。奶奶说的第二句话，我总觉得关联不上：画字匠，怕婆娘。我知道奶奶是善意地嘲笑我，我能不能娶到婆娘还不知道呢。后来，我和方小朵不再书信往来时，我才意识到，有一天我也会有个婆娘。

无法描述我看到毛主席在天安门上挥手的彩色照片时的心情。我看到毛主席挥手，感觉老人家就在眼前，他神采奕奕向我们走来。我好激动，关起房门，学着毛主席挥手的样子。在我认为有把握的时候，我还是抑制不住跃跃欲试的心情，悄悄在房间里画了一张毛主席像。我左看右看，觉得毛主席就是这个样子。我几次想带到学校给老师看，最后还是没有敢拿出来。跳忠字舞时，我把我画的毛主席像贴在房间的墙上，然后试了几个动作。是的，我心中想念毛主席，毛主席挥手我前进。

在无数个不眠之夜，我特别期待集合的号子声和行进时的哨子声。基干民兵常常会在月黑风高的夜间拉练，我会尾随他们。吹哨子的是勇子。他们会在田埂上趴着，也会在河坎上隐蔽。当一切都悄无声息时，放屁的声音也会惊扰此刻的寂静。有时候还会从芦苇丛中跋涉而过，这个时候，我想到的是王二大队长。

我们都在等待敌人出现，等待一个陌生人出现，那个从来没有等到的陌生人可能是东海过来的特务。最糟糕的一次，是在越过芦苇丛后，我滑倒在水塘中，我挣扎的身影让已经上岸的民兵们都把枪口对准了水塘中的我。他们的枪里没有子弹。

我满身泥水回到家门口时，看到阴沟里的水也有冷冷的月光。

· 4 ·

台城的月亮一样悬在天空，但月亮下的景致不同。我对小镇第一次产生好感，是在去台城割草之后。暑假里，梅儿几个人说，我们撑船到台城体育馆去割草吧，那里的草能装几条船呢。我和梅儿、三小和东子一起撑船去了。三小咳嗽、喘气，我们劝他不要去了，三小说："我没有去过台城，我帮你们看船。"

我们在东关桥边的码头上岸了。县体育场比我们学校的操场大几倍，跑道外面一大圈都是青草。我四处张望，感觉到县城和村庄的区别是，村庄的草长在田埂上，城里的草长在水泥路旁。我们几个人忙着割草，没有来得及逛县城。割草的速度比我们预想的慢多了。在田里割草，镰刀贴着泥土，唰唰唰。在这里，草丛下面是杂七杂八的小砖瓦的碎片，如果贴着草根割草，镰刀口会碰到砖瓦片，不小心，刀口就豁了。我们发现了这个特点，只能高出草根三四寸下镰刀。休息时，三小说："今天逛不了街了。"梅儿说："我们休息一会儿，你到附近转转。"我也觉得梅儿的主意不错："三小，你去转转，我们休息。"三小犹豫了一下，还是去了。我们继续干活时，三小手里拿着几根棒冰过来了。他说，是赤豆的，你们吃吧。我们站在草丛中吃棒冰，看到陆陆续续有人在操场跑步了。我听到跑道上一个女的跟男的说："我姐姐从农场回来了，你明天到我们家吃饭吧。"

背着最后一袋草上船之前，我站在东关桥上，拘谨地看看周遭，感觉县城只是小镇的放大。这是下午五点半，我站在桥上，呼吸着和村庄上空不一样的气息。生活是不一样的。村庄只有一种或几种味道，小镇是几种味道或十几种味道，县城有多少种味道混合着几乎是个未知数。村庄上的人吃的东西单一，屁的味道也几乎是一样的。我在桥上看到，有些地方的电灯亮了。这几天我们那里不时停电，城里的灯现在就亮了。这个时候，城里的同学在电灯下看书。我们开学的课本是从公社新华书店取回的，公社又是从县城的新华书店取回的。有时学校直接去县城的新华书店取回课本作业本。当县城的同学已经在翻阅课本时，我们学校运课本的木船可能还没有出发呢。

我开始理解奶奶为什么喜欢去镇上。那些我从未到过的城市或都市给我的感觉是，你一个人在麦田里捡麦穗时，突然有飞机从田野的上空掠过，转瞬即逝。而小镇不同，小镇就像你的一个远房亲戚，它虽然和你可能只是点头之交，但不管怎么说，你能够从心中的谱系中找到自己与它的关系。村上的人栽插收割，把麦子和大米送交给公社的粮管所。镇上的人把麦子做成烧饼，大米做成糕团。有一天，你在小镇的街上走过，邂逅的某个远房亲戚突然心情很好，说，你上街了。还有可能说，跟我回去吃饭。或者说，给你做几个烧饼吧。我在东关桥上想到了奶奶和爷爷的小镇，从庄上到镇上，是我儿时离文明生活最近的一条路。

我们的船往回行驶了，船舱里满满的青草。三小一个人躺在船头，我和梅儿、东子轮流撑船。在东子撑船时，我过去看三小。三小说："你在桥上有没有闻到香味？"我说："好像是韭菜炒猪肝的味道。"东关桥埠的北面，有一个小饭店。三小说："我们冬天去打楝树果，去鹤伦卖了，可以大吃一顿。"鹤伦庄是我们北面的公社，以前有东岳庙会，停了，去年开始办物资交流活动，像集市一样。三小问我想吃什么，我说想吃猪油渣烧豆腐。三小说，那我们要弄两篮子楝树果。

我看看三小，看看天空，看看河面，感觉月光并不如水。我又突然想到西溪，西溪是奶奶说的那个样子吗？

· 5 ·

三小打开教室北面窗户使劲咳嗽，冲进来的北风把墙上毛主席像左下角吹动起来。北风几乎把所有的树都剃成了光头，刘校长在操场训话时，帽子突然被风吹落到地上，他的光头上看不见风动，站在边上的几位老师头发都乱动起来。

这个时候，穿裙子的那个上海姑娘应该比我们暖和多了。我听说上海高楼林立，风被高楼挡住了。我在新闻纪录片里看到那些捧着鲜花列队欢迎外宾的少年，他们能体会到我们在冬天发抖的情景么？校门外面就是麦田，麦苗柔弱地随风变幻着绿色。

我一直无法描述这些绿色。你靠近麦田时，你远离麦田时，你在田里弯腰时，你从高处往下望时，麦苗的绿都不一样。我总是无法相信那些用彩笔画出麦苗绿色的人。美术课上我从不画庄稼的颜色，用上所有的蜡笔都是徒劳的。蜡笔的绿色涂在纸上，毫无麦苗的质地，那是死亡的绿。而且，大麦、小麦和元麦的颜色是有差异的，所有画画的人从来画不出这三种麦苗的区别。只有庄稼人才会分辨出麦子的孪生兄弟。我看到的一茬茬庄稼，只有麦田最像少年，在冬天而不是春天。冬天的麦苗是我。

冬天里的乡下，一切都僵死着，大人和小孩都像筛糠一样不时抖着。不必说蛇已经僵死，老鼠也躲在洞里，捉老鼠的猫闲着。我在学校门口遇到一个猎人，他的枪上没有挂野兔，他说兔子可能冻僵了不能奔跑了。我第一次看到小说里写人在被枪毙前双腿抖得像筛糠，我想这样写的作家一定是在农村里长大的，或者他被寒冬伤害过。只要是冬天，我每天都有小说人物被枪毙前的感觉。特别是临近傍晚，当门窗关得严实时，从缝隙里一条线刮进来的风，像刀一样砍过来。只有靠近煤油灯时，我才相信自己呵出来的是热气。最温暖的时刻是小便滴在裤裆里，那几分钟的热气远胜过接下来的冰凉。

奶奶可能是例外，她双脚踏在铜炉上，双手焐着汤婆子。铜炉里是从灶膛挖来的还没有熄灭的灰烬，过一阵，奶奶去掉炉子里面的死灰，添加上小木材片。奶奶偶尔喊我，让我丢一小把蚕豆在炉子里，听到小鞭炮声响时，揭开铜炉盖子，有几粒蚕豆炸翻在灰烬上。这是我最开心的一刻。在我咀嚼蚕豆时，奶奶说："吃多了会放屁。"奶奶看到我闭住气，便说："宁可堂前失礼，不能忍屁受慌。"我的屁在棉裤里是闷响。

当西北风吹得天空发黄时，麦苗几乎无力哆嗦了。这就是少年。他在生长着。他在哆嗦中长大成人。他在等待麦苗起身不是在等待春天，春天的烦躁和冬天的冷酷对少年是一样的。麦苗起身了，才有捡麦穗的忙假。他提着小篮子，赤脚从田里的麦秸上走过，冬天冻僵的脚丫彻底舒展了。而在清明的四月过后，一切才从冬天缓过神。然后就是春天的哭丧。

四月的乡村是恐怖的，许多熬过冬天的人是在春天到来时死亡的，当万物开始生长时，万病复苏，田野里新坟无数。我会在梦中醒来，我会落泪枕上。只要听到母亲的咳嗽声，我就会有噩梦。我在四月总是忧郁的，忧郁到抑郁，心里北风飕飕。我特别害怕田野里遍地的菜花，那不是我们后来见到的田园风景。菜花的茂盛可能与菜籽的收成有关，但这与我无关。遍地菜花时，上坟了，我跟在大人后面，追忆无数死亡的故事。许多人，包括亲人，也只有在谈论死亡时才会谈起他。我不得不佩服我的奶奶，我陪她去镇上，临上大桥之前，她回过头，采摘了路边的菜花。我知道，她又要去女庙门口了。我陪奶奶去镇上的次数少了，妹妹糖果大了，她跟在奶奶的身后。她不喜欢这个名字，奶奶解释说:“我做梦时，你面前有两样东西，一份糖果，一沓子钞票，你抓了糖果。”

我没有想到今年的菜花开得那么早，才三月，菜花就黄了，那个外地放蜂的男人，已经把他的蜂箱放在学校东门的路上。放学时，有两只蜜蜂撞到我身上，余三小苍白无力的手指还是那样敏捷地捉住了一只蜜蜂。他把蜜蜂撕成两段，舌头舔过以后说，好甜。以前我们都是放过蜜蜂的，这次余三小分裂蜜蜂，我没有一丝残忍的感觉。

三小以为自己能够熬过清明的，确实熬过了，在清明过了几天后死去了。骨瘦如柴的三小不停地咳嗽，鲜血喷在课本的书皮上。三小的父亲也是结核病去世的。他再次吐血后，我们几个把他抬回家去了。那是北舍，土坯房。婶婶从田里赶回来，她来不及洗手，开了门，便去铺床。三小蜷缩到被窝后，我们离开了。

三小病死的前一天下午，我去看他。他缩在床上，眼神好像已经死了。那口薄薄的棺材就埋葬在玄字号的一块麦田里，他直挺挺躺在棺材板上，他死亡之后才舒展了自己的身躯。这是真实的三小，他是能够挺直自己的。安葬他时，阳光灿烂，遍地的菜花之上已经有蜜蜂飞舞。我看到地上无数的蚯蚓在新挖的土坑中蜿行，黑的红的，爬向远方。它们腾出的空间，成为我同学的葬身之地。在葬好余三小后，婶婶拉着我说:“三小和你最好。你的同学没有了。”婶婶说，三小临死之前想吃肉，她想把那只狗杀了，三小不肯。婶婶哭着说："我应该把狗杀掉的。"

"我可能要死掉了。"在第一次吐血后，三小跟我说。我们曾经形影不离，他的数学成绩一直很好。他说，如果我的语文成绩也和你一样就好了。我的个子比他高，冬天如果要在高高的草堆上摸麻雀，我先蹲在地上，他骑到我的肩膀上。我慢慢起身，他让我蹲下时，已经听到麻雀在他手中挣扎的声音。就在他说了会死掉的那个晚上，他咳嗽着到我们家找我。三小没好意思进门。他捂着嘴巴咳嗽，停下来时对我说："我们去场头捉麻雀，肯不肯？"他看我没有犹豫，接着说："我半年没有吃肉了。我想吃肉。"

这是惊蛰后的几天，万物复苏了，麻雀开始自由飞翔。我在生产队场头昏暗的灯光下，看到狂欢的蠓虫像会飞的蚂蚁一样。我们坐在地上等，要再晚一些，麻雀才会飞到草堆里过夜，我没有安慰三小，我知道他真的会死。我只是说："夏天我们一起去捞水草。"我想他能熬过夏天。"我没有力气了。我都咳不动了。"我学着我奶奶的话说："过了清明，就会好些。"三小眼里有些光芒了："真的会？"我点点头，我欺骗他说："到冬天，我们去棉花田捉野兔子。"三小说："野兔子肉多。"我们会把捉老鼠的笼子放到棉花田诱骗兔子。昏暗的灯光越来越亮，天越来越黑，风声也越来越响。我蹲在地上，三小爬到我肩膀上，我没有像以前那样喘气，三小轻了许多。

看场头的田爷爷听到外面敲门很吃惊地开了门。我说我们想吃麻雀，田爷爷觉得很奇怪："神经病啊，这么晚了，吃麻雀？"三小猛烈咳嗽，田爷爷似乎明白了。他帮我们生火，又帮我们烧水。在灶膛红了以后，我把六只麻雀放在烧红了的火钳上，再放到灶膛。一会儿，麻雀肉的香味出来了。蹲在边上的三小，开始喘气，他的脸庞更红了，这是他去世前脸色最好的一个晚上。吃第一只麻雀肉时，三小是一口吞下去的。他看我在慢慢嚼，觉得这样吃得更香。吃第三只时，三小说："我嚼不动了。"他说他喉咙里有油了，好像不想咳嗽了。田爷爷给了一张报纸，三小把剩下的两只包好："我明天再吃。"在回去的路上，三小突然问我："你肯定要上高中，高中毕业以后呢？"我说："我也不知道。"我们都听到狗叫了，快到他家了，是三小家的狗。"那时我肯定不在了。"我控制住，没有哭，但眼泪出来了。那个晚上三小留给我的最后一句话是："大队就这样子。你能走就走吧。"我没有接三小的话，我也不知道往哪里走。

麦子起身了。麦苗越长越高，在远处，已经看不见那座坟了。三小的母亲来找我，说，我让人给三小做块碑，你帮着写几个字。我跟她去了场头，地上有一块现浇的水泥板，还没有凝固。我找来了一根树枝，在水泥板上画了五个字：余光明之墓。

· 6 ·

如果时间回转，我期待一九七二年五月像一九七〇年五月那样澄明清朗。

不必说乡场上，那些做了晒场的天井，到处都是赶来吃麦子的麻雀。随便站在晒场的哪个位置，你双手一挥大声一吼，埋头啄食的麻雀反应迅速，一个雀跃就逃之夭夭了。大人要干活，不能成天站在那儿大吼一声双手一挥，老人和小孩这就有了差事。

碰上星期天或节假日晒场，我们兴奋不已。坐在小凳上，拿根赶麻雀的长竹竿，不时挥挥，麻雀就不敢靠近晒场。但麻雀也有灵性，看你没有更切实的措施，它们照样落到晒场上啄食，你用竹竿赶它，它视而不见。我们要发火了，一边大声吼着一边用竹竿猛击晒场，麻雀这才受到惊吓，慌张而愤怒地离去。

但也有不赶麻雀的时候。我们让它肆无忌惮地啄食，然后把它捉住。

有办法吗？当然有。不用天罗地网，用筛子就行了。先把筛子平放在晒场上，再用筷子长短的树枝将筛子的一边撑起，这样麻雀就可以进来了，树枝着地的一端扣根长绳子，我们牵着绳子的另一头，坐在隐蔽的地方，等待麻雀的光临。常常是这样，你不想捉它时，它翩翩而至，一旦有什么图谋，它姗姗来迟。晒场的谷物翻晒了一遍又一遍，终于有麻雀来了。我们忍痛让它啄食，屏住呼吸，捏紧绳子，等待麻雀入瓮。令我们沮丧的是，麻雀它偏偏不上你的圈套。我们实在没有耐心了，只能一边大声吼着一边用竹竿猛击晒场。就在你心灰意懒时，麻雀又来了，而且真的如你企盼的那样，它钻到了筛子底下，可能是由于太兴奋，你一拉绳子，筛子还没有扑到地上，麻雀就在一瞬间飞了。就这样看着它飞了。麻雀会再来吗？会的，这只不来那只来。看着它飞到了晒场，看着它一跳一蹦地钻到了筛子下面，又看着筛子把它扑倒。我们小心翼翼地把手插进筛子下面，探物囊中。麻雀在里面挣扎，折腾几下，束手就擒。

这是我们熟悉的那只麻雀吗？它曾经栖息枝头，曾经在我们头顶啾啾，现在则被我们“玩弄”于掌上。看它胆怯，对它说，我们不想伤害你，我们爱小鸟，我们爱麻雀的羽毛。看它孤独，对它说，我们团结你，我们和你一起唱歌，我们和你一起游玩。你们成群地鸣啾，不就如同我们早读时一起朗读课文？想飞吗？我们把扣你的线放长些，你不就飞得高些远些？飞得太高太远不仅自己累而且让人担心。你知道吧，我们的父母亲从来不让我们走远，我们什么时候一人去赶集？麻雀说，吱吱，吱吱。懂了吗？

我们不仅请麻雀吃麦子稻子，我们还请它吃蔬菜，请它喝水。麻雀好像并不习惯和人相处，也不习惯我们的热情招待。我们不知怎么办好，就让麻雀独自待在那儿。我们有些沮丧，麻雀好像也是，它东张西望。

我想把麻雀带到学校去但又不敢。我想送给班上的那位女同学，我还不好意思说出她的名字。余同学让我借给他玩两天。他真的把麻雀带到学校了，我既兴奋又紧张。上课了，我看到他把麻雀放到口袋里。老师读课文时，麻雀在他的口袋里叫了，同学赶紧捂住口袋。我松了口气。一会儿，麻雀又叫了。老师问什么声音，麻雀不再叫了。下课后同学对我说，麻雀被捂死了。我没有办法送给女同学了，我现在也不喜欢她了。

我们都很伤心。我们对麻雀说过，我们爱鸟，我们爱它的羽毛。

同学说，我们把麻雀放在盆子下面敲，会敲醒的。

我想起来了，外婆说她敲醒过麻雀。

小姨也说她敲醒过麻雀。

对门的叔叔说他弄死过好几只麻雀，后来都被敲醒了。

但这只麻雀没有被敲醒。

· 7 ·

那些过于活跃的蚯蚓或许预示着五月的水灾。我不知道这是预兆，在三小的棺材下葬时，可能只有我在意了那些蚯蚓。在一顿晚餐上，我终于被弥漫的麦子霉味呛到了，我还想到了坟墓中的蚯蚓，我吐出了喝下去的稀饭。我一边抹嘴巴，一边说到蚯蚓的细节。父亲母亲都相信我说的是真的，在喝了徐医生配的汤药后，我的神经不是那么衰弱了。

我在饥肠辘辘时特别能判断出这种霉味像粮仓角落里的农药粉的气息，我在爷爷的粮管所熟悉了这种味道。整个村庄都发霉了，腐朽了。晒干的麦秸因为腐朽已经断了筋骨，我们无法再用麦秸编织草笼子。你站在庄前的桥上，再也看不到连续的浓郁的黑烟从烟囱里冒出来，灶膛里的麦秸燃不出光亮的火。但无论你在哪个地方，只要有炊烟，你就能闻到麦秸的霉味。我和我所有的乡亲，口、喉咙、胃、肠子和肛门就像烟囱一样。我的尿和屎都散发着霉味，以前在田埂上拉屎，热气还没有散开，野狗就奔过来了。那时没有雾霾，但我生活在雾霾一样的氛围中。我从来没有像现在这样起早去学校，我突然害怕热烈的阳光，你想躲避霉味，你就得躲过阳光。在最难熬的日子，我会趴在地上闻青草的味道。趴着的时候，田埂上的青草像一条狭长的绿色地毯。

空气再浑浊，我也要呼吸。我不得不重复我在开始就说过的那些话。我在梦中也重复了我之前就叙述过的那些感觉：潮湿抑制住了麦子的霉味。发酵出来的味道缓慢地扩散着，你若是把脚踩在麦秸上，霉气在水泡中热乎乎地张扬出来。我在饥肠辘辘时特别能判断出这种霉味像粮仓角落里的农药粉的气息。整个村庄都发霉了，腐朽了。根叔捧着粥碗，站在我们家门口说："我怎么闻不到霉味？"他再次嗅嗅鼻子。婶婶一句话骂过来："你浑身发霉了，你闻不到。"他们这样骂着的时候，梅儿也捧着碗过来。我看她喝了一口粥，突然呕吐起来。梅儿说，她昨天晚上吃了几个花生，好像不对头，夜里就起床吐了一次。

怀仁老头儿走到巷子口，朝我们这边喊道："烂猫屎夜里断气了，我要去打荡了。"围着的人们都没有声音了，根叔终于打出一个喷嚏，说："闻到霉味了。"烂猫屎是在巷子走路，踩在空荡荡的麦秸上滑倒的。他在雨天会用那把洋伞做拐杖，但这一天是晴天，他在供销社门口站了半天，在从东巷回家时，他跌倒了。医生说不是跌倒的，是脑溢血。奶奶去看他了，回来时说，烂猫屎已经不能说话，嘴都歪了。过了这个夏天，爷爷特地从粮管所回来看他，烂猫屎的嘴唇微动，好像发出了声音。爷爷凑上去，感觉是说独膀子，好像又不是。

我记得烂猫屎的形象时，他已经骨瘦如柴，像洋伞的柄，渐渐弯下来的腰像弯弯的洋伞骨架子。我从来没有看到他单独站立着，他总是倚在供销社门口的墙上。他的鼻梁上架着一副眼镜，全神贯注地听别人说闲话，偶尔插嘴，发出破嗓子的尖叫声。

他的嗓子原来不是这样的。父亲说，烂猫屎比他们早到乡下两个月。他不卖伞了，还修伞。先是在桥口摆了个摊子，生意太少，乡下不比城里，用伞的人少。后来就不摆摊了，拿着一把伞在巷子里转，喊着修伞了。乡下人落雨时不用雨伞，用雨伞不好干活，都是穿着雨披戴着雨篷在田里劳作。撑着伞走路的是闲人。再后来，烂猫屎想到乡下用得最多的不是雨伞，而是刀，菜刀，镰刀，钉耙，锄头，这些东西用钝了，都需要磨的。这个想法给他带来一条生路，他应该磨剪子戗菜刀。在《红灯记》没有上映之前好多年，烂猫屎肩扛磨刀凳，先在本村，再到邻村，喊着磨剪子嘞戗菜刀……

烂猫屎的眼屎越来越多，磨刀时，慢慢看不清刀锋，如果在阳光下，他觉得刀锋上有火光一般。这磨刀的手艺没有用了，运动也起来了，大家脾气都很暴躁，他不敢随便磨刀了。但烂猫屎在巷子里走惯了，突然停下，很不适应。再扛磨刀凳走巷子，那不是傻瓜？烂猫屎在家里待不住，又想出门，看看天气，似乎要下雨，折回房间，拿起一把洋伞出门。他照例到大队部去看报纸，一张单页的彩色《毛主席去安源》，毛主席青年时期的光辉形象让他很兴奋。他再仔细看，毛主席手里拿着一把油纸伞，和他的洋伞一样的颜色。烂猫屎突然慌张起来，他意识到不能再拿着这样的洋伞在巷子里走路了。我可能是见到烂猫屎从大队部出来的第一个人，我正好背着书包从学校门出来。他的神态让我恐惧。

我再次在村口见到烂猫屎时，他坐在磨刀凳上。偶尔也有人请他磨刀，那块新的磨刀砖多数时候是干的。我从那里路过时，他正说着这块磨刀的砖："找块磨刀的砖头不容易，我找了好多地方才找到。"我好像从来没有和他说过什么话，按照辈分，我也应该叫他爷爷，但总觉得没有叫的理由和机会。妈妈让我找他磨过一次菜刀，他接过去了，没有马上磨。烂猫屎说："听说你成绩不错，我问你个问题，你答出来我就不收你的钱。”烂猫屎的话让我有点兴奋。

“你晓得雨伞是哪个发明的吗？”我想也没有想，我不晓得有谁知道。“我告诉你，是鲁班的老婆发明的。晓得鲁班吧。他帮人家盖房子，落雨了，他老婆就做了把伞送给他。”烂猫屎得意地告诉我，开始磨刀。我无法确认烂猫屎说的是不是真的。我没有答出他的问题，但我反过来问他：“你们家以前是卖洋伞的吧？”

他说是的。

“那我问你，洋伞是哪个人发明的？”

烂猫屎一下噎住了。

我告诉他：“也是鲁班老婆发明的，后来传到国外。”

烂猫屎先是一愣，然后哈哈大笑说：“还是你聪明，我们一比一。磨刀的钱不要了，你去买糖吃吧。”我学会胡搅蛮缠就是从这个时候开始的。

烂猫屎出殡时阳光灿烂。奶奶在家里叹道：“这老蛆子霉了一世，死了，天晴了。”怀仁老头儿说，快用泥土埋棺材时，独膀子赶到了凤凰垛。他左手拿着一把伞，站在坑边说：“兄弟走好！”说罢，独膀子把雨伞插到棺材板与泥土之间的缝隙中。老头儿说，独膀子会哭。父亲时常说起这个细节，独膀子插好雨伞，本来晴着的天，突然落雨了。在父亲说起这个细节之后，我对独膀子有了一点好感。我后来很少看到独膀子了，有人说他时常会去陶庄，云霞就在陶庄，也有人说，他去山东了，他之前相好的那个女人的男人死了。

· 8 ·

一九七三年五月过去后，我还是梦到了上一年的大雨。我和村上的人站在桥上，看大水几乎要淹过我的脚面，然后又是无边无际的海水。梦中的我似乎很小，好像是奶奶搀着我的手。绿头苍蝇大得像蜻蜓，嘴里叼着蚯蚓在我的头顶上嗡嗡飞翔，奶奶只是木然地拉着我的手。然后奶奶也不见了，拉着我手的人竟然是根子叔叔。我看到我父母亲了，他们摇着一条小船过来，他们喊我的名字，要我从桥上跳到船上，我真的跳下去了……

我看到阳光下的向日葵抬起头来了，它确证了一个正常夏天的到来。阳光没有颜色，阳光贴近大地贴近庄稼贴近少年鼓胀的胸脯时才有了颜色。如果阳光离开庄稼，离开稻子、麦穗、山芋藤、棉花和雨露，阳光只在天上，不在大地上，就没有颜色。我害怕头顶上的阳光，我喜欢大地上的阳光。我喜欢在这样的阳光照耀下，看水沟，稻尖、麦芒、山芋藤上的露珠和向日葵的姿势。阳光只有照在向日葵上时才是金子。

我赤脚裸身从阳光中穿过，我像沟水，像稻尖、麦芒、山芋藤上的露珠和向日葵。我可以把阳光切割，变形。我突然脚踩田埂上的青草，阳光压缩在我的脚底下，透过青草贴在泥土之上。我伸出手，阳光的颜色是一个少年的血。我晃动时，看到手掌上的阳光。向日葵上的阳光是金色的，木船上的阳光是古铜色的，老母鸡鸡冠上的阳光是紫色的，屋檐上的阳光是灰色的，水面上的阳光是破碎的，棉袄里的阳光是白色的，蝇头上的阳光是绿色的，棺材板上的阳光是黑色的。

阳光照在上海姑娘的裙子上是花的。我见到了邻居家的上海小亲戚，穿着裙子、年龄与我相仿的女中学生。我晓得了，上海的女生是穿裙子的。但我不知道北京的男生女生是如何生活的。我很好奇，但没有谁给我答案。我在报纸上看到，北京的男生女生他们穿着白色的短袖衬衫，蓝色的裤子。许多年以后，我在安东尼奥尼拍摄的《中国》中寻找我少年时北京少年的模样。他们和我不一样。我和他们不一样。我知道他们。他们不知道我。

对了，我不要去郊区看向日葵，我上学的路上都是向日葵。

·9·

我一直在遮蔽我的一次窥视。

即使现在，我还羞于说出具体的细节。在梅儿弯腰的一瞬间，娃娃衫的衣领口张开了，我无意中看到了她的胸，两只正在发酵的小馒头。这是我少年时唯一一次遭遇女性的身体。我印象中我的目光来不及游移。我转身跑到路边小便时，我感到燥热，小便撒得很高，几乎在我头顶的位置小便从高处落下。

我开始长大。我现在坦白，那一年我本来是想把麻雀送给梅儿的。梅儿是我的邻居，姐妹四个，她是第三个丫头。她爸爸给她的小妹取名“婷婷”，意思是“停停”，不能再生了。我一次看到她妈妈眼睛红肿了，嘴巴也有点歪。梅儿告诉我，她爸爸打妈妈了。我经常会听到她妈妈的哭声，这次没有听到。梅儿说，她爸爸把她妈妈捂在被窝里打，妈妈哭不出声音来。她拿了扫帚，使劲拍了她爸爸的背脊。她爸爸这才停下来，下了床就给了梅儿一巴掌。梅儿的妈妈是瘸子，梅儿爸爸右眼瞎了，还有个疤。我很讨厌梅儿的爸爸，有时当着梅儿的面，我也会喊她爸爸“这个疤眼”。我们村里的人都很奇怪，疤眼怎么生出梅儿这样好的孩子。

多年前的那个晚上，他爬胡鹤义东院的围墙，被怀仁用弹弓打伤了眼睛，开始还有光，后来漆黑一片。他跟家里人说是跌在树枝上的，这个谜直到忆苦思甜时，才由他自己揭开。疤眼走上台，先是呼口号，然后控诉说他从胡鹤义家门口路过时，大少爷用弹弓打瞎了他的眼睛。他说到这里时，怀仁老头儿突然站起来说：“是我用弹弓打了，大少爷会个屁。”疤眼一直嫌弃瘸子，我母亲在背后说：还嫌人家什么，你自己是个破锅子，还嫌人家豁锅盖。

梅儿告诉我，她昨天吓坏了。放学后，她拿了一块山芋站在堂屋门口啃着，抬头时，发现北墙上毛主席像里的毛主席盯着她看。她定定神，睁开眼，毛主席还是盯着她看。梅儿从来没有过这样的感觉，她走到堂屋桌子的东边，再望北墙，毛主席的眼神侧过来了，还是盯着她。她慌张地跑到桌子的西边，毛主席的眼神又侧过来了。她第一次发现，无论站在哪个位置上，毛主席的眼神都会转过来看她。梅儿说，她紧张得不知所措，竟然躲到桌子下面啃完了山芋，她在桌子底下没有看到毛主席。

“我要去安徽了。”梅儿悄悄告诉我，“我在家里待不下去了。我给叔叔写信了，他给了我地址，让我去。”梅儿的叔叔很多年前去了安徽的一个山区，在那里成家了，好像没有孩子。我上学的路上又少了一个伙伴，但我知道，她叔叔应该不会打她。我看梅儿说话时毫无表情，她在这里心死了，那个安徽山区，也不知道能不能让她活过来。独膀子，梅儿叔叔和梅儿，是我们村三个去安徽的人。

母亲说，你去送一下梅儿。梅儿站在码头上，提着一只木箱，我知道那是她母亲的陪嫁。梅儿看到我时，只是说：“我坐船到台城，再坐汽车。你也没有坐过汽车。”我没有坐过汽车，梅儿从台城坐汽车走了。我以为梅儿会哭的，她却笑嘻嘻上了船，而且没有回头。第二天，梅儿母亲到我们家，说梅儿上汽车时，哭得要命。疤眼回来告诉她，梅儿走的时候没有喊他爸爸，只是哭着说：“你再打妈妈，我就不会回这个家了。”

我后来知道，去车站接梅儿的是她的婶婶。梅儿叔叔从山上摔下来，腿断了。

· 10 ·

我对大雪的等待始于一九七三年的冬天。梅儿的母亲捧着碗到我们家，说安徽那边已经下大雪了。梅儿叔叔家在山坡上，雪大得没有办法去学校。

那个黄昏，天空发灰了。我对父亲说，我看到血，桥板上有鲜血。父亲问，你是看到下雪，还是看到流血？我说我好像看到人血了，看到血变成了黑色。猪血在冷水中冰了以后再下到热锅的水中，就是这个颜色。父亲说他从桥上来回走了几遍，没有看到血的痕迹。我说我看到了，可能是有人擦了。爸爸说："那个杀人的事件离我们这里几十里呢，你是在做梦吧，孩子。晚上不要看小说了。"父亲说的是另外一个公社的事，与我们这里没有关系。

我没有做梦，我在心中把那个公社副书记杀了。这是我在心里第一次去杀掉一个人。我痛恨到极点并且下决心把他杀掉，是在学校里看到这个副书记用一种特别的眼神盯着左老师。来学校的工作组是这位副书记带队的，他到我们班上听课，我看到他一直盯着左老师。中午我在写大仿时，他突然走到我身边抽动我的毛笔。他没有抽得出来，对我说："你拿毛笔的手指头太紧了。"我只是看了他一眼，连"嗯"也没有说。其实，我对他的厌恶，与他看左老师和抽我的毛笔无关，我觉得他好像是曾经让我恐惧的有点熟悉的面孔。此时，我爸爸已经吐故纳新到学校做民办老师，我回去问他，他说："你可能记不得了，这个杨书记就是以前主持批斗会的那个人。"难怪，我想起来了。政治会让一个少年产生仇恨，爸爸看着我的表情，他也有点惊讶了。父亲怀疑我又犯神经衰弱的毛病了。

我是在看小说。我沉湎在小说中。江姐被捕了。甫志高叛变了。双枪老太婆在锄奸。我读到残缺的《野火春风斗古城》，金环的丈夫牺牲了，她带着他们的女儿去了省城，然后呢？我一直担心金环的命运，还有她的女儿。许多年后，我在大学图书馆借到了《野火春风斗古城》，我读到了金环的遗书。金环说：他们能够敲碎我的牙齿，能割掉我的舌头，甚至剖腹挖出我的心肝，但他们只有一条不能，不能从我嘴里得出他们所需要的话。我看了一些革命小说，许多烈士在遭遇敌人严刑拷打时，都说了和金环一样的话。

半年以后，这个副书记离奇地死在另外一个大队，我所知道的是，他到了一户人家，那家的男人去做河工了，女人坐在天井里拣筛子里的棉花种子。这个暖冬的下午，太阳照得人特别懒散。我捧着一摞作业本到办公室找老师时听到了这个副书记的死讯，再后来，又听说他在死后被开除党籍。

真的快要下雪了。这是下雪的日子。我在呼吸着灰暗而不浑浊的空气时，朵儿说，快听到落雪的声音了。我只听到怀仁老头儿在巷子里大喊，落刀子吧，落刀子吧。风死了。树叶死了。河水死了。白天死了。月亮死了。这是下雪的日子。当一切都像死了的样子，天空开始飘起雪花。我看着漫天的大雪，心里异常兴奋，我觉得是我杀死了那个姓杨的。

雪太大了，我们都拥在教室外面的走廊上。张老师下课了，他手里提着二胡，朝我们笑笑。我们都说，张老师再拉一首。他在犹豫时,朵儿已经搬了一把椅子放到他面前。张老师说，你们想听什么呢？我说,《赛马》。我们跟着张老师的旋律到了草原，我们听到了骏马的嘶鸣，听到了奔放的马蹄声。张老师手上的弓子在琴筒上跳跃时，突然一根琴弦断了。我当时的感觉，一匹马在奔跑中摔倒了。张老师说："太冷了，太冷了，这根弦冻崩了。"

这是我们最后一次听到张老师拉二胡。第二天中午，在学校门口，穿着公安服装的两个同志把张老师押上了一辆吉普车。刘校长说，张老师一直收听敌台，公安局破案了。我们都紧张地站在门口，张老师低着头上车的，他没有抬头看我们。吉普车走了，我们下课时，留下的车辙已经被大雪覆盖了。

· 11 ·

雨水了。

冰块在融化。

朵儿说，她听到冰块融化和挤压的声音。朵儿的听力特别好，即使在北风呼啸时，她也能够辨别出麻雀飞往哪个草堆的方向。

朵儿神乎其神地说，你听，嗤嗤嗤，就像锅里熬猪油的声音。朵儿实在太会打比方了。

我听不到朵儿说的那种声音，我的视觉灵敏，高于听觉。你看，靠近码头的那个凿开的洞口越来越大了。靠在码头右侧的木船似乎开始晃动，四周的冰块在阳光下融化和陷落。我们上船了，我们在船上晃荡，船身撞击着已经破裂的冰块，水面越来越大。这个时候，你站在桥上看河道，冰块就像河面上的补丁，大大小小。补丁少了，小了。清澈的河面回来了。你站在码头上，可以看到河里倒垂的杨柳枝，枯的，黄的。再过几天，枯的黄了，黄的绿了，柳树发芽了。聪明的鱼儿在柳枝间游弋，但从来没有吮吸水中的柳芽。鱼儿知道那是影子，或者它们根本就看不到我称为影子的杨柳枝。我说它们在柳枝中游弋，它们可能什么也没有看到。河里的影子是我的杨柳枝。鱼儿碰到水草了，这是水草在冰块融化后第一次运动。水草像长在河里的绿色的冰凌，柔软舒适地僵硬着，它也在等待十里春风。“你看，麦子有两片叶子了。”朵儿惊奇地说。“你看，蚕豆苗快要高过麦苗了。”我告诉朵儿。

只有麦苗起身了，才能等到捡麦穗的忙假。看到向日葵的面庞了，乌鸦不在树上鸣叫了，取而代之的是喜鹊。喜鹊的叫声从来没有打动过我，在冬天空旷的天空中，乌鸦的刺耳叫声释放了我想喊而喊不出来的声音。这实在是我内心的一个秘密。在无聊的时候，我喜欢聆听各种声音。那只花猫在捉到老鼠时的欢叫，得意忘形到像余三小模拟的狼的嚎叫；猪圈里的猪呜呜，过于笨拙了，听多了人也会迟钝；我在母鸡生蛋后的叫声中听出了它的疲弱，难怪它从窝里出来时的步伐那样拖沓；我曾经喜欢听麻雀夜间轻柔、短促、干脆的笛声，但在掏鸟窝时，我摸到了盘着的蛇和已经牺牲的几只麻雀；我看到小镇上有人放飞鸽子，鸽子凌空的噗噗噗噗，也让我屏住呼吸，但这声音不是我熟悉的，小镇上的人养鸽子，乡下人养猪。在我说出这些声音的感觉时，朵儿说，你和我听到的声音不一样。

朵儿跟我去看母亲的养蚕房。看到蚕儿在桑叶上蠕动时，朵儿让我不要发出声响，她侧耳贴着放蚕的席子。母亲见状说："朵儿，你也像个蚕宝宝。你们要不要跟我去采桑叶？"在采桑叶时，我想到了勇子，他和秋兰快要结婚了。我在神经衰弱无法入眠的那个晚上，从这片桑田走过时，他们俩像两只蚕一样在桑田的地上蜷缩着。城里人在街上散步散心，如果我一直在庄上的巷子里游荡，别人会以为我可能要偷东西。只有小偷才会在晚上游荡巷子。我只能到田里转转。这个村庄的缠绵二字是他们开始写在田里的。我没有窥视他们，我也没有等他们从桑田走出来，其实我此时兴奋得有足够的时间等他们。第二天，我在勇子的外套上，看到了桑叶留下的有点绿的汁。我知道我昨天夜间的感觉和判断是对的。

朵儿在我的生活中若隐若现，她突然在庄上出现，又在我没有思想准备中离开。朵儿姓方，方小朵。我们都叫方小朵的爸爸老方。老方父女俩是坐船从另一个公社的供销社到我们大队的，他在供销社百货柜台工作。老方镶了一颗金牙，他对所有的人都微笑着，金牙总是露出一部分。在往岸上搬家具时，我正在码头边淘米，只好让开。朵儿后来说，我把淘箩放在石板上，还帮他们搭手搬了几样东西。我记不得了。朵儿穿着一双凉鞋，我在镇上供销社柜台里见到的那种。难怪，她走路轻盈，我们都拖着木拖鞋，走路就像打谷子一样响亮。朵儿说，她还有一个弟弟在西鞋庄外婆家。她没有说她妈妈在哪里。

就像她的名字一样，朵儿，她是一朵花，那时我在心里就是用了这样蹩脚的比喻形容她。朵儿是那种长得让你觉得好看但你又说不清她好看在哪里的女生。在我后来的回忆中，朵儿还是那样若隐若现，我无法在记忆中复原我见到过的她。我能够想起来的是，朵儿的脸上点着几点淡淡的雀斑，但我记不清在脸部哪个部位。朵儿不笑时，这几点雀斑严肃地散发着哀愁。我一直觉得她内心有什么秘密。是的，这是一种抽象的失落，不是具体的失落。这个若隐若现的朵儿，让我体会到失落的沉重有时会与具体的事物没有关系。事情就是这样简单，在你习以为常的生活中，突然出现了一个与众不同的人，你会感觉呼吸的节奏不一样了。我后来曾经想把我和朵儿一年的情谊视为初恋，一个人总喜欢赋予一些朦胧的东西以美好。越是朦胧，你越是想要清晰它，当你觉得似乎清晰的时候，眼前出现了影子。这是个朦朦胧胧的世界。我少年时的正常生活，也许就是从认识朵儿开始的。在我兴奋的时候，我特别庆幸，我神经衰弱的那些日子里，朵儿在别处。

余光明死了，他的位置空了下来。方小朵插到我们班上，老师让她坐在余同学原来的座位上。方小朵的活跃逐渐在课堂上和作文时表现出来，我坐在她后面，看她每次都举手回答老师的问题。她最初两天课上的沉默是装出来的，她憋不住了。她甚至在一次课间休息时回头跟我说，老师写字倒笔画了。方小朵的直率让我不知所措，她说的没错。有一天下午放学时，方小朵突然哭了，她知道了她坐在死人坐过的位置上。我把课本忘在抽屉里，返回教室时，朵儿还在座位上啜泣。她见我进来，问我能不能换位置。我这才注意到朵儿的好看，我说我去问问老师，你等我回来。我是班长，我跟班主任申请我和方小朵对换位置，班主任同意了。这可能是我第一次为女生见义勇为。“你不怕死人?”方小朵在回去的路上问我。“他是我一起长大的同学，怕不了。”我回答说，“你胆子这么小啊。”

我后来知道，方小朵对死亡的恐惧，源于她母亲的突然去世。方小朵没有说出她母亲去世的详情，她说她父亲到西鞋庄劳动改造时认识了她母亲。其实，村上的人几乎都知道了，供销社新来的老方以前是“右派”，后来改正了。老方站在柜台里面，对谁都微笑。我在这个庄上从来没有见过一位从早到晚都微笑的人，老方真的是个例外。方小朵说她父亲之前在商业局工作，他在一次会议中上厕所了，回来后知道领导和群众决定了他是“右派”。方小朵的这番话让我无法相信，反右斗争那么严肃，领导怎么可能趁她爸爸上厕所时把他划为“右派”。方小朵看出了我的疑问：“我像我爸爸，喜欢说话，喜欢提意见。”我对方小朵说，你爸爸是不是右派，我们这边的人不管的，我们只看人好不好。我转述的是我外公的观点，他说胡鹤义是地主，但没有民愤，为什么，他人好。我一次和勇子说到谁好谁坏时，他说，你这样的观点就是“人性论”。

方小朵开心地笑了，我第一次感受到了一个女生看我的异样眼神。我不吃药了，神经衰弱好了，方小朵看到的是正常的我。我觉得幸运的不是我，是朵儿。

· 12 ·

一九八九年夏天的傍晚，我抱着女儿站在庄前的水码头上，我没看到村中有少年像我和我的同伴当年那样，从码头下水，然后舒展自己的身躯，仰在水面，望天空飘过。每一代少年都有自己的游戏方式，他们和我们不一样。

大学毕业后，我结束了和这条河的亲密关系。在那个夏天，我还时常从北岸泅到南岸。夏天过后，我工作了，很少再会在夏天回到村庄。村庄通了自来水，河流开始与我们的喉咙没有直接关系。我和方小朵一起行驶过的这条河已经面目全非。现在的孩子，也不像我们那时野性了。我沉浸于小河，但我看不到有人从桥上跳到河里。我自己现在也没有少年时的胆量了。其实，在方小朵来了以后，我就不从桥上往河里跳了。

我有些感伤，小学时代酷暑中的无数个下午难道是乡村记忆中的最后一个夏天吗？水泥桥板烫得像烙铁，我和几个同学脱光了衣服在庄前的大桥上猛地往河里跳。这是我对夏天最热烈的呼应和最强烈的反抗。我们在夏天与夏天呼应、对抗和妥协。比起很难有机会洗澡的冬天，我们欢呼夏天的到来，身体的舒展也告诉我们夏天是个生长的季节。只有炎热的夏天，瓜果才会熟得发甜，只有夏天，才有雷鸣电闪狂风暴雨，而且我希望我就是它们。只有在雷鸣电闪风雨大作时，我觉得自己憋足了的压抑才有缓解。雷鸣是老天爷的喷嚏，闪电是他乡间小道上行走时的手电，狂风是他的呼吸，暴雨是他的喜怒哀乐憋了一年之后终于哭出来的泪水。

我在这样的想象中完成了少年时的童话创作和自我抒发。很难设想，在雷鸣电闪狂风暴雨之后我们是怎样的欢乐。成群结队到田间，在田里的水沟与河岸交接处，我们打开封堵的水沟，哗哗的水冲击着河面，浪花四溅，这是我们村的瀑布。于是，躲在深水处的鱼儿开始露出水面换气，我们放下鱼钩和网。等第二场暴雨降临之前，我们已经背着鱼篓回家了，不管老天爷在天边如何打喷嚏。有一天，三小和东子说，我们跳水吧。我看到他们两人从沟里蹚水过去，然后纵身一跃。他们落在河边上，三小的右手被树枝划破了，东子的屁股出血了。

我也喜欢春天与秋天的模糊，春秋衫就适应了这样的模糊。春天的韭菜特别香，割一把，韭菜炒鸡蛋，这是我4月生日时最好的美味。秋天的米饭太香了，新米出来了，先吃饱一顿，余下的放在缸里应付从来没有间断过的饥饿。我们只是说秋天是个收获的季节，其实秋天也是个过渡的季节，夏天太裸露了，没有秋天的矜持，冬天又失之突兀。冬天虽然曾经在多少年都让我饥寒交迫，但是，如果没有冬天，村庄和它的万物就没有喘气的时刻。现在想来，冬天是万物的休闲日，冬天让我们知道了生命和时间的节奏。农谚说：麦一种，手一拱。真的是，冬天的炊烟也懒懒散散。刮过不停的风下过不止的雪和流不完的鼻涕，总让我们蜷缩在屋子的角落里，等待阳光。如果天放晴，我们一排同学在教室外的墙上“挤癞子”，或者拔河。星期天或者每天的夜晚，我在昏暗的灯下使劲地搓草绳，编草包，一个冬天下来，可以挣不少工分。

我曾经过度赞美秋天，但在一九七三年那个大雪的冬天，我站在大桥上，看贫瘠肥沃瓦房草房东西南北都被大雪覆盖得不分彼此时，我第一次意识到了冬天的宽厚、包容、和平。秋天只管收获，苍白留给了冬天，落叶留给了冬天，一切都在冬天蛰伏。只有下雪，雪会覆盖苍白掩饰萧条，让麦苗在雪底下等待伸展的日子。那个冬天，我还有仇恨，在听到那个副书记被杀后，我是那样的开心，曾经的郁结像阳光下的雪一样融化了。

我已经在没有季节的日子里生活得太久。有节制的露珠、阳光、雾气和泥泞，是季节分明的表征。我想起来了：冬天屋檐垂直的冻丁丁像支长长的温度计，测量着村庄的体温。秋季的颜色在稻谷收割后只剩下天空秋水树叶土地。春蚕在把一片片桑叶剪去。夏天的闪电比村庄所有的电灯都明亮。我呼吸冬寒夏热春暖秋凉。在我离乡时，村庄还是这样的季节，现在，春天似乎从未离开，夏天只在室外，冬天早就被融化，秋天的落叶被环卫工迅速扫除。

这个村庄也没有我说的季节了，村庄分明的季节也在消失之中。村庄昔日的邻居，有些人家已经装上了空调，至少都有了电风扇，庄前大桥上再也没有乘凉的人群。我曾裸泳的河流，早已被污染，沉在河中的稻草泛出绿汁和水沫，水草腐烂了又一簇一簇长出，很少有人在河里游泳了。南河，已经不是我坐在码头上看到的那条河了。我现在也不会坐在码头上了，我坐在那里能够等到谁呢？

· 13 ·

方小朵嘲笑我是花盲。

我说过，我害怕遍地的菜花。菜花黄灿灿的时候，是所有死亡的故事聚集在一起的日子。今年的菜花在三月初就黄遍了田野，这是个暖和的冬天，惊蛰已过，所有的虫子都在天上和地上肆无忌惮地乱窜。

三月初菜花就开了，然后才是桃花。我是花盲。花草花草，我只识得青草、水草和破布草。我们那里没有什么花，桃花，梨花，葵花，菜花，芦花，都不是花。只有晚饭花才称得上是花，破布草在春天也开花，它被我们在田埂上走路时不经意就踏蔫了。我在书里看到水仙花的名称，但我没有见过。奶奶把白菜心留下，放在有一点儿水的盘子里，菜心每日舒展，我以为这就是水仙花的样子。奶奶又把一颗发芽的洋葱养在有浅水的盘子了，洋葱伸展出长长的芽，朵儿说这才是水仙的样子。现在，我知道了，我为什么写不出美丽的花草。晚饭花是在傍晚开花，捣碎它的叶子，可以染指甲。我们家屋檐墙角下，奶奶种了一排的晚饭花，朵儿也跟着女同学到我们家摘叶子，染指甲了。

栀子花也开了。小姨那枝盛开的栀子花是她上一天剪下来插在稻田里的，天太旱了，栀子花开不出来。早上，小姨让我跟她去田里看那枝应该开花了的栀子花。我们从供销社门口走过，朵儿问我们去哪里，小姨很喜欢朵儿，说你跟我们去田里看栀子花吧。在稻田里，栀子花开花了。小姨先闻花瓣，朵儿再闻，我在旁边也闻到花香了。小姨对朵儿说，你喜欢，我就送给你，我晚上再来插一枝，明天早上就会开花了。朵儿接过小姨手中的栀子花，小姨说，你们等我一会儿，我把田里的草拔掉一点。在小姨拔草时，朵儿把手中的手帕递给我："送给你。"就是那块她在教室里擦泪的手帕，我吓坏了。朵儿说："你好像有鼻涕，我送给你。"她把手帕塞到我手上："你怎么出汗了，牙齿也在磕碰，是不是打摆子？"小姨返回到田埂上，看到了我手上的手帕。我慌张地对小姨说："方小朵说给你的。"

· 14 ·

我非常奇怪，在朵儿说出她快要离开我们村时，我的心情是那样平静。我突然觉得方小朵本来就与我没有关系，她是插班进来的。我在田里干活，有时候会看到漂亮的鸟儿栖息在枝头，等我靠近这棵树时，鸟儿飞了。方小朵就是我在田野里遇见的漂亮的小鸟，她在我们庄停留了大半年，然后又飞走了。我是那棵树，我还扎在田野里。我们不是一起在天上飞的两只小鸟。如果不是朵儿提出想坐船看看，这个傍晚，我应该去晓东那里换几本小说。

朵儿说了，我妈妈也跟着说，你就撑船带朵儿看看庄上的风景吧。

朵儿到我们家时，我们正吃着新米做的饭。母亲赶紧放下碗说，正好正好，吃碗新米饭。母亲先拉朵儿坐下，然后去厨房盛饭了。就在这个空隙，坐在我边上的朵儿说：“等孃孃来了，我说件事。”朵儿喊我母亲“孃孃”，这是城里人对“婶婶”的一种尊称。她的话吓我一跳，说件什么事？

“你们又要调走了？”妈妈听朵儿说完，感到很吃惊。朵儿说，她爸爸要去另一个公社的供销社工作，她要跟她爸爸走了，她弟弟也要离开西鞋庄，一起去那个公社的中学读书。我母亲并没有把朵儿想成她未来的儿媳，但她似乎特别喜欢朵儿。妈妈掩饰住有些失落的情绪说：“也好，也好，全家在一起。公社条件也比我们庄上好。”我一直没有吭声，只听朵儿说：“以后我还到你们家玩，来看孃孃。”我母亲激动不已：“好好好，你吃，我弄点新米，你带回去。”我问朵儿：“再给你添点饭？”朵儿点点头，我去厨房给她加了半碗，她说多了，分了一半给我。朵儿这是有意的，好在我父亲也离开桌子了。我闷头吃完，抬起头时，这个女同学朝我坏笑。

怀仁老头儿的小船借给我了，这几天他不去河里捞鱼，船闲着。船有些晃动，我贴着船舷下竹篙时，朵儿坐到了靠近我的船帮上。我让她赶紧坐另一边，不然要翻船了。我说，你们是从西边向东过来的，我们现在由东向西。十月的河水，像天空一样安宁。好像只有在这个时间，河水和天空是一个颜色。岸边的树和草是一种稳定的绿色，没有层次。再过些时日，河水的颜色深了，草木的颜色浅了，然后渐渐地黄了。朵儿说："我照镜子。"她已经坐在船舱里，面对我。她把头伸到水面照了照，回头问我："我好看吗？"我说："你脸厚。"朵儿用手舀了一把水泼到我身上。

"你看，河的南面这地方，我小时候只有几户人家，现在也像庄子了。我婆爹爹家的姑娘就住这边。她结婚的那一天，我姨父是扛着锄头来迎亲的。他们俩的锄头都扎着红绳子，新婚的第一天，他们去田里干活了。"

朵儿看看我，只说了一声："啊。"

"你看到河坎上那棵快要歪到河里的老槐树吗？我外公说，是董永家槐树的种子种出来的。外公说是他的爷爷说的。"

"这棵树怎么会歪到河里的呢？"

"据说，很多年前，打雷时，这棵槐树被雷电劈了一半，这棵树就歪下来了。那还是我外公小时候。他说，雷太大太响了，好在是夜间，路上没有行人。现在这里没有人烧香了。破四旧后没有人来烧香了，以前男的女的都来烧香。"

"我们也上去烧香吧。"

"你又说梦话了。从老槐树岸上那条路往西走，就是西舍了。李先生就在西舍。你再看北面，这是西码头。这码头朝南的，它在大码头的西边。东码头就是胡鹤义投河的那个码头。那个怀仁老头儿，是有点神经病，他从西码头下河自杀，头淹下去了，又吓得游上来了。他说他在河里看到老东家了，吓得要死。他本来是想死的，被东家吓得怕死了。从西码头上去，这边住的人家多数姓胡，基本上是地主富农。秋兰家就住在这里。你看这一边，基本上都是瓦房。”

朵儿想了想说：“她还要嫁给副组长吗？”朵儿觉得秋兰不简单，有点像她妈妈当年的样子。

我说：“方小朵，你说反了，秋兰成分不好，是勇子不简单。你妈妈要嫁给你爸爸，是和勇子一样不简单。”

我们俩没有争论。朵儿指着河里零散飘着的绿的黄的树叶说：“你看这些叶子吧，都在水里漂着，也不知道什么时候，有两三片叶子漂到一起了。”我想，朵儿说的也是，秋兰和勇子这两片水中的叶子，能不能漂到一起，还说不定。

一片水浮莲向我们的船漂过来。方小朵的比方，让我再次感到她的早熟。船已经到了西泊，向西，就往西舍了，向西北，就往凤凰垛了，向北，再向东拐，就到了北河了。朵儿说：“西边就是我们跟小姨去看栀子花的那个地方吧。不去了。凤凰垛是墓地，不敢去。”我告诉朵儿，凤凰垛前面有个荷花塘。

“还是算了。”朵儿说，“你是不是那个傻董永啊，撑了这么长时间的船还不累，停下来，歇会儿，看看我们的船会荡到哪儿去。”

船儿在西泊的中央荡着。我指着西曲口说：“那个曲口上去，就是我外公以前住的地方。王二大队长以前经常在夜里从这儿上去，那个警察局长也是从这里上岸的。”

朵儿说：“你都在说别人，你怎么不说自己呢？”

我没有回答朵儿。船儿在晃荡，太阳开始西下了，向西望去，河里的太阳余晖在逐渐减少。朵儿这时看到的我的眼神，应该不是迷惘，而是木然。我不知道我前面的路是什么，还没有选择的问题，我这个时候的眼神应该是傻傻的。

“我曾经想走勇子的路，但我估计他会失败。我那个同学临死之前，也问过我。我说我不知道。他说，你能离开就离开吧。其实，离开这里，往哪里去，我也不知道。我不是你，你是城镇户口，你可能会招工，也可能插队。”

朵儿说：“我如果插队，就到你们大队来。”当我感觉她是认真说话时，我心里紧张了，因为我想离开这里。

许多年前的这个傍晚，爷爷奶奶带着我父亲和小孃孃，从西泊向东，在大码头上岸。那是五月，收麦子的季节。现在是十月，稻子已经在晒场了。

这是下午五点半左右，四周的房子里开始陆续升起炊烟了，河水也开始暗下来。一直在这个村庄生活的乡亲们不会说出选择这两个字，但他们一定想选择自己的生活。王二大队长，外公，胡鹤义，勇子，他们都想改变生活。他们是不同类型的人，生活的想法也不一样，但他们都是失败者。我十四岁了，我看到了无法改变的生活。在钻井队撤出之后，我并没有失落，恰恰相反，如果这里出油了，我可能就会在这里终老。我想起那个下午，白胡子老人说到的我不熟悉的地名。

就在朵儿问我未来时，我突然发现了一种循环。母亲会成为外婆一样的老太太，父亲会成为爷爷一样的老头，我已经感受到母亲像奶奶外婆一样唠叨了。我下意识用竹篙击水，好像这样能打破循环。千年以来，河水就是这样流过的。以前人死了，葬在天宁寺附近的墓地，现在的人死了，葬在凤凰垛。这两个地方被一样的太阳和月亮照耀着，在它们之下，是密不透风的黑暗埋葬了这里曾经的一切。也许，我以后也会在那个叫凤凰垛的地下梦见塘里的荷花。我憎恨那个传说中的余姓农夫，他空手摸桩的那个细节，早就命定了这个村庄的人可能会两手空空。

“你发什么呆？”朵儿喊我，她总是把我们往董永和七仙女那边靠，“你看你呆子似的，像个董永。”我回避了她的话题，董永和七仙女是一个悲剧故事。我没有和朵儿说出我的这些想法，我说：“我们向东拐吧。去北河看看。”

竹篙上的河水有些凉了，在我手上上蹿下跳。细看西泊与北河交接处，水的颜色有些轻微的变化，西泊特别深，北河特别浅，两岸的水草特别茂盛。在拐角的两岸，都有竖着的竹篱笆拦着，圈着鸭子和鹅。船在河中央，坐着看不到鹅和鸭子，但听到它们戏水的声音。朵儿站起来：“你看，那是母鸭。”

我问她怎么识别的，她说：“你看，后面跟着好几个小鸭子的就是母鸭。”

我说：“带小鸭子的也可能是公鸭。”

朵儿说：“哪个孩子不是妈妈带的。”

我想到了老方：“你现在不就跟着你爸爸吗？”

朵儿似乎要生气，随即又说：“也是。我爸爸、妈妈都带过我。”

靠近北桥时，我告诉朵儿，南岸那幢房子，就是我小姨要嫁过去的人家。过了桥，是一片芦苇。和尚雨香的儿子，就是在这里淹死的，还俗很多年的雨香不久去了镇江，他又做和尚了。朵儿听我说到雨香的儿子在这里淹死，一点也没有恐慌，反而说：“我掉到河里，你肯定会救我。”她还哈哈大笑起来。

岸上的人听到笑声，看看是我在撑船，便喊：“大头。”晓东也在岸上朝我喊：“你到我这里来拿书呢。”

我和岸上的人招呼着，又跟晓东约了见面的时间。我掉转了船头，无法向东，也无法向南了。之前，向东，再向南，便是东泊，现在东泊被土填了一个角落，我们无法像以前一样在河里绕庄子一周。河水的循环被打破了。

回到西泊时，朵儿说：“我们再荡一会儿吧。”

我放下竹篙，坐到船舱了，朵儿从船头坐到我的身旁。我们一起向西望去，残阳一丝一丝在水边消失，河面还是太窄太近了，落山的太阳没有沉入我们前面的河水里。西舍的狗叫声传来了，天还亮着，是那种黑的亮。我听到朵儿的呼吸声，她可能也听到我的心跳了。朵儿拿出一块新的手帕说："你头上有汗，我帮你擦擦。"她靠近了我说："你敢不敢亲我？"

我听到西泊的南岸，有个婶婶在喊儿子回家吃饭。

我们从西码头上岸，方小朵说："你等一等。"她脱下两只布鞋，东边扔了一只，西边扔了一只。

朵儿说："这是东鞋庄。这是西鞋庄。"

· 15 ·

糖果说，好像我撑船带着朵儿离开西码头时，一个外乡人到了供销社门口。这个外乡人和勇子差不多年纪。见到的人说，他留着胡子，说普通话。

他问，胡鹤义家在哪里？

胡鹤义死了。

大奶奶也死了。

外乡人说，我知道的。

你是谁？

我是胡鹤义的孙子。

这话说出去后，围上来的人多了。胡鹤义的孙子？哪个儿子的儿子？人越来越多，这个小伙子被围在一个圆圈中。他放下手上的一个旅行包，然后自己抽起烟来，又掏出烟问谁抽。

怀仁老头儿接过一支烟，他知道这孩子不是若愚的儿子。他问小伙子，你是哪个养的？

外乡人听明白了，说，我是胡若鲁的儿子。

年长的人这才想起那个失踪二十多年的胡若鲁。

这个小伙子看出了疑问，说："我从新疆坐火车过来的。我爸爸死了很多年了。我一直不知道我老家是哪里的，我爸爸说他也不知道。去年我妈妈病危，给了我一封信，爸爸临死之前写的。我这才知道这里是我的老家。我就过来了。先到了上海，上海有我爸爸的一个朋友。再到南通。我从南通坐汽车到了台城，再走过来的。"

有个人挤到圈子里来了，他愣了一会儿，看看这个外乡人，说："你看看我。"

外乡人看来看去，好像看到了什么，他朝若愚大喊一声："叔叔！"

· 16 ·

我是在大队办公室后面的那条巷子和晓东见面的，我们约好了在那里用香烟屁股换他的几本小说。

晓东和晓勇是堂兄弟，兄弟姐妹五个，他父母没有能力给他找婆娘了。晓东说他在台城有个朋友，给了很多卷烟纸，还有一块课本大的小木板，上面有个什么机关，晓东把香烟屁股的烟丝揉在雪白的纸上，然后就卷成了纸烟。晓东从来不肯告诉我他从哪里弄来的这些小说，他说，你不要问这些。

这是我们最后一次交易。晓东要去圣堂，他被招女婿了。圣堂那户人家三个女儿，大的小的嫁出去了，中间的那个姑娘小儿麻痹症后，一条腿子瘫了。我不知道我母亲怎么会成了媒人，是她陪着晓东去圣堂相亲的。这姑娘不用拐杖走路，在家里做裁缝。母亲说，他们进门时，姑娘用一只脚踩着缝纫机。去之前，母亲和晓东说好，你如果满意人家，我们就留下来吃饭，不满意，你就说我们还要回去有事。

母亲和晓东留在人家家吃的午餐。离开之前，二姑娘的父亲悄悄问我母亲，怎么说。母亲说，我明天回话。其实母亲已经知道晓东的答案，她没有急于说出来，只是为晓东以后到这户人家过日子留点面子。

我问晓东："这两本书什么时候还你呢？"

晓东说："就送给你吧。你大了，不要在地上捡香烟屁股了。"

· 17 ·

母亲说："这几天雪太大了，现在不落雪了，你送点山芋和大白菜给李先生。”

我踏雪到了李先生的屋子里。李先生的门是敞开的，屋外白雪的光映照到里面，我第一次感到屋内的敞亮，虽然东西还是乱七八糟堆放着。我对李先生的态度始终有些踌躇，他说的话教的书，都是旧时代的。我不想读古书，我想学文言文。李先生一笑，既学文言文，为何又不读古书？李先生进一步说，你们的语文老师那样教文言文是不对的。他看我有些惊讶，重复地说："真、的、是、不、对、的。"我把语文课本带给他，他说他要先帮我整理一下语文课本。我不知道他的整理是什么意思，就把课本丢在他那儿。上语文课时，老师让我读课文，我说书忘了带。第二天上课，陆老师看到我和同学合用课本，便说，你怎么又不带课本。他对我这个好学生有些失望，下了课找我谈话，提醒我不要骄傲。毛主席说过谦虚使人进步，骄傲使人落后。知道吗？语文老师从我的眼神中看出了我的愧疚，便不再说什么。

李先生正在舔勺子里的玉米糊，胡须也粘上了。他停下来说，我正要找你。我从他手中拿到课本一看，心情比去找他时还要慌张，他用红笔在我的课本上圈圈点点，像老师给我们改作文一样。我不完全懂他说的话。他反复跟我说，时文选得太多了，时文不好作范文。又指着《口干舌燥心里甜》那首诗说，这怎么能叫诗呢？唐诗才是诗。那时我开始对词有兴趣，便问，词呢？李先生说，词乃诗之余。但他并没有和我讨论这些话题的兴趣。他把饭勺搁在锅盖上，背朝我说，我赞成革命，赞成劳动，可谁去读书呢？你要读书。

李先生年轻时候好像也喜欢过新文艺。一次，他在讲《诗经》前拿出一本纸张已经发黄变脆的杂志给我看，这上面有他写的新诗，而且用了笔名。我记不清李先生的笔名叫什么，只记得封面上有个吹喇叭的胖娃娃，腋部还长出了翅膀。他说，你知道杂志为什么叫“嘤鸣”吗？我当然不知道。他随即吟诵道:“嘤其鸣矣，求其友声。”又解释这是《诗经·伐木》中的诗句。我问他借《诗经》，他没有了。他说，你看到我什么时候有过《诗经》这本书？我说，诗三百篇，你不能背下来，还算初中生？李先生说，我会背诵，你跟在我后面背诵就行了。

伐木丁丁，
鸟鸣嘤嘤，
出自幽谷，
迁于乔木。
嘤其鸣矣，
求其友声。
相彼鸟矣，
犹求友声，

矧伊人矣，

不求友生。

神之听之，

终和且平。

磕磕绊绊背了几天，我能记住的也就这几句了。

这显然让李先生大失所望：看看这些小鸟儿，还在叫着到处找朋友呢。友声难求，友声难求。你们都说我是个懒汉，但我传道授业解惑也是劳动。我是劳心者啊。孔子会种庄稼吗？他会插秧，他会放渣，他会开手扶拖拉机吗？他会养猪，他会拾麦穗吗？他都不会。这影响他成为圣人吗？不影响。当他说孔子是圣人时，我异常紧张。

李先生躺在长条凳子上背诵时几次说到“酒”字。我终于托人从中学图书馆借到了《诗经》，我先查了他说的《诗经》中的《氓》，再查了《伐木》，抄在纸上。关于“酒”的那一段，许多字我都不认得，李先生最后拉长调门背的两句是：“迨我暇矣，饮此湑矣。”我查了《新华字典》，明白“湑”是过滤后的酒。

我读不懂这两首诗，便去问杨老师。老师说：“《氓》？”流氓的氓，他也把méng读成了máng。老师说，这样，我先看一下，再给你解释。

· 18 ·

在杨老师差不多猜出了升高中的作文题目后，我对他的轻慢才开始消失。

等了好长时间，杨老师始终未给我解释，我几次去他办公室交作业时，他只字不提。有次劳动课上，我实在忍不住，又问了。老师说："我不能完全解释清楚，老实说有的地方我也不懂。但我要提醒你，《诗经》你不宜读。"我从办公室出来时，杨老师又追出来说："你当心点。我这是保护你，晓得吧。"

我不知道杨老师是什么时候在哪位同学的作文簿上写下了这一批语：漂亮话不少，没有实际内容。因为这句话，他的名字都逐渐被人家"废弃"，而叫他"漂亮话"。

五年级时杨老师教我们的语文课。寒假没结束，同学之间就传了，"漂亮话"教我们语文。我们都知道他会写文章，虽然觉得他模样好笑，但是相信他会上好课。他的眼镜总是往下掉，走路时两只膀子使劲甩，节奏快、幅度大，有滑稽感。第一次上课，他上衣的一排纽扣扣错了。一位同学举手说，老师，你的纽扣……他慌张地一看，重新扣好。那种慌张的神情经常出现在课堂上。他又口吃，一急就表达不清楚，很少会把一层意思讲完整。班级里总会有调皮的同学，有时趁他板书时跟在后面学，他听到动静一转身说，学、学、学什么？有时哄堂大笑，他只有一副慌张的神情。

初中时他又教我们化学课。他是农校毕业的，懂点化学，但怎么也讲不清楚。同学向校长提意见，校长说学校里没有再比他懂化学的老师。课上，一位同学发呆，他把黑板擦往讲台上一击说，想什么，想老婆还早呢。那位同学一气之下跑出了教室。他大叫一声，给我回来。同学不听，拔腿就跑。他放下书紧追不舍。他哪里跑得过同学，同学在操场上转圈，他也转，突然一个踉跄，人没跌倒，可眼镜掉下来，只好蹲在地上摸眼镜。

这是运动后期了，同学对他的轻视自然与当时的政治氛围有关。但我知道，多年来他几乎没有上好课，他自己也觉得一辈子壮志未酬。这个悲剧与他本人不能说没有关系。杨老师自信甚至会露出点傲慢，但是他从来没有用什么来确证他的自信，并让人们谅解他的傲慢。杨老师一直自负他有创作的才能，多少年来几乎把全部业余时间放在写这写那上。他始终想去发现生活，但在他的那些作品中从来没有能够描绘出属于自己的世界。他创作时的那种激情是感人的，我曾经读过他在红卫兵串联时写的诗歌，他的激情仍然停留在那样的状态。

我在等方小朵的来信，杨老师也一直在等远方的用稿通知。常常是这样，他的创作刚刚开了个头，就到处告诉别人他的构思他的小说故事。有时还会听到他说某某杂志或报纸最近要发表他的什么作品。我们便留意那些杂志报纸，但终于没有看到他的作品。一次他告诉我，《红旗》杂志要发表他的一篇小评论。我有些将信将疑，可还是相信这是真的，因为这些事情不好作假。我确实为他高兴。虽然我知道他的习惯是什么东西好发表就写什么东西，但不管怎样，能够发表对他是个慰藉和鼓舞，也为别人重新认识他提供一个机会。但是他的文章并没有登在《红旗》上。我问他，他慌张地说："有，有变化。"我曾经认为，文章将要发表的消息也许是个谎言。

在我准备初中升高中的作文时，杨老师找到我："我给你猜猜作文题目。我建议你看看《朝霞》，你要考虑你怎么建设社会主义新农村。"杨老师说话时，没有我现在陈述的那样流畅。他始终说如果你回乡，你准备怎么做。杨老师的话让我留神了，他还给我找来一篇小说《延安的种子》。一个月后，我打开了试卷，题目是"读书务农，无上光荣"。

杨老师异常激动，看到我就说，怎么样，怎么样。又问我写得怎么样。我写的全是漂亮话，我告诉杨老师，我写了我会回乡务农的豪言壮语。

沉浸在兴奋中的杨老师接下来说了一句更让他自己兴奋的话："我正在写一部反映革命群众与走资派做斗争的短篇小说。你到我们家看看。"他拿出小说的"引子"和已经写好的几节，让我先看看。他问我怎么样，我还没有回答，他就说，我写的这个走资派和别人不一样吧。

我合上稿子。这部写作中的短篇小说篇名是《向着太阳》。

· 19 ·

我不时收到方小朵写给我的信。她的来信打破了学校的惯例：只有老师而不是学生才会收到外面的来信。表姐识别出了信封上的字迹，直截了当地问了一个我不需要回答但已经有了答案的问题："方小朵给你写信了？"我不知所措。在表姐这样问过以后，我没有及时回信，以证明自己没有跟方小朵谈恋爱。方小朵又写信来了，随信还寄来了几张邮票。我只好给她回信，我提醒她收信地址不要寄到学校，寄到大队部。我告诉她，大队部没有人认识你的字。

"你以后会破案。"方小朵说。我在紧张和羞涩中突然发现了一个规律，邮递员通常是上午骑自行车送邮件到大队部，如果桥南那条路有向北的自行车车辙印，那就是说邮递员来过了。那时骑自行车的人很少很少。我中午放学时，看到有向北的车辙印，就去大队部看看。我说是看报纸，再悄悄看有没有方小朵寄来的信。

我记不清朵儿在那些信中说什么了。似乎说她爸爸可能要结婚了，她没有反对的理由。她说，今天落雨了，雨很大，还打雷了，她一个人在家里，她胆大不怕。她在信的结尾突然说："有点想你了。"

这是我收到的方小朵的最后一封信。读到"有点想你了"时，我惊慌失措。过几天，那条路一如既往留下了向北的自行车车辙印，但邮递员的绿色挎包里已经没有方小朵写给我的信了。我给方小朵写了一封信，她寄给我的邮票还有几张没有用完。

我和方小朵都知道，我们在以温暖的方式渐渐地结束一段还没有开始的感情。如果没有可以预期的未来，就没有开始，我们及时终止了最美好的一段记忆。当后来不动声色地想起这些时，我发现我和方小朵在当时都是残忍的。我不会成为勇子哥，勇子用他的方式结束了他看得清的未来，他持续了他和秋兰的开始。勇子哥是最有可能成为大队的主角的，但他的剧情在这个夏天过后发生了转折。就像方小朵的到来一样，那个上海姑娘的裙子改变了大桥上的风景。但我没有从那个上海姑娘的裙子上看到春光，此时，我沉迷的是《钢铁是怎样炼成的》里的战争与爱情。

在我后来写的散文中，方小朵成了冬妮娅，我回忆了在字里行间见到冬妮娅的感受。我从来没有想到，在那个遥远的国度，有一个叫冬妮娅的女孩。秋兰可能就是勇子的冬妮娅。但冬妮娅不是秋兰。她们的出身都不好。冬妮娅几乎让我失魂落魄，我甚至觉得我第一次失恋是保尔与冬妮娅两个人分手的时刻。冬妮娅哭了，她悲伤地凝望着闪耀的碧蓝的河流，两眼饱含着泪水。我一直记得小说中的这段描写，我让自己代替了保尔，我看着冬妮娅远去的背影，我也哭了。我不再留意自行车的往来。由南向北，由北向南的车辙印多了一条，公社王副主任骑着自行车到我们大队蹲点了。

多少年以后，我去俄罗斯访问，终于在莫斯科郊外的新圣女公墓，看到了巨大墓碑上奥斯特洛夫斯基的半身浮雕。在向这位少年心中的英雄致敬时，我在心里也凭吊了那个叫冬妮娅的女孩。在我少年心中与冬妮娅和平相处的还有另一个苏联女孩卓娅。我找到了她的墓地，卓娅裸露着只有一只乳房的胸脯，她的另一只乳房被德军割掉了。卓娅像天使。她的弟弟舒拉安息在她的对面，墓碑上的舒拉是位帅气的小伙子。我在报纸和广播里听说的那个王明和赫鲁晓夫，也葬在这里。我少年时期的朋友还有高尔基，我不能完全读懂他的《童年》、《在人间》和《我的大学》。他的骨灰安葬在克里姆林宫红墙边上。

在新圣女公墓，我见到了契诃夫、斯坦尼斯拉夫斯基、果戈理。当年，我没有读过他们的书。我曾经在报纸上看到批判米哈依尔·亚历山大维奇·肖洛霍夫的文章，开始只记住了肖洛霍夫。我们又驱车去了托尔斯泰的庄园，他的苹果树上还长着苹果。他们与我的少年无关，如果他们曾经在我的少年生活里出现，我有可能会长成另外的样子。

这个时候，我突然想起了方小朵。

朵儿，你好吗？

· 20 ·

李先生问我，你也在批孔子？他说，你读过几章《论语》？

你能批孔子？你们写的那几首儿歌狗屁不通。什么“孔老二贼林彪，都是坏东西”，这两人能放在一起吗？我看你不要参加批孔子的故事会了。你批林彪不要紧，孔子你不能批。你没有读过《论语》，你不能批孔子。他重复了好几遍：“知之为知之，不知为不知，是知也。”

这是我和李先生的接触中他第一次说这么多的话，我很惊讶他维护孔子，也很惊讶他用孔子来为自己解释。他说的这些话正是语文课上老师要我们写批判稿的内容。我心中闪出的想法是，李先生这样的人也是孔子和林彪的社会基础。我觉得这很危险。李先生还提到了一个叫“冯友兰”的教授。我在报纸上也看到这个人的名字，李先生说他是北大的教授。李先生很纳闷地问我，这个人过去是尊孔的，现在怎么会批孔呢？我显然无法回答他的问题，他的这番话让我感到他并不是村上人说的那种书呆子。说完这番话，他又躺到长条凳子上，继续背他的《伐木》。

那时，我已读过鲁迅的《孔乙己》，李先生和孔乙己在某些方面有点像。孔乙己去咸亨酒店，从口袋里排出几文钱，李先生同样是穷困潦倒。哦，李先生想喝酒，哪里有酒？牧童遥指杏花村。除了冬天，李先生一直穿着长衫，上面有无数他自己缝的补丁。有时候天气并不冷，他却在脖子上绕一圈围巾。这条围巾像抹布，抹嘴巴上的稀饭，抹桌子上的汤水。当时粮食紧张，他不是“五保户”，生产队无法给他额外的粮食。我从来没有看到他用过钱，买过东西。很奇怪的是，这种情景如果在另外的家庭出现，村上的人一定会申讨子女不孝敬老人。但李家这种状况，谁也没有觉得异常。现在已经是春夏之交了，李先生的脖子上还绕着一圈围巾。

李先生走在路上，不熟悉的人肯定以为他是讨饭的。李先生不讨饭，他去各家借米借油盐，说我会还的。各家都给他一点，告诉他还不还再说。所有人都明白，老先生实际是无法还的。那时，我爷爷在另一个公社的粮管所，偶尔会买到几斤山芋干，带回来时，我会送一些给他。老先生借东西时，都会向主人作揖致谢。我送过去时，他一样作揖。这种动作的斯文和说还的诚信，透露出这位老先生骨子里的教养和尊严。但老先生的状况越来越差，骨子里的东西很快被穷困潦倒击垮了。那时村上人家办事，会有酒水。通常是和我同年龄的一个瞎子站在人家门口，主人会盛一碗饭菜给他。后来发现，李先生也这样站着等主人施舍。一次，我们家办事，李先生站到我们家大门口。我母亲说，老先生你进来吃饭吧。他直喘气，好像是发哮喘了。我把他送出大门，在昏暗的路灯下，他弓着腰往前，嘴里咕嘟咕嘟不知说着什么。

放学时，老师把我叫到办公室说，我正式通知你，公社文卫办选中你参加“批林批孔”宣讲团。回家的路上经过一片收割后的麦田，耕田的怀仁在打牛号子。我到生产队场头养蚕房，听到妈妈的摇篮曲。妈妈正一边喂蚕一边哄隔壁家的孩子睡觉，妈妈对着欲睡不睡的宝宝唱着摇篮曲："风呀微微地吹，鸟儿鸟儿吱吱地叫；宝宝的眼睛像爸爸，宝宝的眉毛像妈妈，宝宝的鼻子嘴巴既像爸呢又像妈……"妈妈唱第二遍时，宝宝不哭了，只有蚕食桑叶的声音。

这一天晚上，李先生突然到了我们家，问他吃过没有，他没有回答。我母亲盛了一碗白粥给他，这才发现他夹了一包书过来。打开报纸，这是一部《康熙字典》。李先生说，这字典我用不着了，送给你。我爸爸知道这是清朝什么年间的版本，便说这是宝贝。李先生说，身无长物，只有这字典了。李先生问我，怎么批右呢？我无法回答他的问题，而且不明白，他怎么会对政治感兴趣。李先生说，右尊左卑，自古而然，我给你讲过。李先生说的是文化，不是政治。他又问我，怎么是"师道尊严"，以前是说"师尊道严"。李先生问我最近在学什么，我说，在学习毛主席的词二首。他说，毛主席伟大。我送他出门，他又说，有这部字典，你不用我教了。

我一直对《嘤鸣》这份杂志好奇。多少年后，我悄悄去看了李先生读书的师范学校。在为学校所在县城的文学爱好者做过一次报告后，获赠了一套当地的文史资料，在翻阅时无意中知道了这份杂志的来龙去脉。资料记载：民国十六年到十七年间，在南通中学高中部就读的学生杨、韩、解三人，受到夏丏尊、叶圣陶先生主编的《中学生》影响，自费在当地编印了这份期刊，封面那个像西方神话中安琪儿的胖娃娃出自丰子恺先生的手笔。此时李先生在师范学校读书。我兴冲冲赶到市图书馆，馆藏却没有这份杂志。

我在师范学校徜徉时，已经是寒假。除了工友在传达室弄出点响声，校园里悄无声息。李先生为何中途辍学返乡一直是个谜。直到李先生投河以后，有位长者给了一个答案：你不要难过，你的那个老先生也不是圣人，他是偷了学校的书被开除的。我无法辨析他说的是真是假，我也不知道他偷了图书馆的什么书，但我很自然地想到了他临死前一天送到我家的那套《康熙字典》。我不知道他偷的是不是《康熙字典》。

· 21 ·

在水泥船上，正在往死亡之路上远去的外公，回答了我的问题："那天你害怕吗？"

"害怕倒没有。心里委屈和难受。"外公侧过身来说，"那年我已经六十多岁了。我最紧张的一次是剃头匠老杨被捕之后。土改的时候，我们那班人都没有让胡鹤义下跪。你老爹去世时，我跪过，老太走了，我跪过。这是孝道。批斗我，让我跪，是说我有罪。我没有罪。你记住这句话：男儿膝下有黄金。"

外公终于说到了他和胡鹤义的关系。我看到大字报上揭发外公在土改时候包庇胡鹤义，说他敌我不分。

“胡鹤义是大地主，他会经营，肯定也剥削那些佃农。但这个人在场面上不刁蛮，他也帮助过穷人。也可以说这是他的狡猾。我可能跟你说过，王二大队长也在他家住过，穷人供不上游击队的饭。王二大队长牺牲后，就是我请他到镇上找若愚和余老三的。若愚从监里出来了，你见过的。胡鹤义本身没有血债，解放后没有抓他。这不是我一个人的意见，方天成县长也同意的，他说胡鹤义是开明的。他那时是县长，后来做书记了。

“是的，你奶奶跟你说过，你满周时，胡鹤义老婆给你送了一只脚镯子。若愚和你爷爷是朋友。这是人情，不是其他东西。胡鹤义下葬时，送的人很少，你爷爷奶奶去他家烧纸了。一个庄上的人，无法天天斗来斗去。今天不见，明天见。没有运动时，大家过日子。过日子，斗不起来，不想过日子了，才去斗。胡鹤义的问题在哪里呢？他没有血债，村上的人有红白喜事，他都会去应对。你斗他，也喊口号，但对他没有仇恨。圣堂的那个地主，就被镇压了，他有血债，人也霸道。有民愤了，就逃不过。这是阶级斗争。

“我想起来了，胡鹤义死的时候，晓勇的妈妈也问过你妈妈，能不能去送。你妈妈问我，我说不用去了，让她托人送刀纸去就行了。她找不到合适的人，后来好像自己在家里烧了。你说秋兰家怎么会划为富农？她家里的田地达到富农标准。秋兰的爷爷其实很穷，去世很早，但秋兰爸爸勤劳，平时在村上，冬天去江南替人家干活。昆山就在江南，若愚就是在昆山被抓进去的。秋兰的叔叔，怀忠这个家伙，游手好闲。结果，土改时，省吃俭用，置了家业的怀仁，就是秋兰的爸爸，划了富农，吊儿郎当的怀忠成了贫农。话说回来，你爷爷奶奶如果不破产，你们家成分也不会好。

“刚才说到若愚，他的哥哥叫若鲁。这是个不成器的人，他和我差不多年纪，我们一起读私塾的。我没有送他去台湾，他去了哪里我真的不知道。我也不知道胡怀忠为什么栽赃我。怀仁和他是堂兄弟，你看他神经兮兮的，人不坏。你爷爷奶奶到这边来，就是他用船接过来的。我后来也想通了，胡怀忠不栽赃我，我也会被批斗，你看看，哪个老革命不被批斗。独膀子活该，他参加过国民党军队。

“解放后，我是走集体化道路的。解放前入党，就是想搞集体化，胡鹤义是一个人发家致富，现在大家日子比以前好过了。我们这个大队解放后一直是走集体化道路的典型，从互助组到合作社，再到人民公社。现在我倒反而有点担心。你可能不晓得，我找过晓勇。填东泊时，我是反对的，我跟晓勇说，这世上哪有填河的，只有开沟的。开凿通榆河时，我去了。没有河水，那是什么日子。前天晓勇来看我，说是帮我联系好了医生。我说，你可能不做大队干部了，我现在担心。晓勇问我担心什么。我说现在又允许手艺人单干，这会不会走资本主义道路。我们当年把大家组织起来不容易。晓勇让我安心看病，不操心这些。

“明天看好病，如果来得及，我去政府看看方书记，他恢复工作了，现在是县革委会副主任。这个人是个蛮子，从江南过来的。他懂政策，有水平。你老爹去世时，他还送了花圈。他一直记得打游击时，你老爹给他们送过几桶油。好像是独膀子跟他报丧的。独膀子这个人呢，你说他不好，他又好，你说他好，他又不好。”

外公声音有些弱下去，他说明天再说，然后就鼾声如雷。我起身轻轻移动那个圆盖子，探出头来，天空一片漆黑，只有前面的河水有点亮色。摇橹的人已经换了，这应该是下半夜了。他们说好下半夜换一会儿。外公几乎是跟我说了半部村史，其中只有王二大队长一人是英雄。我再躺下来的时候，外公没有鼾声了。我突然紧张起来，喊了两声外公，没有反应，我刚把手放到他鼻子上，他又呼噜呼噜了。

我几乎一夜未眠，短暂的梦被换班摇橹的人弄醒了。我在梦中给王二大队长收尸，他身上的枪眼还在流血，我用自己的袖子给他擦。我的一只袖子都血红血红的，我怀疑自己也中枪了，大喊大叫起来。我没有叫出声来，还是外公在打呼噜。外公的患病，开始了他们这一代人的凋零。如果不算在养殖场的那些年，外公几乎就是这个村庄的一种存在。象征这个村庄的人越来越少。我曾经认为勇子将是外公他们这一代之外的另一种可能，现在他就像爬树一样，爬到很高了，但滑落到地上。但我很快否定了自己的这个比喻。勇子应该是爬到高处，他在空中已经看见和看清了很多东西，于是他自己从树上顺势而下。就像季节转换一样，我和勇子换了一个角色，他从树上下来时，我期望自己成为小鸟，能够栖息在树枝上，然后再飞翔。

我心中的这点想法，勇子看出一部分了。他在县城医院有熟悉的朋友，他说他拜托这位朋友关心老场长。在大队部打好电话后，他指了指自己的椅子，朝我冷笑："你是看不上这个位置的。"

其实，勇子只说对了一半。他知道我如果读了高中，毕业后不会回乡扎根的。但是，即使我自己，我也不知道我会去哪里。在离开大队部时，我跟勇子说："不管以后我回来还是离开，我都要从庄前那座桥上过。"离开办公室时，我指着墙上的挂钟对勇子说："这挂钟是我外公一天一夜来回从台城捧回来的。那年他们的合作社是全县先进典型。"

小姨快要做妈妈了。在外公去台城的前两天，我和外公抬着摇篮去小姨家。从南往北，这条巷子最长了，不得不停下来喘气。外公突然说："这村办乡办企业是不是走资本主义道路？"他说了跟我们相距不远的兴化县一个公社的例子。我后来知道，外公还专门找过勇子，他建议勇子要管管，一些手艺人又出去单干了。

外公出殡的那个早上一直在我心里不断复现。我后来在一篇散文中写道：阴雨连绵，寒风无形地将雨水分割成雨点。地上的薄冰像破碎了的玻璃。在现代修辞中，一个人去世了，这样的天气被赋予了悲恸悲悯的色彩。但在民间的习俗中，这样的天气可以从正反不同的方面去解释。有人说：怎么遇到这样倒霉的天。说这句话的是怀仁老头儿，他帮外公收殓的。老头儿对我母亲说："我做不动了，这是最后一次，以后不弄了。"

即便是春天或者夏天，如果有亲人去世，你内心的感觉也是冰冷的。三小死的那一天，阳光就像夏天一样，但在麦地里我依然浑身发凉。我一直回忆关于外公的许多温暖的细节，以融化雨水、冰块和风。在安葬外公时，我们撒了许多纸钱，那时允许烧纸了，坟头烟雾弥漫。我的眼前一片模糊，但我知道墓地之外是绿的麦苗，黄的菜花，像蝴蝶一样的蚕豆花。又是一个五月。又是无数个五月过去了，但我一直没有在坟前告诉外公：我们那个村庄，现在不叫江南大队了，你熟悉的或者曾经忘记的那个村名又重新喊起来了。

· 22 ·

我现在还能够想起一九七四年的初夏，那次政治的洗礼，改变了我二十岁之前的人生。我第一次感到我靠近党了，第一次感到我脸上的红色是党旗一角的辉映。

那个雷雨过后的下午，我在大队团支部活动室入团了。在填写入团志愿书时我已经兴奋到极点，沉浸在极度的兴奋之中我几乎是提笔忘字。我总是觉得墨水不流畅，不停地洗钢笔芯，两只手像是从染缸里掏出来一样。我不满意我的书写，甚至觉得志愿书上的字跟我平时写的判若两人。因为不停地洗笔芯，纸上的墨迹浓淡不匀，父亲拿去看了，也是摇头。我想去换一份志愿书，小姨说，这很严肃的，不好随便换。现在如果有谁在我的档案里看到我的入团志愿书，他肯定能够想象出我当时的窘相。我坐在那里，不像听课而像接受审查。是的，组织在审查我，同志们在帮助我。我语无伦次地说：我会改正自己的缺点。我有许多缺点。

这是我第一次生活在一种政治仪式之中，雷雨停了，但我心中有闪电。勇子曾说，他会做我的入团介绍人，但他在前几天被安排去了公社的棉织厂，他在那里做车间主任。我崇拜勇子，是他能够爬到田里最高的那棵楝树上，他在空中由西往东，看到了我们的庄子。勇子说，这是完整的村庄形象，我们在地面上接触的只有局部，某条巷子，某个人家的房子和烟囱。你知道吧，在空中看到的整体。我后来觉得勇子观察村庄的方式是哲学的。爬树是升空的方式，但我不会爬树。我那时瘦小，可就是不会手足并用，我通常是抱着树干，看同伴爬到了树尖。十三岁那年，我第一次有机会爬上了石油钻井队的井架，我看到了我原先预测的地平线以外的大地。此后，我常常把自己的目光盯在麻雀，盯在偶尔飞来的喜鹊和在田野上空叫唤的乌鸦的羽毛上，它们是我那时见到的离开地面最高的动物。

偶尔从村庄的天空中飞行而过的飞机，除了给我和同伴带来骚动外，与我们并无什么关系。我那时看飞机，如同看上海、北京的位置，可望而不可即。我第一次感到上海与我们村庄的不同，是去年的夏天，我见到了邻居家的上海小亲戚，穿着裙子、年龄与我相仿的女中学生。我晓得了，上海的女生是穿裙子的。但我不知道北京的男生女生是如何生活的。

我十六岁了，我要到镇上读高中了。那个曾经是奶奶的小镇，会成为我的小镇吗?

· 23 ·

傍晚我从田里回来后坐在堂屋的门槛上，耐心地用手指剔除脚指甲的烂泥。

父亲说:“老先生死了。老先生昨晚投河自杀了。”

我去磕头了。老先生应该好多年没有在儿子家住过了。现在，老先生躺在堂屋的门板上，我印象中，他好像从来没有在这么大的空间中睡过。他应该不太习惯，但他死了。他被水泡了一夜，他的脸放大了。老先生也是胡怀仁捞上岸的，老头儿说，他也捞不动了。他说过给外公收殓后就不做这事了，收殓是一个复杂的仪式，找不到人代替他。

老先生的二儿子，给我一张纸条，说是打扫老先生的房子，在桌子上发现的。上面写着：此纸转交王大头。他在死前想起了我的绰号。

纸条上是一段文言文：

由是观之，无恻隐之心，非人也；无羞恶之心，非人也；无辞让之心，非人也；无是非之心，非人也。恻隐之心，仁之端也；羞恶之心，义之端也；辞让之心，礼之端也；是非之心，智之端也。

我不知道这段话出自何处，我问了好几个老师，他们都不知道。我一直存着这张纸条，暑假开学，我到镇上读高中了。我带着这张纸条去问舅爹，舅爹看看，放下眼镜说：

“这是《孟子》里的一段话。”

杂篇

母亲回老家奔丧时，我请她把那套《康熙字典》还有《读报手册》带回苏州。母亲回到苏州时说，木箱子还在那，可就是找不到你要的字典，有你的作业本，你看看。

我和父亲、母亲都记得李先生送给我的《康熙字典》在那只木箱子里。母亲说，那个木箱子是叔外公搬到厨房里的。老家翻建厨房时，叔外公主动跑来指挥。母亲看到叔外公把小木箱从一堆杂物中捧出来，便说，你放在那儿，里面有厚平的书。厚平就是我，是我的小名。母亲回忆说她当时想把木箱子移到我住的东房，不知跟谁说话又忘记了。母亲始终记得那只箱子还放在东南的桌子上。叔外公弥留之际，母亲在回老家的路上。

最初拿到中学作文本时，我喜出望外的诧异。即使现在坐在这里重读我这些幼稚的作文，我也只能用“百感交集”这样一个苍老的词。我在发黄的纸张中见到了自己的少年，我已经四十多岁了。

我算算，从初中到高中毕业的作文好像缺了两三本。还有一本，是我为大队领导和一些乡亲写的各种稿子的草稿，写在信纸上。一九七六年从春天到秋天闹地震，我高中阶段有一学期是在村上读的，常常被大队的领导叫去帮着他们写些五花八门的稿子。我在公社会写文章的名声就是这个时候传开的。除了当兵、推荐读大学，我就想去公社做文书。大队书记说，如果有名额，等你高中毕业时推荐你上大学。初中升高中考试，作文题是“读书务农，无上光荣”，我在作文中真诚地说，我想建设社会主义新农村。这个态度和小说里的

“我”不太一样。我愿意上大学，上大学可以“社来社去”，毕业后再回到公社。公社革委会王副主任对我说：你是一个好的文书。

这些作文和写在信纸本上的稿子，留下一个乡村少年到青年的思想发育痕迹和尘埃。这几年流行非虚构写作，我曾经想编辑这些作文，以非虚构的文体形式发表。我一直在意我们曾经的过去。但在断断续续写作这部所谓的小说时，我发现，这些作文或稿子，其实也是这部小说的一部分。于是，最终还是用“杂篇”的形式将我这些散落的文字收拢进来。考虑到这些作文或为他人写的稿子年代已经久远，与之相关的事儿，我也模糊了，便尝试用注释的方式追忆和补记当年的情景。

这类记忆无疑有误，我无法说自己在多大程度上还原了已经逝去的年代，特别是我自己内心深处的细节。坦率说，我没有什么故事，可能只有细节。据说没有故事，是写小说的大忌。我研究了很长时间，也说不清故事是什么。近几年来我自己的记忆力衰退，多数中学同学的名字我都记不清楚了。我在记忆中去虚构，在虚构中去记忆。所以，我发现我的记忆是发霉了，我又回过头来，在小说开头第一节的结尾加了记忆像挂在脖子上的麦穗，发霉了。

最初，我几乎是用考证的方法来写这些注释，很快发现我的记忆确实已经十分模糊。这让我尊敬学界那些整天做笺注的学者。在我的叙述中我不仅已经无法完全证实自己的一些事情，而且会怀疑作文本上的一些内容的真伪。我不得不放弃自己力图真实的想法，不得不放弃我是在叙述我自己的想法。毕竟我不是在考古，少年的我也不是一具木乃伊。最终，我还是用了注释的方式来补充我的叙述。这可能给读者阅读带来困难，但我实在想不出有更好的办法。

我只能请批评家和读者指教了。我可能因为这部小说成为小说家，不再是批评家了。现在写小说就是小说家，写散文就是散文家，写诗就是诗人。我庆幸，我赶上了这么容易命名的年代。

一、在烈士墓前[1]

清明到了，我们班级排着整齐的队伍往六烈大队方向走去。在十里之外的田野里，有一座烈士陵园，那里长眠着革命先烈王二大队长，一个传奇式的英雄人物。

我默默地走在路上，心潮澎湃。路旁的油菜花开了，一群蜜蜂纵情地飞舞；在阳光照射下，金色的麦田翻着波浪；公路上手扶拖拉机的轰鸣声，像在敲打丰收的锣鼓；不远处，上工的社员有的手拿镰刀，有的肩扛扁担，一个个迈着矫健的步伐走向丰收的田野……社会主义新农村一片欣欣向荣的景象展现在我们每个同学的眼前。[2]

看到这一片丰收的景象，我更加怀念革命先烈们。王二大队长当年也走过这条路线，我们全体同学是沿着烈士的足迹往前走。在看到公路两旁这些美不胜收的景色时，我对王二大队长的崇敬心情油然而生：王二大队长，您的鲜血没有白流。

不知不觉我们来到了烈士陵园。在我们之前已经有人扫过墓，墓碑上的字刚用红漆重新描过。墓前分排着花圈。我们班级也向烈士敬献了花圈。给我们介绍王二大队长英雄事迹的是和王二大队长并肩作战过的伍局长。伍局长怀着沉痛的心情对我们说："我们今天在这里纪念王二大队长，我和他一起打过仗，这么多年过去了，我一直记住他的英雄事迹。王二大队长牺牲的时候才二十三岁啊。他出身苦大仇深，一心一意跟党干革命。他是被躲在水沟里的敌人射中的，敌人狡猾啊。王二大队长中枪以后还往前冲锋，打死了两个敌人后才倒在田里。我拉着他的手，他说，老伍啊，我看不到新中国成立了……王二大队长和许多革命烈士一样，用他们的生命换来了我们今天的幸福生活。同学们，我们不能忘本！”[3]伍局长的介绍打动了我们每个同学，望着青松翠柏，望着红漆涂的“革命烈士王二大队长之墓”几个字，我浮想联翩：我仿佛看到了王二大队长挥枪的动作，仿佛听到了王二大队长高喊“冲啊”的声音……[4]

我在心里说：王二大队长，我们明年再来看您，您安息吧。

注释：

1 这篇作文应该写于一九七二年四月。那一年学制有变化，我这一届初中一年级是从寒假后开始读的，两年半后初中毕业。六烈大队属先烈公社，我们大队第六生产队的农田和六烈大队紧挨着。这个大队在解放战争时期有六位革命同志壮烈牺牲了，因此得名。王二大队长姓王，排名老二，出身穷苦，光棍一个。谁也不记得他的名字。他带着一支队伍和还乡团周旋，骁勇善战，在方圆几十里家喻户晓。这个传奇式的英雄至今还时常被人们说道。外祖父告诉我，王二大队长身高近六尺，打仗时左右手同时开枪，一步跨一个畹子。根据外祖父的描述，我估算王二大队长的一步，大概相当于我们体育课上三级跳远的一步。我前面说过，他曾带着队伍夜宿西码头外祖父家，黎明前激战，王二大队长用一根撑船的旧竹篙往地上一撑便跃上了西厢房，然后对着从码头偷袭过来的敌人开枪。外祖父在"文革"中写的交代材料说，他是受王二大队长的影响参加党组织的。外祖父检讨自己没有王二大队长那么大的胆量，黎明开战，外祖父在房里搂着我母亲直哆嗦。外祖父说了真实的感觉，负责审查的同志说我外祖父这个人是老实的，他的父亲告诉他在第一次打仗时双腿也如筛糠。在重读这篇作文时，我想不起来我当时怎么会用"传奇"这个词。那时我是初一学生，语文课本里好像没有出现过这个词，这可能是语文老师在这三个字下面点了三个红点的原因。

2 老师为这段话写了句眉批：排比句用得好。老师说得对，我读当时的报纸社论学到手的修辞手法就是排比句。

3 我当时不知道这位伍局长叫伍右泉。扫墓回家后，父亲问这次是谁介绍王二大队长的先进事迹的。我说：伍局长，和王二大队长一起扛过枪打过仗。父亲又问：他是不是长着毛胡子？我说：是的。父亲说：这人可惜，他后来随军过江，解放后当过公安局局长，犯错误了，又贪污又腐化，和一个资本家的小老婆好上了，被开除党籍开除公职，回到老家。我感到很不理解，既然犯了严重错误，就太对不起王二大队长了，他怎么有资格介绍王二大队长的英雄事迹呢？父亲回答我：他人还不错。这年暑假我到先烈公社粮管所爷爷那里玩，一天早上起来跟爷爷到街上买烧饼，在公社革委会门口，遇到个老同志，爷爷和他打过招呼后，又让我叫那人"爹爹"。我觉得有点面熟，特别是他左眼下面的那块疤痕好像在哪儿见到一个人也是这样。那人走后，我问爷爷这是哪个"爹爹"，爷爷说是伍局长。我想起清明扫墓时见过他。我回头看，伍局长走路时腿子有点拐。爷爷说伍局长打仗时小腿中过枪。我想，毛主席说得对，人很容易被资产阶级的糖衣炮弹打中。我当时后悔叫了他"爹爹"。这位伍局长我后来再也没有见过。

4 老师把"动作"两个字改成"英姿"。他在课后喊我到办公室，问：你读过毛主席的《为女民兵题照》吗？答：读过。问：开篇是？答：飒爽英姿五尺枪。老师解释说：毛主席虽然写的是女民兵，但"英姿"这个词可用来描写所有的英雄。我就是从那时开始喜欢读毛主席诗词的，现在我还常在讲话时引用，我们这一代人在讲话时会情不自禁引用毛主席诗词。在注释这篇作文时，办公室窗外的银杏叶已经零落满地，我就想起毛主席的词："萧瑟秋风今又是，换了人间。"

二、江南大队自力更生为主办起图书室积极发挥革命图书的战斗作用[1]

为了用毛泽东思想占领农村思想文化阵地，时堰公社江南大队办起图书室，三个生产队办起了小图书室。

江南大队虽然有点文化基础，但以前的许多图书已经不适应革命形势的需要。大队党支部组织干部、青年、宣传骨干三十人去进胜大队取经，回来以后运用进胜大队的做法，采取“献”“借”“凑”“买”等方法，共筹备革命图书一千二百多本，其中包括组织团员、青年打树叶搞副业买书二百多本。图书室建立起来后，石油勘探队的工人老大哥又捐书一百本。图书有了，没有书架怎么办？开始时因陋就简用竹竿扎上柴帘子再糊上旧报纸做书架，用旧木板做书箱。为了下田休息时也能看书，就用旧麻布做了书袋。

自从开展革命图书活动以来，已经有两千多人次阅读了革命书籍，取得了很好的效果。

一、增强了执行基本路线的自觉性。共青团员吴小花[2]原来认为阶级敌人是冻僵的毒蛇，凶不起来了。后来，她在文化室里读了《警惕》[3]一书，认清了阶级敌人是毒蛇冻僵没冻死，一旦遇上气候又要钻出来咬人。一次，有个富农分子在田里谈吃谈穿，兜售资产阶级生活方式，她很快识破了阶级敌人的险恶用心，立即和大家批判了那个阶级敌人。

二、坚定了走社会主义道路的信心。江南大队高成分的人比较多，手艺人比较多，过去资本主义倾向比较严重。一些有手艺的人认为“吃饭靠集体，用钱靠自己”，经常外出做工挣钱，很少参加集体生产劳动。针对这一情况，党支部通过图书室组织大家阅读《金光大道》[4]，开展了“资本主义道路走不得”的讨论。大家都说，芳草地群众跟党奔社会主义道路，道路越走越宽；我们这里少数人搞个人发财，损害集体，路越走越窄。由于干部以《金光大道》作为教材，结合本队实际，深入开展两条道路的斗争，同时加强了“五匠”的教育、管理，把他们组织起来，忙时务农，闲时做工，收入纳入集体经济，调动了全体贫下中农的社会主义积极性。有几个木匠自发买材料做了书架送给图书室。

三、推动了农业学大寨运动深入开展。去年秋播，三队缺基肥，准备向外地买五千斤磷肥。大队发现后对他们进行艰苦奋斗的教育，组织干部群众学习《三麦高产经验》，引导他们运用本社“八一”六队和沙洲县塘桥公社十大队施用自然基肥夺得三麦高产的做法。队干部统一认识后，动员一百多人，五天积肥一百四十方。大家都说，先进经验学起来，推动农业学大寨。

四、普及了社会主义科学文化知识。五队保管员王涣青是个青年人，不懂气象知识。他见天晴就晒稻子，午后老农见天上起了雨云，叫他收场，他不信，结果淋湿了一千斤玉米。图书室管理员把《看云识天》给他看。第二次晒棉花时，天空出现了“猴子云”，他意识到暴雨将至，连忙收场，果然避免了雨淋。四队社员胡岳山负责养蚕，夏天用湿叶喂，蚕患了脓病；秋天养蚕他又不经水，蚕又得了僵病。他及时从图书室借阅《养蚕技术》，懂得了应该根据时间和气候掌握桑叶干湿度，连夜消毒，治好了蚕病，获得了高产。

江南大队的社员说：“这样读书，读得方向明，道路清，干劲添，就是好。”

注释：

1 这篇总结式的新闻稿应该写于一九七四年初，我开始准备考高中了。报纸宣传天津市宝坻县小靳庄“十件新事”后，全国各地兴起学习高潮。我们大队办起图书室是学习小靳庄的成果之一。这篇稿子先是在大队广播站播出，公社革委会王副主任听了以后说不错，又让公社广播站播出，并推荐给了县广播电台。

2 吴小花听说这篇稿子是我写的，在学校门口遇到我说：“我的阶级觉悟哪有你说的那么高啊。”这个富农分子的名字我就不说了，她和我妈妈是小学同学，关系不错，为了这篇新闻稿，我妈妈悄悄到她家打了招呼。许多年以后，我回到村上，问起她的状况。大姨说她老年痴呆了，我在梦中见到她，她披头散发，衣衫褴褛。

3 《警惕》这部书具体什么内容，我已经记不清楚了。当时大队图书室有，我现在百度也查不到。

4 我多次阅读浩然的《金光大道》和他的《艳阳天》。和《金光大道》同年出版的中篇小说《闪闪的红星》对青少年的我影响也很大。我们村上的剃头匠老杨，就是被还乡团杀害的。那时我根本无法想象以后我会研究这些作品，而且是批判性的研究。我们一直是在否定自己的过去中成长的，生活中曾经的正和反，其实都是在为你的未来准备的。

三、向黄帅同学学习，狠批“师道尊严”[1]

一个寒假过去了，这是一个革命的寒假，批判修正主义教育路线回潮的斗争在全国如火如荼地发展。我们全体同学要问自己一个问题：在这场斗争中我们怎么办？回答是：向黄帅同学学习，狠批“师道尊严”！

我们先来读读黄帅同学写给《北京日报》的信：

我是中关村第一小学五年级二班的学生。九月听了红卫兵节目报道的兰州十四中学红卫兵帮助老师的事迹，受到启发，随后我给老师写了三篇日记提意见。顿时，师生的关系紧张起来，老师批判我“拆老师的台”“打击老师威信”“恶意攻击老师”。我认为，老师是“压制民主”“打击报复”。这星期班上可热闹了，老师上课的主要任务就是鼓动同学训斥我，我去上课就是准备挨整。老师拍桌瞪眼在班里说：“直到现在，我还是公开号召同学们和黄帅划清界限”“跟黄帅一起跑的人立场站错了”。班里还出了板报，点名批判我的日记。平时每日换一期，这篇板报老师宣布登一星期，并对板报组表示“感谢”。最近，班里同学在老师的率领下，不断对我嘲笑讽刺，大轰大哄地进行围攻，甚至个别同学提出把我“批倒批臭”的口号。

我是红小兵，热爱党和毛主席，只不过把自己的心里话写在日记上，也表示了日记中是有缺点的，如个别用词不当影响了老师的尊严，可是近两月老师一直抓住不放。最近许多天，我吃不下饭，晚上做梦嚎声惊哭，但是，我没有被压服，一次又一次地提出意见。

究竟我犯了啥严重错误？难道还要我们毛泽东时代的青少年再做旧教育制度"师道尊严"奴役下的奴隶吗？

读了这封信，我认识到教育战线上修正主义路线的流毒还远远没有肃清，修正主义教育路线回潮了。这个十二岁的小学生以反潮流的革命精神，提出了教育革命中的一个大问题，就是在教育战线上，修正主义路线的流毒还远没有肃清，旧的传统观念还是很顽强的。[2]我们学校也有这样的情况，但是我们为什么没有像黄帅那样敢于向修正主义的流毒开火呢？黄帅是个小学生，我是个初中生，为什么没有那么高的觉悟呢？为什么不做战士而去做小绵羊呢？

在教育革命深入发展的大好形势下，我们千万不能忘记教育战线上两条路线、两种思想斗争的长期性和复杂性。黄帅同学提出的问题虽然直接涉及到的主要是"师道尊严"的问题，但在教育战线上修正主义路线的流毒远不止于此，在政治与业务的关系、上山下乡、工农兵上大学、"五·七"道路、开门办学、考试制度、教师的思想改造、工人阶级领导学校等问题上，也都存在着尖锐的斗争，需要我们继续努力作战。在这一场战斗中，革命的教师和学生是同一个战壕里的战友，要互相学习，互相支持，团结起来，共同向修正主义教育路线开火。我们希望大家都要当教育革命的促进派，而反对那种促退派；要当动力，而不要成为阻力，更不要站在运动的对立面。

毛主席教导我们："进行无产阶级教育革命，要依靠学校中广大革命的学生，革命的教员，革命的工人，要依靠他们中间的积极分子，即决心把无产阶级文化大革命进行到底的无产阶级革命派。"有了许许多多像黄帅这样的积极分子，把教育革命进行到底就大有希望。

注释：

1 我推测这篇作文写于一九七四年三月。我重新查阅了当年的报纸，一九七三年十二月《人民日报》全文转载了《一个小学生的日记和来信摘抄》。学校开始学习《摘抄》和《人民日报》“编者按”时，已快要期末考试。学校的气氛一下子紧张起来，期末考试取消了，这是我初中阶段最轻松的一个期末。不要考试多好啊！我们的老师都很紧张，公社文办派人来开座谈会，我作为学生代表参加。那一天，我看到我的老师都对我微笑。

2 这里的“我认识到”其实不是我的观点，在重读自己的作文时我查对了一下当年的报纸，这句话是从《北京日报》抄来的。

这一段全文抄自《北京日报》的“编者按”，只是把毛主席那段话另起一行写了。我读完自己从初中到高中的部分作文，发现大多数议论文的内容和句式都来自那时的报纸，我们这一代人是在复制观点和语言的语境中学习写作和说话的。在轰轰烈烈反潮流时，我几个星期都没有去看李先生。一天在桥上遇到他，我想躲开也来不及了。李先生说：听说你很积极，在批“师道尊严”？李先生又问我：怎么批“师道尊严”呢？不等我回答，又说：即使批判，也应该是批“师尊道严”，这个词你们说错了。我印象中李先生还说：没有你们说的“师道尊严”，这个社会有何体统？难道我要叫你先生？岂有此理！岂有此理！可以想象我当时的窘态，我支支吾吾地走开了。以后很长一段时间，我对李先生的态度变得有点踌躇，在这个村上我对他是最尊敬的了，这是不是“师道尊严”呢？现在回想，我当时的心情十分矛盾和紧张。我面临选择，是做促进派，还是做促退派？此后的一个星期我没有去李先生那儿学什么文言文。

老师在作文后写的评语是：“我们共同向修正主义教育路线开

火。看得出你觉悟高，眼睛亮，希望在运动中锻炼成长。”作文的评语成了老师的政治表态。我现在想起来了，这位老师姓汪，名策清。上学期的语文老师陆老师在乱哄哄中被换下来了。说实在话，陆老师讲话结结巴巴，他缺的就是“师尊道严”，根本管不住我们。语文课上刘高东把一只芦柴做的口哨往讲台方向一扔，正巧击中了陆老师的额头，陆老师暴跳如雷，大喊滚、滚、滚出去。刘高东不买账，声音更响亮地呼“打倒师道尊严”的口号。

但是，我这篇作文没有像以往那样在班级里传阅，汪老师显然知道我作文论点的出处，传阅的作文是徐秋萍写的两则日记，这是我第一次知道日记可以当作文一样写。我不知道这件事情为什么对我有刺激，直到现在我都没有记日记的习惯，而且看到别人公开发表日记我就反感。

我印象中汪老师说话时喜欢用手指抹口水。我们当面叫他“汪老师”，背后叫他“汪画家”。他做老师，但是想当画家。他还没有调到我们学校时，我在公社文化馆见过他画的宣传画。1973年暑假以后公社举办中小学生书画比赛，汪画家是评委。学校的老师以为我会获奖，据美术课老师说，他送参赛作品过去时，汪画家翻了一下，指着一幅字说，写得不错。美术老师印象是我写的一幅。我的字展出来了，但最终没有获奖。也许汪画家是随便说说的，也许他在评奖时并不起主要作用，或者是美术老师记错了，汪画家夸奖的字其实不是我写的那幅，总之，我没有得奖。虽然这样，我私心认为我和汪老师是有缘分的。汪老师寒假后调来，果然如我们同学预料的，他教我们的语文课。

汪画家的字很特别，板书也有毛笔字之神韵，笔画错落有致，有时一竖拉得长长的。这当然不太符合板书的规范，有些老师听课后颇有微词，担心给学生不好的影响。这个担心不是多余的，我现在写字也是把一竖拉得长长的，如同一把悬着的剑。

汪个子不高，上课板书时脚要踮起来，手抬得很高。我坐在后排，都看到他手指上没有洗净的广告色。当时他正在专攻水粉画，常熬夜，眼睛总是红的，就像映着红的广告色。他究竟在画什么，没有人知道。同学去他房间，门总是关着，敲了门，他把画室收拾好了才开门，所谓画室就是他放了张大桌子的那间宿舍的一部分，有一块布帘子拉着。现在我也想不起来他为什么不让我们看他的画？学校另外一位会拉二胡的张老师，恰恰相反，喜欢同学听他拉二胡，去听的同学越多，他越兴奋。我不知道他拉的什么曲子，几年后我在什么场合听到一个人的二胡独奏，才知道那位老师当年拉的曲子是《病中吟》。这位老师后来出事了，他经常在宿舍里听收音机，有一天县里来人把他带走了。我们这才知道他偷听敌台，还给境外的一个反动组织写信。校长很紧张，事后说，县里的同志叫了他一声某某同志后他才缓过神来，既然还叫他同志，那他自己就没有问题了。这位校长当时的惊恐神态，我依稀记得。在这位拉二胡的老师被抓以后，汪老师的宿舍门直到睡觉前总是开着，一次还在班上牛头不对马嘴地说我没有收音机。我再也没有见到过那位拉二胡的张老师，最后一次看见他的名字，是在供销社东墙的布告上。反革命张被判刑了。

在我写这篇墙报作文时，我是把汪画家看成“师道尊严”的典型的。尽管他的宿舍门敞开了，但他更愿意一人独处，清高，而且有才子气。无论是在课堂上还是在集体活动中，他常常走神，似乎一直活在他画的那些我们同学始终没有看见过的水粉画中。现在想起来，他身上还有旧式知识分子的痕迹。他从来不主动和学生说话，我们叫他，他爱理不理，眼睛盯着你，嘴唇嚅动着，好像在说，但听不见声音。这是他的一个习惯动作。上课时你也会看到他的嘴唇这样嚅动着，有时舌头伸出来舔一舔。走路也这样。公社的检查组快要到学校了，开座谈会时我要不要提意见呢？

四、写给苏南师范学院革委会的一封信[1]

革命委员会：

我是江苏省东台县时堰公社江南大队的社员杨网小，曾经是我未婚夫的杨汉成现在是你们学校的老师。我向你们反映一个情况，请学校组织能够帮助教育他，让他坚持毛主席的革命路线。

我本来想去学校汇报，但农活忙，走不开[2]。我们是一个大队的，从小在一起长大，是自由恋爱的，他上大学前就订了婚。我们一起在大队毛泽东思想文艺宣传队演节目，有革命感情的。他原来说大学毕业就结婚，我一直等着这一天的到来，双方都说好了举行一个革命婚礼，我什么彩礼都不要。我做梦都想不到，他写信提出来分手，说这样对我好。大队的领导也出来做工作，可他不回心转意。我很难过。现在时代不同了，婚姻不能勉强。我已经答应分手，不分手也不行。

我写这个信不是要你们出面做工作，强扭的瓜不甜。我对组织只有一个要求，要求教育他，不要我不要紧，不能不要贫下中农的本色[3]。我只有这一个要求。我是一个共青团员，我说的话都是真的，如果不信，组织可以到我们大队来调查。知道你们忙，就不要回信了。

此致

无产阶级革命的战斗敬礼！

社员杨网小

1974年6月13日

注释：

1 这封信是写在稿纸上的。这是我给网小代笔的一封信。这个年纪的女同志，我几乎一律叫她们姨娘。网小的妈妈先生下一个男孩，夭折了。再生网小时，她父亲给孩子取了这个名字，意思是像网一样收住。果然，她妈妈给她生了个弟弟。世事如梦，我后来也考入苏南师范学院读书了，在我进入大学后的第二年，这所学校改名了，其后又有几所学校并入，苏南师范学院，当年网小心中朦胧的那所学校成了我的历史的一部分。那个陈世美式的人物杨汉成（我把他的真实名字隐去了，这里是我随便用的一个名字）也早从这所学校调出，好像是在省城某家报社工作。他的父母和哥哥去世后，他没有再回来过。母校百年校庆时，我以为会见到他，但他没有回来。他的名字在我们系科的校友名录上，除了几位已经退休的老师和他的一位在母校工作的同学还能想起他外，只有我知道还有这个人。我在他读过书的教室里读书教书，他们当年劳动的干校我也曾去过，那个地方在“文革”结束后办起一所警察学校，十年前解散了。我对自己母校的最初印象是与网小这件事联系在一起的，在考大学填报志愿时，我并不想考这所学校，但师范院校可以不用交学费，这对我的家庭无疑是个大的解脱。犹豫之间，我的第五志愿填了这所学校。我以为我考出来的成绩不至于差到进这所学校，总觉得填这所学校只是充数而已，与我并无关系。但最终，我竟然被这所学校录取了。我不知道是什么原因，我的分数如我估计的那样并不低。我对我的学长辈“工农兵学员”并无成见，他们多数人转型了，成了国家的栋梁。但我观察，许多人还没有从他们当年的成长背景中解脱出来。我目睹了这所学校是怎样被一些人身上仍然没有消失的“背景”和那个时代的“精神”蚕食和伤害的。我没有怨恨，但心中充满悲哀。——我以这样的情绪怀念死去的网小，实在是错位。

2 我印象中许多人都怂恿她去学校闹一下，但她还是没有去。农活忙是自然的，经济当然是一个原因，好像一张单程票就一元九角。等到我读大学时，票价是三元二角了。

3 几年前学院办公室搬迁，秘书闲谈中说到，整理档案时看到一封有趣的信，其中有一句话觉得好玩：不要我不要紧，不能不要贫下中农的本色。在场的人听说后都笑起来。当时我还没有想起这句话就是出自我的手笔，只是觉得怎么有点熟悉。

我的眼前始终晃动着网小的两根长辫子。我记不清，是傍晚还是中午我放学回家，看到网小手里捏着一封信，坐在我家堂屋的长凳上，一边说，一边啜泣。母亲说："你不要哭，哭什么魂！我去找那个畜生的老子。"母亲见我回来，赶忙说："猪圈的砖头又被拱翻了，作死，你去弄一弄。"我放下书包去了猪圈。等我收拾好出来时，网小已经回家了，那封信丢在桌子上。母亲说你读读，我一读才知道人家毁亲了。这门亲事是他们自己谈的，谈得差不多的时候，"那个畜生的老子"出面请我母亲做媒人。"难怪这个畜生今年过年回来看到我不热情，他早就打主意了。人怎么能够忘本呢，网小是多好的姑娘。一年土，二年洋，三年不认爹和娘。"母亲气得不得了。她又责怪网小太老实，应该到学校找领导，就是犟着不去。我问母亲，网小自己怎么说的？"网小说她又不是嫁不出去，还赌气呢。"网小在这封信发出二十一年后去世，她在幸福路骑自行车去镇上吃喜酒，被一辆卡车撞了。

五、入团申请书[1]

中国共产主义青年团是青年群众的先进组织，是党的有力助手，毛泽东思想大学校。它的最终目的是实现共产主义。为了使自己在毛泽东思想的阳光照耀下，茁壮成长，接受团组织的教育，迫切地要求加入共产主义青年团。

入团后，认真学习马列主义、毛泽东思想，站在革命运动的前头，做青年群众的知心人。并承认团的章程，缴纳团费参加团的各项活动，不断克服自己身上的缺点[2]，争取做一名优秀团员。

我要努力改造自己的非无产阶级世界观，决裂旧观念，为实现共产主义奋斗终身[3]！

注释：

1 一九七四年七月六日，在初中毕业前我光荣地加入了中国共产主义青年团。这份申请书是我正式填表前先在信纸本上按照表格的栏目内容打的草稿。在这前十天，我小说中的那个杨晓勇的原型，离开了大队。

2 志愿书中有一个栏目是“本人现在的主要优缺点”。学校没有独立的团组织，大队团支部负责发展工作。我记得是在大队部开的会。我当时为自己写的主要优缺点是：“认真学习无产阶级专政的理论，参加理论小组活动。协助老师开门办学，敢与坏人坏事做斗争。工作负责，能起模范带头作用。积极参加劳动，虚心接受贫下中农的再教育。但有不严肃的现象。”那是我第一次参加与本人有关的如此严肃的政治会议，我只记得自己的脸涨得通红，会议的情景已经毫无印象。那年夏天特别热，到了傍晚，村前的大桥上就开始站着乘凉的人，这些人把家里的锅碗都端到桥上来了。那个穿裙子的上海姑娘，第二次到我们村过暑假。

现在看自己写的优缺点时，我不禁发笑。我不知道自己当时怎么考虑的，比如优点部分，我说自己敢与坏人坏事做斗争，这是当时常用的措辞。现在想来，这确实是我的优点，尽管我们这个社会已经几乎不提“坏人坏事”了，但我从小养成的敢于斗争的秉性倒是发展了。我可以宽容同事和下属的缺点，但我从来不对领导的错误妥协（当然领导不一定认为自己做错了），这可能就是长期“与坏人坏事做斗争”养成的。读初中，我并不太喜欢讲话，行事循规蹈矩，不知道怎么会写“有不严肃的现象”。我实在记不清楚我那时的一些问题，也许是一种策略，我们这代人在很小的时候也像大人那样注意讲话的策略。你不注意策略，你就会出问题。但我后来竟然忘记这些了。

3 申请书的最后一句是“为实现共产主义奋斗终身”。一九八三年一月加入中国共产党时，我在志愿书上一样也写了这句话，如果从一九七四年算起，到一九八三年入党，我为实现共产主义奋斗了将近十年。曾经在很多场合，我都表达过做一个青年马克思主义者的期待。重读我的这些“文稿”，我想起一个人，那个在烈士墓前介绍王二大队长英雄事迹的伍右泉。我问父亲这个人后来怎样了，父亲说已经死去好多年了。父亲听别人讲，伍在“文革”后恢复了党籍。他向上面提出了申诉，结论是：不是冤假错案，但处分偏重了。父亲说这件事情拖了好几年，伍后来找了他在省里工作的老战友，最终有了结论。王二大队长活着的战友一个也没有了。

六、剥开孔老二的画皮[1]

话说两千多年前，有个反动思想家叫孔子。孔子的老家在现在的山东曲阜，他的祖先是一家奴隶主贵族。因为他排行第二，所以后来人们也叫他孔老二。

为什么说孔老二是反动思想家呢？让我们从头说起，看看这个家伙的斑斑劣迹吧。

两千四五百年以前，我国是奴隶社会。社会上有两个对立的阶级，一个是奴隶主阶级，一个是奴隶阶级，奴隶主是剥削者，奴隶是被剥削者。全国最大的奴隶主是“天子”，天子管着许多小国，小国的头子就是“国君”，也是大奴隶主。在每个小国里，小一点儿的奴隶主就更多了，这批人叫“大夫”。这群奴隶主，霸占着许多土地和奴隶，自己不劳动，靠剥削奴隶的血汗来享受。

伟大领袖毛主席说过，哪里有压迫，哪里就有反抗！受苦受难的奴隶们不断起来斗争，有的跑进深山老林，有的杀死奴隶主，狠狠打击了这群吸血鬼。在奴隶斗争的打击下，有些奴隶主就改变剥削方式，不再把奴隶杀死、卖掉，而是把土地出租给奴隶耕种，然后把大部分粮食收去，作为地租，留下一小部分给种地的人吃用。这些收租剥削的人，就成为新兴地主，种地的呢就叫佃农。有的奴隶看见佃农的生活比自己好过一些，也纷纷跑到地主那里租地耕种。这下好了，奴隶主见到自己的奴隶被新兴地主吸引过去了，拼命向地主反扑。新兴地主可不买账，还是一个劲儿去拆奴隶制度的台。这样，双方的斗争就十分激烈了。新兴地主的做法符合当时社会发展的需要，具有进步意义，所以取得很大胜利。据说当时有五十多个奴隶制小国被消灭，三十多个国君被杀死。到孔老二在世的时候，奴隶制已经末日来临，封建社会就要出现了。

同志们想想看，孔老二能不紧张吗？他的阶级本性不改，竟然冒天下之大不韪，疯狂叫嚷什么："我一定要重建那些灭亡了的小国，恢复奴隶主贵族的特权，让被推翻的奴隶主重新上台。"他是这么说的，也是这么做的。

当时孔子的老家鲁国有三家大夫，叫季孙、孟孙和叔孙，是新兴地主势力的代表。有一年，三家联合起来，瓜分了国君的土地和奴隶，随后又实行改革，把土地租给奴隶种。这对奴隶制是个沉重打击。孔老二恨死了，咬牙切齿地说："季孙他们三家不过是小小的大夫，竟然敢于把国君的财产分了，这不是造反吗！"他想方设法要把这三家打下去。孔老二有个学生叫冉求，帮助季孙出主意进行改革。孔子知道后很恼火，大骂冉求背叛了祖宗的老规矩，还煽动其他学生说："你们擂起大鼓来，去进攻冉求吧，这小子不配做我的学生了！"

孔老二还是个官迷，一生都想做官。他曾说过："我三个月做不到官，心里便惶惶不安。"但他做官不是为人民服务，是为了掌握大权好镇压新兴力量。后来他终于当了鲁国的司寇，代理宰相的职务。当时鲁国有个革新派人士叫少正卯，和孔老二在鲁国同时招生讲学。由于少正卯提倡革新，青年们都爱戴他，连孔老二的学生都跑去听课。这可把孔老二气坏了。他代理宰相刚刚七天，就下令把少正卯杀了，还陈尸三天，恐吓那些要求革新的人。有个学生质问孔老二说："少正卯威望这么高，鲁国人谁不佩服他？你刚当官就杀了他，不是犯了大错吗？"孔老二竟然恬不知耻地回答："少正卯纠集一群人，宣传革新道理，这对奴隶制太危险了，不杀死行吗？"孔老二对待革新的人，就是这样残暴！打倒孔老二！

然而，新兴力量是压不垮的，各小国奴隶到处都在造奴隶制的反。孔老二这个顽固不化的老头子，急得像热锅上的蚂蚁，再一次凶横地说："为了保护奴隶制度，我拼出老命也要干到底！"他领着一批学生，离开鲁国，到各国进行反对宣传。可是，老鼠过街，人人喊打，孔老二跑到哪里，哪里的群众就起来反对他。孔老二如同丧家之犬，到处碰壁，只好灰溜溜地又回到鲁国。

两千多年来，中国的历代反动派都极力鼓吹孔老二的反动思想，把他捧为"圣人"，利用他为反动统治服务，刘少奇、林彪一类骗子也吹捧孔老二，把他的反动思想抬出来，妄图颠覆无产阶级专政，复辟资本主义。然而历史的车轮不可阻挡，所有这些吹捧孔老二的反动派，最后都和孔老二一样没有逃脱失败的下场[2]！

注释：

1 这篇稿子也写在信纸本上，时间应该是一九七四年，但不知为什么写在入团申请书这张纸的后面几页。李先生当时训我，还说孔子不是你批得倒的，就是针对我写的这则“故事新编”。说是我写的，还不如说是我根据公社给的材料拼凑起来的。以我当时的阅读和对历史的了解，我是写不出这样的内容的。这种现象当时普遍存在。

此事后来一直影响我对传统文化的看法，每当我说到孔夫子时，我就想到自己当年的这则批孔子的“故事新编”。二〇〇四年我在某个会议上谈到传统文化时，说了这样一段话：“这让我想起了少年的我在上个世纪七十年代参加‘批孔’时的情形，当时没有读过《论语》，今天也未读懂《论语》。《子路篇》说：樊迟请学稼，子曰：‘我不如老农。’请学为圃，子曰：‘我不如老圃。’当年无知，不能理解圣人的胸襟与气度，而是学着报章的腔调，妄下雌黄，乱批了孔老二一通。这一记忆不时提醒我需反省自己的成长过程，所以我一直认为自己研究当代文学史是从自我批判开始的。”

我记得公社当时分管宣传工作的革委会副主任王隼同志接见过“批林批孔”故事组的成员，他的那个名字我第一次见了还不会读。他特别点了我的名，说稿子写得好，讲得也好。还说，这样的同学可以培养成革命事业接班人。我回去对父母亲说了，他们异常高兴，仿佛看到我的革命前景。后来“反击右倾翻案风”时，王副主任到我们大队蹲点，我和他又合作了一次。前面我说了，因为闹地震，我们从镇上回到大队来上课，常常被叫去为王副主任誊写讲话稿。他的字写得工整，我在抄写中受到一点影响，多少纠正了我学汪画家板书时的夸张笔法。他很会做报告，而且脱开稿子，一讲几个小时，上面的精神吃透了，社论里的话能够倒背如流，大家都叫他“铁嘴”。有一天晚上我在大队部誊写稿子，很晚了，王副主任从他的房间出来，主动给我倒了一杯开水，我惶恐得不敢喝。他一改公开场合的严肃，坐下来和我聊天。他说：“你手写痛了吧。这很能锻炼人。‘四清’的时候，我在县里做秘书，整天誊稿子，时间长了，你就会熟悉领导的思路，就会知道领导为什么这样讲，为什么这样修改文章。运动能锻炼人，你有机会誊稿子，你就有先接受教育的机会。运动不积极的人，不会有进步。过去干革命是打仗，现在干革命就是搞运动。这一点你要记住。”

王副主任蹲点工作结束时，还特地赶到我们教室和我告别，让我有事到公社找他。但我后来再也没有见到过他，离开我们大队不久他就突然去世了。那天要开会，一向提前到场的王副主任居然没有来，大家还在等他做报告。公社的同志到宿舍敲门时，没有应答，撞开门发现，他瘫倒在写字台下面，右手紧紧握着钢笔。在讲话稿还未写完时，王副主任的心脏病突发了。

我没有资格参加王副主任的追悼会，大队送了一个花圈。我想了半天，凑了挽联托大队的领导带上为王隼同志送行。这是我第一次写挽联，印象特别深：“东风吹革命一生运动再运动，战鼓擂豪情万丈战斗接战斗。”这个不伦不类的挽联在当时确实表达了我对王副主任的崇敬心情，但今天想起这副挽联，我心里不是滋味。

2 二〇〇四年我读到了钱宁的长篇小说《圣人》，他在第二十七章中描写了鲁哀公十三年孔子归鲁的场景：“那天，人没到都城，就远远望见树林间一片旗幡。孔子知道那是鲁君派来的郊迎队伍，精神抖擞起来。让他没想到的是，年轻的季康子会出城亲迎，隆重之外，凸显了规格。当年自己在鲁国为司寇时，季康子还是个青年恶少，每日呼朋唤友，牵狗擎鹰，从街上呼啸而过，惹过不少治安问题。一晃十四年，不想规矩起来，做了鲁国执政，掌握了一国百姓的危安。”“欢迎仪式，设在城南高门外。这就是当年鲁定公和季恒子观齐女艳舞之地，好在大家都记不得了，没人觉得有什么不妥。孔子下了车，不让弟子搀扶，自己拄着杖，一路向城门走去。城门前，身体微胖的季康子恭立迎候，两旁是仪仗，兵勇将帅，剑短戟长，一派威武雄壮。又听得礼炮三鸣，鼓乐大作，郊野四周，一阵阵欢呼之声。”此时的季康子:“看着年迈的孔子颤悠悠地走过来，这边季康子倍感失望。夕阳中，他看着一个老者，满头白发，体态龙钟，三步一停，一摇一晃，心里着急，怕他天黑了也走不到跟前，又怕他一脚踩空，跌倒在地。季康子脸上堆出笑容，心里却恨起冉求，怎么会推荐这么一位老朽来领兵打仗呢？他没想到，声名隆著的孔子，不过十多年工夫，竟老成这个样子，本还指望他跃马杀敌呢，现在看来，能运筹帷幄就不错了，弄不好，只能当‘国老’养起来了。想到这里，挥了挥手，让家臣将准备好的金币百枚先收了起来，说不拘币迎之礼了。”

说来也是讽刺，我在批孔三十多年后站在孔子的塑像前，和这位在当下语境中又活跃起来的哲人合影留念，此一时彼一时。从尊孔到反孔到释孔再到尊孔，这是个太大的问题，以我今天的知识与思想背景，我仍然无法说清楚历史演变的轨迹。我随团到日本一所大学参加“孔子学院”的成立仪式，自然想起前面说的那些事情。北陆大学的理事长在仪式上对孔子学说的深刻认识、对中日两国友好往来的期盼，都让我体会到了孔子学说作为一种思想文化遗产在东亚、在世界的意义。我们驻日大使不仅题词、致辞，而且在仪式结束后做专题演讲，也是我参加这次活动的又一收获。作为一个关注中日关系的知识分子，我非常留意大使的演讲，对王大使演说的内容和风度和其他与会者一样钦佩。

在“孔子学院”的草坪上，一尊新立的白色孔子塑像为这所异国的大学增添了庄重和许多可以阐释的意义。我从未到过山东曲阜，有关孔庙的图片是在九十年代初翻阅《人民日报》时见到的，几个红卫兵火烧孔庙文物的新闻照片过目后便不会忘记。第一次瞻仰孔子塑像还是二〇〇一年初夏在台北的中国文化大学校园里。那天的雨很大，我跑到孔子塑像旁想拍张照片，同行的朋友一按照相机快门，我以为拍成了，他却说你的机子没有胶卷了。我怅然许久。这次因为“孔子”的缘故，我终于有机会在异国和孔子先生合影。再过了五年，我才去了曲阜。

七、倡议书[1]

全体革命青年：

红旗迎着东风摆，十件新事放光彩。

在全国深入学习小靳庄大队“十件新事”的大好形势下，我们如何进行意识形态领域里的革命，移风易俗，是摆在我们每个革命青年面前的任务。[2]

无产阶级文化大革命以来，我们大队的各项工作都发生了翻天覆地的变化。我们的大演大唱，我们的大批判，我们的政治夜校等工作都走在全公社的前列。但是对照小靳庄的先进事迹，我们的差距太大了，任何骄傲自满的情绪都来不得半点。革命青年一直是文化大革命的先锋，移风易俗的排头兵，现在，号召大队全体革命青年，学习小靳庄“十二姑娘退彩礼”的先进事迹，在这次运动中发挥带头作用。为此，我们向全大队革命青年发出如下倡议：

一、认真学习《人民日报》的《小靳庄十件新事》，政治夜校要组织学习，每个革命家庭都要学习。

二、把学习的体会落实在行动中。凡是收了彩礼的家庭都要全部退回彩礼，在十天之内完成这项工作。党员家长，团员青年要带头。出身不好的青年要选择革命的行动。

三、退彩礼不只是女方家庭的事，男方也要积极配合，不能有担心，退彩礼不是退婚。因为退彩礼而退婚的家庭要接受大队的处理。女方退回彩礼，男方又送回女方的，一经发现，将做严肃处理；如果是其他大队的，我们将和有关大队协商处理的办法。

四、凡是退回彩礼的，请主动到大队登记。十天之内没有退回的，我们将召开现场会，进行批评教育，并且勒令退回彩礼。

旧风俗旧习惯不是一天形成的，但是革命是不能拖延的。大队全体革命青年，努力奋斗吧！[3]

江南大队革命领导小组

1974年10月6日

注释:

1 我记不得是大队书记还是团支部的同志找我写这个倡议书的。印象中，他们把我叫到大队部交代这件事情。又感到是晚上在大队部的夜校打乒乓球时被谁叫出来了。那时我还没有谈恋爱的意识，也还不清楚退与不退对婚姻有多重要。后来我才弄清楚，彩礼对婚姻的意义。这四点倡议我想不出来，领导说了，我记下来，回家照着写了。十天时间必须退回，这个时限如何定的，我一点也想不起来。

2 一九七四年八月四日的《人民日报》，发表了以《小靳庄十件新事》为题的通讯，小靳庄被塑造成“文化革命”或意识形态领域革命的典型。前两年看到一篇文章说:“十件新事”中，政治夜校是小靳庄“文化革命”的发动机，许多“新事”都是从这里生产出来。至于唱戏、赛诗、大批判，乃是小靳庄“文化革命”的拿手好戏。还有几件“新事”却是子虚乌有，如开办图书室、成立体育队，都是别有用心的编造。另一件“移风易俗，破旧立新”的“新事”，以“十二姑娘退彩礼”最为出名，却也是有人导演的结果。

3 退彩礼这件事情进行得还算顺利。十天之后，大队真的开了现场会，不过这个现场会不是帮助后进，而是表扬先进。因为，根据登记和调查，凡是订婚的都退了彩礼，这期间订婚的都没有收彩礼。但是，过了几天，陆续听说谁家把退回的彩礼又送过去了。

八、毕业留言[1]

读书务农，无上光荣。

汪策清

1974年6月

注释：

1 这是我初中毕业时语文老师给我的留言。我到宿舍里去看汪老师，他心情很好。我请他留言，忘记带笔记本，他说就写在作文本上吧，下午要发给你们。汪老师写的这句话后来竟和我们考高中的作文题目一样。

送我们毕业的语文老师还是汪策清，汪画家。我在前面说，我曾经想在检查组的座谈会上提他的意见，但我后来没有提，还说了画家的好话。对汪的议论在学校已经比较多，大有山雨欲来风满楼之势。汪画家应该感觉到对他的议论，但他课余时间仍然画画。隐隐约约听说什么画报上要发表他的作品，隐隐约约听说他要调到县文化馆。大家对他的议论逐渐少了，但很快传来他的画作被退稿的消息。有位同学到县城亲戚家玩，在文化馆的橱窗里看到了汪的画，画的是一位知青和一位老农民在田里劳动的场景。我们这才想起，汪几次到田里画速写。

同学看到的这幅画改变了我对汪画家“师道尊严”的看法，我觉得他还是积极投身革命运动的。而且紧接着在检查组到来之前又有一件事情更让我觉得汪没有师道尊严这样的问题。一次上课，汪突然停下来，用手在裤裆部位迅速抓了两下，引起哄堂大笑。这后来发现汪走路时姿势不对头，两条腿不自然地分着，一叉一叉地。大概就在那几天，我到大队赤脚医疗站看病，碰到汪也在。他走后，医生对我说，你们老师得了阴囊湿疹。我这才知道汪在课堂是抓痒，他肯定实在坚持不住了。

抓痒的事情很快在学校成为笑话。有老师说，怎么这样不注意呢，火烧到邱少云身上他也不动。所以，关键要有革命意志。说这些话的老师不知道有没有患过阴囊湿疹？我得过，奇痒无比，剧痒时几乎想把自己的卵子剐掉。检查组到学校来的时候，获知了这一情况，并在座谈会上问是怎么回事。我发言时说：汪老师有病，带病上课，这种轻伤不下火线的精神，应该表扬。

想必是我的发言传到汪的耳朵。一次下课后，他让我到他宿舍去。我去了，他把他的画作一件一件拿给我看，我受宠若惊。汪对我说，他不再画水粉画了，要画连环画，画《高玉宝》。他送我出来时不说话，但嘴唇嚅动着。我出门没几步，汪叫住我，轻轻地说：快要讨论你的入团问题了，各方面注意点。

九、检讨书[1]

公社革委会、大队党支部：

我怀着沉痛的心情，给上级领导送上这份检讨书。这几天，我吃不下饭，睡不着觉，左思右想，我知道自己犯了严重的错误，现在后悔也来不及了。

我是一个党员，又在部队扛过枪，退伍回乡后在党组织的培养下担任了大队革命小组的副组长。计划生育是国家的政策，我应当带头执行。我不仅没有带头，还违反了政策，生了第三胎。这件事情，在大队，也在全公社造成了不良影响，拖了公社计划生育工作的后腿，错误是严重的。[2]

说心里话，我并不想生这一胎。只是我爱人、岳父岳母坚持，他们一定要生个男的。我说这话并不是推卸我的责任，如果我做得好，就不生这个孩子了，一个巴掌是拍不响的。这是客观原因，主观上还是我重男轻女的思想在作怪，才造成了现在的严重后果。我知道我这样的错误，一对不起党，二对不起革命，三对不起自己，我以后再也不会犯这样的错误了。为了表示自己的悔改决心，我拿出实际行动，我尽快去公社做掉结扎手术，给男同志带个头，也算我戴罪立功。

请组织上批评我，给什么处分我都会接受。也请组织上考虑我平时的工作表现，惩前毖后，治病救人。

刘杏林

1975年5月

注释：

1 我在读初中、高中时，帮几个人写过检讨书，这是其中一份。

我印象当中，一九七五年冬天下大雪时，五队的生产队长和几个人在家里赌博，结果被抓到了。王队长被派出所放回家时，他也找到我，让我替他写一份检讨书。我记得，我对这位队长的印象并不好，我寒暑假在队里劳动时，他一直克扣我的工分。我不知道这是什么原因。但他跑到我家里了，我实在无法推掉。我那时不明白他们几个赌博时的心态，所以我就问：你们为什么要赌博？他说，实在无聊得很，除了糗，还能干什么？再说，哪个人不想赢别人的钱。我也是小来来，赢包香烟钱。——在我们的方言里，“糗”是指做爱。在苏北一些地方有个顺口溜现在还很流行：点灯靠油，耕田靠牛，文化靠糗。我无言以对，听了王队长的话，觉得无奈，甚至理解了一些人为什么有赌博的恶习。为队长写的这篇检查现在找不到原稿了。我写好了读给他听，他说好，好。王队长不像在听我读为他代写的检查，而是在评价我的作文。他说，你再加上一句表决心的话，如果我的手再痒，就把它砍掉。——这句话我到现在还记得。从此王队长对我的态度大变，一九七六年暑假我的工分比一九七五年多了很多。

2 大队革命领导小组副组长刘杏林来找我时，正是学校放了忙假。他说，你帮我写个东西。我知道他要写什么。这位老刘同志口才很好，差不多是出口成章，只是不会写。检讨书的内容基本上是他的口述，我稍微润饰了几句，再读给他听，他说行。因为检查深刻，自己又去做了结扎手术，最终给了他党内警告处分。

我现在还记得读小学时，刘杏林和后来成了我姨丈的老胡一同参军的情景。我们在庄前放鞭炮，送他们过了大桥。老胡去了浙江，老刘去了苏州，在叫“北兵营”的地方服兵役。上大学后我知道“北兵营”就在阊门附近，离寒山寺不远。可以说我们先后在同一座城市待过。但我在为他超计划生育写检讨书时还没有想到我会去他扛过枪的地方读书。

老刘在检讨书中跟公社和大队讲的是实话。老刘家兄弟很多，第三代男丁不少。他的岳父母生了三个女儿，他爱人是老三。大女儿结婚后生了三个是女儿，二女儿结婚后也是生了三个女儿。女方家的压力全在他们这边了，这就是他检讨书中说的苦衷。老刘受处分哭丧着脸回去后几天不吃不喝，他岳父跑来发火了：处分算个屁事，你生了个儿子还要怎么样。为了履行检讨书中的诺言，他还是自己去做了结扎手术。

在我的经历中，我唯一拒绝给别人代写检查就是一九七六年暑假。民兵营长和一个女人腐化，也就是“瞎粜”，被人发现了。营长找到我，我说我不好意思写。根据我的经验，代写检查需要了解犯错误的人的心理，至少在当时，我无法想象一个人有什么理由瞎粜。

十、一封短信[1]

王厚平同学：你好！

语文课上你的发言真有水平，曹老师都表扬你了。我有一篇作文，你帮我看看，写得不好。我不是谦虚，快要毕业了我也没有心思。你回乡，我要去农场了，帮我改改留作纪念。你知道，后天就要交作业了。明天下午四点，我在厕所前的大树下等你。好吗？

同学许玲

注释：

1 读者朋友或许还记得我在卷二曾经写过，我在为我的曾祖母送葬时，我的眼光和一个后来知道名字叫许玲的女生相遇。一九七四年夏天到镇上读高中，我竟然和她分在一个班一个小组，此后有了一段可以称为恋情的故事。

许玲写给我的信有上百封之多，我的回信可能不到她的一半。这些信件我放在老家橱柜抽屉里许多年，直到一九八五年寒假回家在公共汽车上邂逅她哥哥后我才找出来烧掉。她哥哥问我：你知道吧，许玲生了个儿子。我当然不知道，因为我已经和她失去联系多年。她哥哥为什么把在他是喜事的事情告诉我，我无法理解。我一直不愿想象，许玲会愉快地睡在另外一个男人身旁，又会和这个男人生下个小子。许玲和她的家庭启蒙了我的爱情和婚姻意识，也毁掉了一个青年对初恋的最美好的记忆。

在正常的思路中，我如期考上大学，许玲也尽早回城。但是，我偏偏名落孙山，而许玲顶替她妈妈进了镇上的工厂。这个时间差让我和她的命运都发生了颠倒。那时我才晓得爱情脆弱有时如薄纸。我是在老家天井南面的桃树下烧毁许玲写给我的信件的。我和她最后一次在老家分手就在这棵桃树下，一九七九年的秋天，她为姐姐结婚到我们村上来买猪肉，我正好从大码头提水上岸时和她碰面了。这次不期而遇让我生疑。她肯定不愿让我知道她来，在见了面后只好随我到家里去了。我们彼此立刻生疏，都发觉没有话在找话说。这年我们都二十岁。我印象中，烧毁这些信件时，火势特别旺，桃树的树干都灼伤了。我像给煤球炉生火一样，把三两封信点着了，再不断往上加。我想起了焚稿的林黛玉，但我没有哭，只是烟火催我泪下。当我起身揉眼睛时，我看到我母亲满脸泪痕，她提着水桶站在桃树旁说，浇点水，不要起火。

隔了一年以后，爷爷在镇上病危，我连夜回到镇上准备第二天安排爷爷回村庄。这是爷爷清醒时的想法。准备好了以后我和父亲在老街上徘徊，快要天亮时，连我也站不住了，父子俩便坐到大会堂的台阶上。已是初秋，屁股坐在水泥台阶上颇感凉意。这时我才想起，多年前我和我奶奶从镇上这条老街回老屋借曾祖父的皮大衣。老太早就走了，奶奶也走了。我在内篇里说，我坐在台阶上，如同坐在堂屋前的门槛上看天井里的鸡一样看街上的行人。这个记忆是真实的，一点都未虚构。现在，上街买菜的人逐渐多起来了，在我走下台阶准备去买几个烧饼时，突然看到了许玲的母亲，而且是打了一个照面，她叫我名字的神态让我猜想许玲老了以后或许也是这模样。

这年的冬天，我突然收到一封信，看信封上的字我知道这是许玲的笔迹，她肯定是从她母亲那儿知道了我的工作单位。她在信中告诉了我她单位的电话，我一直犹豫，要不要打电话联系她。

十一、表姐的来信[1]

表弟：

你好！我到姐夫部队已经快两周了。牵挂你们。

这一带是山区，天气不像家里那么热，你知道，我很怕热的。姐夫也忙，当个连队指导员，不比我当民办老师轻松。部队的同志都直率热情。我已经是第三次来这里，以前认识的人有的转业了，好在还有两三个比较熟悉。也有家属来探亲的，因此不太寂寞。

我知道，你高中毕业后一定在想自己的出路吧。我们那个时候是大串联，整天是革命。[2]我听别人私下说，可能要恢复高考了。不知真假。你留个心眼。如能参加高考，是最好的出路。姐夫问我如果恢复高考要不要参加，我不想考了。此消息不便多传。如果没有高考，我建议你还是当兵吧。

我空的时候就看看小说，没有新书，又看了一遍《金光大道》。[3]

这个地方产杜松皮。听当地人说，可以治肾脏病，我回去时给舅母带点。代我问舅舅、舅母好。

你按信封上的地址给我写信就能收到。

祝好！

表姐凤珠

1976年7月17日晚

注释：

1 我不记得这封信怎么会夹在作文本里，按理，信纸本上应该有我回信的底稿，但就是没有，或者那时苦闷的我压根没有给表姐回信。但这又不大可能。也许有读者发现，表姐顾凤珠就是我内篇中妇女队长的原型。三年前，她已经永远离开我们。满地落叶的秋天，我的表姐从台城到苏州治病。她在感觉到胃不舒服时去医院看医生，被诊断为胰腺癌。在手术的过程中，医生给我电话，告知表姐的手术已经无法做下去。这个电话对我是当头一棒。虽然我知道这种病几乎没有医治的可能，但我还心存一点希望。表姐是革命烈士之后，她的舅舅在战争年代牺牲了，我爸爸因此成为她外婆的干儿子。我和表姐没有血缘关系，但情同手足。在同一个村庄生活的那些日子，有许多往事成为心中最温暖的记忆。

2 表姐是见过毛主席的人。我读小学时，表姐高中毕业，她和杨晓勇同学一起到北京串联了，在天安门广场受到毛主席接见。表姐在遥远处看到毛主席在天安门城楼挥动绿色军帽。那时，我只知道这是很光荣的事情，即使到后来我成人之后也未详细问过表姐他们串联的具体情形。我当时及后来好长时间的兴趣是从表姐的木箱子里拿回一本本语文书和小说，贪婪地阅读。朱德总司令纪念母亲的文章《一根扁担》，陆定一的《老山界》都是那时读的。可以肯定地说，我对政治和文学的了解是从表姐那儿开始。我记得表姐笑着说：在广场上她的鞋子被挤掉了。

3 表姐知道，我一直想当作家。当时，无论是她，还是我本人，都没有想到，我后来的专业领域就是研究包括《金光大道》在内的"文革文学"和知识分子。后来表姐在苏州治病的那些日子，我正在写一篇关于"文革"和"五四"关系的论文。那时已经不能和表姐谈这些内容。我曾经想做一个关于红卫兵的口述史，表姐的去世终结了我的想法。我在那篇论文中有这样几段关于红卫兵的文字，我现在读给表姐听，表姐，你能听到吗？我至今不清楚表姐是怎样的心路历程。她后来做了民办教师，后来又随表姐夫到县城进厂当了工人。她还和以往一样喜欢读小说，但对新时期的作品已经不熟悉。我大学毕业后开始涉足文学研究，一九九二年出了第一本书。我送给表姐，她很开心，翻过以后对我说：写文章还是要小心点。

十二、关于王厚平同学在我校就学期间政治表现的反映[1]

王厚平同学于一九七四年九月至一九七六年十二月在我校高中部学习，两年中一直担任班长，团支部委员，被选为三好学生。

该生在我校学习期间，正值“批林批孔”“反击右倾翻案风”阶段。其时，我校和全国各地一样，曾根据上级领导机关要求，组织师生学习，开展活动。王厚平政治素质好，仅作为一个学生参加学校组织的活动，没有做任何偏激行为。一九七六年，他为毛主席、周总理、朱委员长不幸逝世而无比哀痛；为党粉碎江青反革命集团而欢欣鼓舞，热情写诗词表达自己的思想感情，组织同学办批判专栏张贴在教室、校园里以及时堰公社莫庄、进胜、四星、五星、东进、吴堡等农村大队，批判江青等人的反革命罪行[2]；他以更大的热情投身到文化学习中去，弥补这以前不应有的损失。

该生一贯品学兼优，以身作则，善于团结同学，工作认真踏实，有广泛的群众基础和组织才能，为人诚实，谦虚好学，学业成绩在班内名列前茅，受到师生一致好评。

1983年4月9日

注释：

1 这是一份内容不应该公开的材料。它是高中时的班主任曹老师为我所在学校函调我的表现而写的证明。当时我没看到这份东西，几年以后，曹老师退休了，他在整理自己的写字台时发现了这份材料的底稿，就装到信封，让人带给我父亲，说是以此作为他和我两人师生关系的纪念。我后来就把这份材料夹在我高中的作文本中。这份“反映”真实地反映了我“文革”后期的表现。

我上高中以后，首先参加的活动应该是“评《水浒》批宋江”，材料未提及。那学期的语文老师姓孙，一个非常有才华的老师。他是我上大学之前见到的真正口若悬河的人，板书时首先把粉笔折断，然后再书写，他用来批改作业的笔，也是剪了笔尖的。这个细节我现在仍记得。我们同学很快知道，他好像是电影演员王晓棠的表弟，但没有人证实。孙老师年轻时风流倜傥，因失恋而患了精神病，说话时唾沫直飞的毛病就是那时留下的。有一年，我跟曹老师到县里的新华书店买书，出来以后，曹老师告诉我，那个收钱的会计就是孙老师以前的女朋友。我愣了一下，曹老师随即叮嘱我回校后不要讲。我对孙老师的女朋友没有什么印象，曹老师付款时，我在旁只是觉得那个女人的头特别大，头发稀少。

孙老师怎么讲《水浒》的，我已经记不清。但他有一句话，我印象特别深。当时似懂非懂地听他说：何止宋江被招安，我们不都被招安了吗？这话不知怎么传出去了，隔天政工组组长秦老师把我叫到办公室，问我孙老师说了什么，我知道好像要出什么事情，想了一下说：我不晓得他讲的什么，听不懂。老师说：这人脑子有病，你们不要受他的不好影响。

伟大领袖毛主席去世的消息播出时，我正在河里捞水草。前面说了，因为闹地震，我们回到乡下上课。地震耽误了我们的学习，差不多是延长了几个月才高中毕业。一九七六年暑假特别长，开学的前一天，突然传来晴天霹雳。我在撑船，大队的喇叭响了。毛主席去世了。我们在村上读书的同学接到通知，都回到镇上的学校。我们全班同学在灵堂向毛主席遗像鞠躬，我的前面站着许玲。

2 那个时期我确实喜欢填词，喜欢读赵朴初先生的散曲。曹老师说的“诗词”只是个总称，因为我从来不写诗。即使在最容易写诗的恋爱阶段，我也毫无诗兴，我一直觉得这是不能说自己有文学才华的一个理由。遗憾的是，我填的那十几首词，一阕都未存底。我印象中受郭老的影响，肯定有“大快人心事，粉碎‘四人帮’”之类的句子。我在当时还有一个爱好，喜欢临摹毛主席诗词手迹，在镇上颇有声名。许玲的哥哥，也就是在公共汽车上告诉我许玲生了儿子的那位老兄，他结婚时堂屋西墙上贴的龙飞凤舞的《沁园春》就出自我的手笔。

十三、儿歌四首[1]

一

你拍手，我拍手，

做完游戏往前走，

走到路口不回头，

红旗插在校门口。

二

天上星星亮晶晶，

我们找找北斗星。

曾受压迫闹革命，

毛主席啊大救星[2]。

三[3]

孔老二，

贼林彪，

都是坏东西。

嘴上讲仁义，

肚里藏诡计。

克己为复礼，

阴谋要实施。

人民拔出剑，

斩死两妖精。

四[4]

风呀微微地吹

鸟儿鸟儿吱吱地叫

宝宝的眼睛像爸爸

宝宝的眉毛像妈妈

宝宝的鼻子嘴巴既像爸呢又像妈

风呀微微地吹

鸟儿鸟儿吱吱地叫

宝宝看到了红旗笑

宝宝听到了广播叫

宝宝笑儿叫儿手舞足蹈去外婆桥

风呀微微地吹

鸟儿鸟儿吱吱地叫

宝宝一天一天长大了

宝宝袖上戴起红袖套

宝宝从小走上无产阶级革命大道

注释：

1 初中要毕业了，老师让我们写几首儿歌，说是留给小学同学朗诵。最后，好像就我写了几首。作文本上有四首，老师改了，我再誊到了信纸上。现在抄录的是老师修改后的稿子。一九六七年那个夏天炎热的晚上，我在大队礼堂登台表演，就是念的儿歌。那天太热了，我满脸都是大汗，又兴奋又紧张，所以记不得是谁抱我上台的。后来，根叔说是他抱我站到凳子上的。

2 这两句是从歌词里化过来的："抬头望见北斗星，心中想念毛泽东。"

3 开头的五句直接用了当时很流行的一首儿歌的一部分，后面的几句是凑上去的。"人民拔出剑"这一句是老师改写的，我原文是"我们向前进"。

4 这首儿歌的第一段，是我母亲唱的摇篮曲，她说她就是哼这首摇篮曲让我和妹妹糖果睡觉的。我做父亲了，也用这首摇篮曲给我女儿催眠。后面的两段，是我创作的。第二段的"宝宝笑儿叫儿手舞足蹈去外婆桥"，是老师改写的。

十四、揭发信[1]

公社革委会：

我是江南大队的一个革命群众。我要揭发大队书记×××。

现在全国反击右倾翻案风，但书记却包庇走资本主义道路的人。我的邻居是个木匠，他本来是在大队加工厂的，后来到外面做木工活。这样的人，应该批判的，但他很嚣张，背后有书记撑腰。我看到请书记到家吃饭了，那天我在他家门口闻到酒味。他家大门响时，我在我家门里面听到了书记的咳嗽声。第二天早上，他家门口放了一个空酒瓶子，是洋河大曲。我们贫下中农是喝不起这么好的酒的，走资本主义道路的人赚了钱，再来拉拢腐蚀干部。

书记还有一个问题。开社员大会动员春耕春种时，他说田里不要插太多标语牌子，多了也不起作用。口号喊多了，不干活有什么用。其他大队都有很多学大寨的标语，我们大队很少。

以上揭发的内容，句句属实。我要求公社革委会下来调查。

揭发人　×××

注释：

1 我重读这封揭发信时，揭发人已经去世多年了。记得星期天我从镇上中学回家，到我家里，×××把我喊到天井，悄悄问我，能不能帮他写个东西。我问写什么，他说要揭发书记。我吓一跳，我连忙说这个信我不能写的。×××：我说的都是实话。我说：害人的事情我不能做的，公社有人认识我的笔迹，人家看了会说我的。×××说：你这儿呃，胆子这么小。我写上自己的名字，就不影响你了。我说：你做这种事干吗呢？×××没有吭声，他说：我说什么，你就记什么，这样你不要负责。我只好听他口述，再记下来。为了避免不必要的误解，我把揭发信中的人名都用“×××”代替了，包括揭发人。写好以后，我再读给他听，他说：就是这些话。我还是有些紧张，对×××说：这个揭发信，你先不要拿走，你也想想。下个星期回来时，如果你还要揭发，我就把稿子给你。最好不要揭发人家什么。隔了一周，×××找我了，说：揭发信不寄了。原来听说他要到公社做副主任，这样的人怎么能提拔呢。现在说不会提拔他了。那我也不管了。

十五、中学生书法展[1]

疾风知劲草，路遥知马力。

注释:

1 一九七六年九月，公社文化站举办中学生书法展，老师推荐了我的所谓作品。文化站是在胡鹤义石板街商号旧址上改建的，隔壁就是从前我曾祖父的油店，改成了酱油店。我的作品没有能够推荐到县文化馆，但我经常去文化站看展览，和徐站长熟悉了。他和我父亲是同辈人，也熟悉，知道我的家事。一次他说到有一本《时堰镇志》，古时候的人写的，他也没有见过。前几年，公社巷子里原邮电所的那两幢房子改成了水利学家徐先生的纪念馆，我也受邀参加纪念馆开馆仪式。我在展品中看到了一本《时堰镇志》，作者就是水利学家徐先生的祖先。我看到的是复印件，为徐先生的后人所藏。写镇志的徐先生在自序中说："时堰，旧无志，余始创为之。"这位先生写这篇序文时，是清道光二十一年（公元1841年），距建镇的东晋义熙七年，已经是一千四百三十年。从承诺编纂到成稿，有三十余年之久。难怪自序云："余之肩此志，亦有年矣。"成稿后，深获赞赏。都察院的左都御史阅后"欣佩无似"，为之序："非有好学深思考据博雅者，断不能执笔为之。"《镇志》凡十卷，分《区域志》《建置志》《选举志》《风土志》《烈女志》等。读《建置志》，我颇惊诧沧海桑田之变。在《镇志》成稿后的一百二十余年，小镇按照《建置志》的记载，有迹可循的寥寥无几。《建置志》分街、市、巷、坝、闸、桥、门、关、城、亭、池、湾、路、头、口、井、墩、庄园、坟、空场、坊表、学社、汛房、递铺、台站、宗祠、同善堂、水龙局、义塚等二十九则条目，可见当年之繁盛。我看落款，左都御史作序是在《镇志》成稿后的十五年，早已告老还乡的御史说："忽忽三十余年，余以老病归里，君亦须鬓皓然。握手话旧，感喟良深。"我现在初步能够确定，石板街是徐先生走过的；公社大会堂是在同善堂的旧址上建立的；水龙局以前就在水码头。传说我的祖先是明洪武年间从苏州阊门迁徙到苏北，是不是一路走来就在时堰这地方落脚，无家谱可考。我后来查阅《镇志》，在卷六《人物志》中最终没有找到与我祖先相关的文字，可见，他们当年还不是人物，因此我一点包袱都没有。徐先生的《镇志》成稿时，井巷尚未有女庙，女庙斜对过修建育婴堂也是后来的事。依照徐先生的记述，石板街在道光年间就是商业中心。小镇的历史比我在石板街踯躅时体验到的要久远和苍老得多。

这几个字用毛笔写在一张白纸上，是我当时的草稿，正式参展的不是这幅。我母亲从来不扔我的东西，这张纸也夹在作文本里。当年我奶奶也从来不扔我父亲的东西，这成了我们家的一个传统。

外篇

《向着太阳》是我的初中语文老师杨老师的一篇小说，写作时间大约在一九七四年春到一九七五年底之间。这篇稿子已经残缺一部分，有几节没有完成，杨老师在上面写了内容说明和写作的思路。我在整理时依照原稿用括号标注了。他给我的稿子是用复写纸誊写的，自己留了一份。我看稿子没有完成，他说他再补。他问我投哪家杂志好，我建议他投上海的《朝霞》。过了大半年，“四人帮”粉碎了，杨老师的小说还没有改好。

杨老师的这篇小说，也夹在作文本中。在我快要完成《民谣》时，我突然想到杨老师的小说，《向着太阳》与我叙述的故事并非风马牛不相及。关于东泊，我们说的是同一件事。小说里的奋斗应该是以杨晓勇为原型的。所以，我想把《向着太阳》以《外篇》的形式保存下来。九泉之下的杨老师大概怎么也想不到，他几十年前的作品以这样的方式发表了。

《向着太阳》（短篇小说）

作者：杨玉奇

一

读者同志们，现在是黎明时分，你看到的是一支人定胜天的队伍。我们大队的社员同志，已经庄前集合，他们很快要向着东方，向着太阳升起的地方出发。

大步流星走在队伍前面的是年轻的书记奋斗同志，紧跟在后面的是团支部书记刘巧玲。他们在谈笑风生时，老贫协会长李大伯赶上来了。

“小杨同志啊。”李大伯对奋斗说，“我得服老啊。跟不上你们了。”

“哪里的话，老会长英雄不减当年。开工第一天，你就过来了。”奋斗停下脚步，握着李大伯的手说。

站在旁边的刘巧玲说：“老会长，我们向你学习。”

李大伯连连挥手：“你们现在是革命主力军啊！”

队伍很快到了东泊北岸。七月的乡村，田野里一片葱绿，东泊的河水似乎微笑着，在迎接将改变它命运的人们。在举行了简短的开工仪式后，刘巧玲、杨网小等合唱了《贫下中农跟党走》：“贫下中农学理论，自觉跟党干革命。不忘改造小生产，革命路线记在心。我们贫下中农跟党走哎！越学马列心越明，坚决刹住资产风，党的教导记呀记在心！”

二

（这一节首先简写大队的历史，特别是集体化道路的历史。然后写填河造田的意义和领导班子的思想斗争，社员的模糊认识。）

三

就在东泊工地上战旗飘扬号子嘹亮时，一股流言蜚语在角落里散开，少数社员说：“这样种田太辛苦，不如在家磨豆腐。”还有的说：“这样种田太费工，不如外出做小工。”

奋斗才听到这些话时，并不很在意。他想，文化大革命这么几年了，群众的觉悟提高了，究竟是走资本主义道路，还是走社会主义道路，大家应该是清楚不过了。

但是，不看不知道，一看吓一跳。傍晚他先到五队，看见胡家的槽坊在酿酒，价格比供销社的还高。又到三队，杨家小油坊也在榨油，一问，价格也很高。再跑到四队荣铁匠家，炉火正旺，他凑到前面一看，老铁匠、小铁匠放着生产队的铁锹不打。一问，才知道是给外地加工铁钉。奋斗不觉火上心头，小铁匠递来的香烟他一手推开，大声说："你们这样怎么得了，都给我停下来。"

在回大队办公室的路上，奋斗的心情不能平静。依他的脾气，他恨不得马上叫民兵营长到这几家去贴上封条。刚动了这个念头，又觉得不妥，你把他的门封住了，但是你能够封得住资本主义的倾向吗？

正在气头上时，迎面走来一个扛着铁锹的人，走近一看，是贫协会长李大伯。他赶忙拉起大伯的手问："你这么晚才收工？"

李大伯说："我不大放心，你婶婶夜饭还没做好，我又到东泊去转了转。"

多好的同志，多高的觉悟！社员如果都像李大伯这样，我们的社会主义新农村还能不建设好吗？

奋斗情不自禁地说："还是我们贫协会长好啊！"

"小事一桩。"李大伯不好意思地说，随即又问："你好像在生什么气？"

"是啊，我正要找人商量呢，碰巧遇到你。"奋斗把他听到的和看到的事情简单说了几句。

李大伯说："我前几天就晓得了。想和你说，看你实在太忙。估计你也晓得了，肯定在想法子。"

奋斗说："大伯，你斗争经验比我丰富，要多提醒我。"

李大伯说："每个阶段的斗争情况不一样。要说有什么经验，我想，还是文化大革命教的道理。现在是大忙季节，但不能忘记阶级斗争。你看，我们越忙，阶级敌人越会钻我们的空子，资本主义倾向就越会抬头。说千句万句，只有一句：千万不能忘记阶级斗争啊！"

奋斗从李大伯手中接过铁锹，在地上用力一铲，说道："是啊，你不铲，资本主义的苗就会长出来。你先回家吃夜饭，我们再商量。"

到了大队办公室，奋斗坐下来，看看墙上红纸上写的党的基本路线，一字一句读了一遍，自己对自己说：如果离开党的基本路线，"我们就将是一个盲目的不完全的不清醒的革命者，在我们执行具体工作路线和具体政策的时候，就会迷失方向，就会左右摇摆，就会贻误我们的工作。"为什么时间不长，个别人的资本主义倾向又抬头呢？为什么资本主义封不住呢？现在重温了党的基本路线，他更加深刻地体会到，在社会主义历史阶段，还存在着两个阶级、两条道路的斗争，这个斗争有时甚至是很激烈的。我们可不能麻痹啊，不能蒙着被子睡大觉啊。眼下填东泊任务重，但路线教育不能放松。

奋斗这时来劲了。他想，要发动群众，特别是党员群众站出来批资本主义，批修正主义，要借批林批孔的东风，鼓足社会主义的干劲，批判资本主义倾向，让副业生产能够始终坚持社会主义方向，不拆社会主义的台。

这样一想，奋斗有了紧迫感。他本来准备明天上午召开大队“一班人”的会议，为了不误事，他想还是连夜开了吧，毛主席说过，一万年太久，只争朝夕。

班子的人到齐了，奋斗说：“对不起大家，这么晚了。但这个会不开不行，不开我睡不着觉。我睡不睡还是小事，但是，党的基本路线执行偏了，可是大事，变天了，哪里有我们睡觉的地方。”

奋斗把他这几天听到的、看到的详细说了一遍，又让大家补充，看看有没有其他新情况。

民兵营长说：“我看我们要抓阶级斗争的新动向了。最近我发现有几个坏分子鬼鬼祟祟，老是凑到一起嘀咕什么事情。我已经派人去调查了解了。”

团支部书记巧玲汇报说：“我最近和一些要求进步的人谈心，总的情况不错，有个别男同志不是太安心在队里干活，想出去做小工。这件事情我开始不在意，刚才书记这一说，我看是个苗头问题，看来，我们团支部要抓紧做工作。”

大家七嘴八舌，都谈到不少值得注意的问题。

奋斗心情沉重地说：“同志们啊，我们平时为什么不长个心眼呢，大家谈到的这些情况值得我们警惕，有些是思想问题，有些是路线问题，是阶级斗争问题。我首先检讨，精力都放在东泊上，缺少统筹全局的意识，抓了这里的阶级斗争、路线斗争，放松了那里的阶级斗争、路线斗争。我先要检讨。可大家都要注意啊。我们党员干部牢记了党的基本路线，群众才能坚定不移地走社会主义道路。阶级斗争、路线斗争始终是大事，抓了大事，我们才能办社会主义的好事。不抓大事，只顾小事，好事也会变成坏事。”

支部委员，革命领导小组副组长刘杏林说：“我是宣传委员，抓学习、发动抓得不紧，整天在事务堆里，管了小事，放了大事。”

在全体同志都谈了自己的想法后，奋斗说：“这次会议主要不是检讨，是要统一思想认识，把思想认识统一到党的基本路线上来。大队出现了这些问题怎么办，现在答案有了。我们先暂时不议。我的看法是，我们的学习还要深化。我读报纸上的一篇文章，看认识能不能再提高一点。”

大家都说好。

奋斗说总结：“通过批林整风，特别是学习十大文件以来，城乡各条战线的很多组织都提高了抓大事的自觉性，注意抓路线、抓政治思想工作，用党的基本路线去观察、分析和处理问题，坚持了正确的政治方向。我看呢，对照这些党组织的先进做法，我们还有很大差距啊。”

奋斗进一步说：“提高抓大事的自觉性，这是当前我们党的生活中一个十分值得注意的问题。有现实针对性。十大文件中讲了这个问题，中央两报一刊社论《元旦献词》中又一次强调了这个问题。可是有的同志对抓大事的问题至今还带有盲目性，缺乏自觉性。我就是‘有的同志’中的一个啊。说什么‘说一千，道一万，拿到产量就好办’，‘大事不抓看不见，小事一抓现兑现’。他们在工作中，嘴上讲大事，心里想数字，‘大事一句话，小事具体化’。我看呢，说得准，说得像，就像说的我们几个人。这都说明，他们还没有真正认识到抓大事的重要性。诚然，无论在工业战线上或农业战线上，产量都是要狠抓的，问题在于从什么目标出发，为什么抓产量，怎样抓产量。我们认为，只有从巩固无产阶级专政，防止资本主义复辟，建设社会主义出发，坚持党的基本路线，才有方向，才有动力，也才有高产量。我看呢，这是关键，这是我们工作的出发点，这一点掌握住了，方向、动力就有了，产量能不上去吗？同志们说对不对？”

同志们说：“对！”

奋斗说：“所以，正确的说法应该是：‘抓革命，促生产，促工作，促战备。’‘说一千，道一万，抓了大事才好办’。我看呢，抓革命、促生产这一条永远是真理，叫什么放之四海而皆准。至于说‘大事不抓看不见’，既不符合精神可以变物质、革命必定促生产的原理，也是不符合客观事实的。许多同志在文化大革命前，‘只抓八百一千，不问方向路线’，上了修正主义的当，犯了错误，这教训应当是记忆犹新的；而文化大革命以来，有多少个社队，多少个厂矿的党组织，正是因为经常讨论大事，坚持正确路线，才做到了纲举目张，大干快上，这成绩更是有目共睹的。我们这个大队文化大革命前的教训也是很深刻的。”

奋斗说：“提高抓大事的自觉性，必须充分认识不抓大事埋头小事的危险性。《元旦献词》明确指出：‘大事不讨论，埋头于小事，这样很危险，势必要搞修正主义。’一个人如果终日沉溺于小事，必然导致政治上的近视，变得心胸狭窄，目光短浅，贪一得之功，图一时之利，丢掉了革命大局，忘掉了实现共产主义的远大目标。列宁教导我们：‘临时应付，迁就眼前的事变，迁就微小的政治变动，忘记无产阶级的根本利益，忘记整个资本主义制度、整个资本主义演变的基本特点，为谋取实际的或可以设想的一时的利益而牺牲无产阶级的根本利益，——这就是修正主义的政策。’所以抓不抓大事，关系到是不是坚持党的基本路线，关系到是搞马克思主义还是搞修正主义，每个同志都要从反修防修的高度来认识这个问题。当前我们要继续认真学好十大文件，领会十大精神，不断提高抓大事的自觉性，经常讨论大势，切实抓好大事。”

读完报纸，发过议论后，奋斗总结道：“现在我们班子里的人思想统一了，接下来要发动群众，特别是重点做好一些关键人物的工作。夜校也要抓紧上课，大批判专栏要出一期，突出主题。东泊的工作不能耽误。”说完，他一一分工。

奋斗走出大队办公室时，觉得心情特别舒坦，他仰头望望天空，明天又是一个晴朗的日子。

四

奋斗和新民妈招娣谈了，觉得这位老嫂子思想还是不通。他心里有点激动，但还是忍住了。坐在田岸上听着手扶拖拉机的轰鸣声，心里像击鼓一样，不免心潮澎湃。二十年前走集体化道路她是多么积极，没想到如今她不走社会主义的康庄大道，总是往自留地跑，这样跑来跑去，把路跑窄了。

“人还是要不断革命啊！”沉默了许久的奋斗感慨地说。

招娣不以为然：“你给我的帽子戴得太高了。”

奋斗知道一时难以说服，便说：“我的话你听不进，毛主席的话你总要听吧。我建议你回家再读读毛主席的《纪念白求恩》，白求恩不远万里到中国，国际共产主义精神值得我们学习。”

招娣想说什么，可话到嘴边又吞下去了。她回到家里，找出了老三篇。她手捧毛主席的书时，突然热泪盈眶。她想起了当年人民公社成立时，自己是冲锋陷阵啊。这些年，自己学习少了，私心多了，看来还是要不断斗私批修啊。招娣越想越觉得自己不对头，她赶紧跑到东泊工地，找到了奋斗书记。

奋斗主动跟招娣握手，他知道这位老嫂子思想转变了。

“杨书记，我不能拖你的后腿。这几天想想很惭愧，我要继续革命。”招娣说。

“你要带动其他社员一起干。”奋斗鼓励招娣。

“不耽误你工作了，我现在就去挑泥。”招娣扛起担子往前走。

看着招娣走进了挑担的人群，奋斗笑了。

五

晚上睡觉前，奋斗又到东泊转了转。他看到填河的速度超出了他的预期，心想：革命工作还是要靠人心齐，越是关键时候，越是要做好思想工作。

这样想想，奋斗又到了大队办公室。他让人叫来巧玲，商量下一步文艺宣传的工作。巧玲进门后，奋斗递给她一本《文艺轻骑》，对巧玲说：“那天开工，你们唱的《贫下中农跟党走》，只是合唱部分。我看了一下，还有数板等。”

巧玲说：“是的。书记有什么建议？”

奋斗说：“我看看数板的内容与我们大队很吻合。我们是不是改一下，这样你们可以完整地表演。”

巧玲问：“怎么改呢？”

奋斗说："我已经改好了，你看看。"

"合（数板）贫协会长李老伯，

立场坚定脚跟稳，

坚决抵制'资产风'。

一心跟党干革命。

甲（数板）一次春上发鱼汛，

半天能捉几十斤，

少数社员想发财，

集体生产不安心。

李老伯，抓苗子，

带领社员学理论；

认清路线方向明，

批判小生产危害性。

全队社会受教育，

同心协力闹春耕。

乙（数板）去年'三抢'结束早

队长某某窍门找，

新买一只水泥船，

自寻门路赚钞票，

李老伯，反潮流，

仓库场上贴出一张大字报

发动群众揭矛盾，

批评队长走错道。

队长思想受震动，

摇着新船积肥料。”

巧玲觉得奋斗改得非常好，准备明天中午休息时就开始排练。

他们一起走出大队办公室，巷子里除了巡逻的民兵，社员们都已进入梦乡。

六

（这一节写奋斗的心理活动，写奋斗心中的丰收景象。）

后　记

我在这个年纪写小说，有朋友形容是“老房子着火了”。其实，在“房子”不新不旧时，我便动笔写了。

这几乎是一次马拉松式的写作，与其说我在千锤百炼，毋宁说我一直处于写作小说的困境中。过两年写几段，再停下来，停顿的时间长了，我甚至忘记已经动笔的所谓小说。它成了我陌生的亲人。有一天，我突然再起久违的写作冲动，觉得应该下决心放下其他写作，完成自己的那幢“烂尾楼”。亲近的朋友早就熟悉我小说开头的第一句话：我坐在码头上，太阳像一张薄薄的纸垫在屁股下。如果这句话是一块铁，那也锈迹斑斑了。

庚子年来了，我体验到了一种死而复生的感觉。和许多朋友一样，这段时间的精神史可能是我们重新理解世界认识自己的一个重要环节。戴着口罩在住所附近漫步的那些天，我常常黄昏时分走到一座小码头，站在那里什么都想什么都不想。一天，我突然发现水边有一条红花鱼浮着，好奇地把它捞到码头上。这条鱼开始纹丝不动，几分钟后鱼唇吮吸了几下，又死去了一般，我以为它是垂死挣扎。我把这条鱼放回水里，它和所有死鱼一样在水面上悲哀地浮着。就在我稍有悲悯之心时，鱼儿突然一翻身迅速游弋到小河的中央，然后沉入水中，无影无踪。这似乎是另一种向死而生。许多东西就是这样，你以为它死了，它却活着，你以为它活着，它却死了，还有许多东西在半死不活的状态。这个时候，我想起了我早就开了头的小说。我能够复活它吗？复活昨天的文字，也许是为了今天的再生。鱼儿在水中飞翔的那个瞬间，我似乎回到了庄前的那座码头。我把那条河称为未名河，未名河的北岸，有一个少年在徘徊。

我无法想象我会在一座城市固守几个月，就像我在那座村庄周而复始。去年底在南方一座城市参会，闲逛时听到前面十字路口的东南侧传来二胡的声音。青少年时期，我最亲近的乐器就是二胡，我最早听到的最好的音乐几乎都是二胡拉出来的。许多人在十字路口等候红绿灯，一拨行人走过后，我看到地上坐着一个和我年纪相仿的男人。他不是盲人，他的气息让我觉得他是我乡亲中的一位。我站在他的边上，先听他拉了《传奇》。接着他拉了《茉莉花》，由《鲜花调》而来的《茉莉花》。我在他的旋律中想起我母亲说她曾经在万人大会上演唱茉莉花，她还说她那时扎着一根长辫子。在摇篮曲之外，我熟悉的民间小调和歌词就是《茉莉花》、《拔根芦柴花》和《夫妻观灯》。曲子终了，这个男人起身，和我反向而行。我过了十字路口再回头时，他已经消失在人群中。在熙熙攘攘嘈杂喧嚣的市井声中，

《茉莉花》的旋律犹在耳畔。——那个黄昏我从码头返回空空荡荡的路上，想起了十字街头的情景。也许，我的这部所谓小说应该叫《民谣》。

终于安静地坐下来，我在电脑上搜索断篇残章。在差不多二十年前写的一些片段中，自己笔下的那些人物长大了、衰老了、往生了，其中的一些人觉得自己不适合在我的世界里生存而自动离开了。即便是我同辈繁衍的后代我几乎不能完全辨识出他们的父亲和祖父。我和笔下的人物相处太久，但彼此都有了熟悉的陌生。他们和我都变化了。但无论怎样变化，我看到了少年的我在他们中间奔跑。故乡是我写作中的一粒种子，也是这粒种子最初的土壤。因为有他乡才有故乡。但这个边界其实是模糊的，模糊得我没有鲜明的乡愁，没有乡村与城市的分野，甚至也没有追溯自己成长过程的欲望。

如果说我有什么清晰的意识或者理念，那就是我想重建“我”与“历史”的联系，这个重建几乎是我中年以来在各种文体的写作中不间断的工作。我在文学批评、文学史研究和一段时间以来的散文写作中，一直在询问这个问题，我自己的清醒、困惑、迷失、寻找、反省、愧疚、欣慰等在这个过程中时隐时现。也许我并不是在寻找自己，我只是询问与我相关的一段或几段历史的那一部分。我个人只是细节，历史才是故事。在我笔下的那座村庄，革命与现代化都是绵延不断的存在。是乌托邦，也不是；是异托邦，也不是。世俗生活在这样的是与不是中被切割，我的所有乡亲都在明白与糊涂中度过或即将度过他们的一生。如果我把这个村庄的故事和我们宏大的历史相关联，也可以勉强地说它有“整体性”。但无论是在生活还是在文本中，他们都是碎片化的存在。这里有故事，但波澜不惊，故事中的每一个情节和细节我都有可能把它戏剧化，但我最终放弃了这样的写作。我想做的是，尽可能完整甚至是完美地呈现这些碎片和它的整体性。这样一种安排情节和细节的方式，无疑给阅读带来了难处。我在当下的生活中，仍然感受到我追问的历史以不同的形式呈现着，因此这些追问明显地传递了我当下的某种思想状态。

小说中的少年不是我，这部小说不是我的自叙传。最初他身上有我的影子，后来他在成长中影响了我。我读自己的初稿时，最初的感觉那个少年好像是我，再看又不是。我和他模糊了，我已经不知道是他影响了我，还是我影响了他。也许我从来没有完全辨识过自己，这已经不是老生常谈的哲学问题。这二十年我是在和他断断续续的对话中返回或离开那座村庄的。历史的复杂性延续在他这样后来成为知识分子的一类人中。我曾经设想，这个少年离开这个村庄后，会成为什么样的人。我心里有很多答案，这些答案都让我感慨万千。但我知道，他是他们的一部分，但我觉得他和他们不同。他曾经坐在码头看船儿向东向西，曾经躺在田埂上看鸟儿自由飞翔。他比他们多了理想，也多了生存的能力。

所以，我有意在小说的卷四和前三卷之间留下了一丝缝隙。我要留下年轻一代即使不能远飞但心存飞翔的空间。

小说是世界之一种。我们在阅读、训练和写作中认识了小说，并选择了自己写作小说的方式。尽管关于什么是好小说也许有许多共识，但我们无法用一种小说定义另一种小说，正因为如此，在一种小说之外才有另一种小说和出现另一种小说的可能性。在某种意义上说，小说的所谓创造性就是在小说定义和我们的阅读经验之外。我是一个毫无小说写作经验的人，但我的脑子里充满了关于小说的概念。这与我所谓“批评家”的身份有关，但我觉得没有什么“批评家”的“小说”，于是我写作的过程是不断放弃许多概念和阅读经验的过程。如果拙作与文学批评有关，那就是我自己对意义世界和小说艺术的理解影响了自己的文本，而不是突出了批评家的理念。我固执地认为，小说写作需要思想、学养和多方面的文化积累。我们不是把思想、学养和文化积累附加在小说中，而是说思想、学养和文化积累影响了我们对世界的观察和把握，也在一定程度上决定了小说的故事、语言、结构和意义。换一种表述是，思想、学养和文化积累影响着我们对历史、现实和人的理解。就此而言，批评家或学者写作小说，如果他能够在理念之外，找到自己的审美方式，他所有的资源将会提升他的写作境界。

除了故事、细节、意象外，对语言和结构的摸索是我的重点。

我曾经很长时间研究中国现代散文，也较长时间写作散文，这在很大程度上影响了我写作小说的语言。除了文学的渊源外，写作者个人的心理、气质和趣味影响了语言。这是大而化之的话。在苦思冥想写了小说第一句话“我坐在码头上，太阳像一张薄薄的纸垫在屁股下”之后，我找到了小说的“调性”。“我”的叙述，是“我”的呼吸和心跳，这确定了小说的词与物、人关系以及语言的节奏；神经衰弱的“我”也让语言在诗性之外多了一些迷幻；在完成《民谣》的过程中，我再次体会到隐喻是语言行为的结果。小说结构的问题一直困扰我，我想尝试“形式”如何在《民谣》中成为“内容”，这就有了“杂篇”和“外篇”。我不知道这样的形式是否推进了小说文体的创新，但它们都内在于小说的“大结构”之中。我设想“杂篇”不仅是补充了前四卷的细节，它还是“我”与“时代”的语言生活。在完成了“杂篇”之后，我意犹未尽，又以小说中杨老师的名义，写作了他未完成的短篇小说《向着太阳》，用不同的语言叙述了小说中“围湖造田”的故事，和卷三的故事形成了巨大的反差。

用不无偏颇的话说，这么多年来作为一种职业，我一直在认识小说，认识小说世界与外部世界的关系。我觉得写作者最大的困境之一是没有自己的世界观和方法论，因而也缺少宏大的结构力。我写过一些小说评论，但我觉得自己似乎从来没有抵达过小说的深处。我没有想过我会转身对自己的写作说三道四，这里说的话应该不是《民谣》的副歌。我和我熟悉的小说家一样，创作谈的境界常常高于创作本身，但他们已经写出了高境界的小说。我意识到了种种，但笔力不逮之处俯拾皆是。所以，我一直觉得创作谈其实不是对自己文本的补充性阐释，只是在完成文本后发现了黑洞，想用微弱的光去照亮它；或者，在我是意识到了文本的问题，试图用一些文本之外的议论表达自己虽然没有写好但还有几句高明的话。我无法说《民谣》如何，但它的“异质性”是确定无疑的。

《民谣》的写作可以说是敞开的。记得参与“华语传媒大奖”评审的那几年，我和永新兄经常通宵达旦讨论小说，是离开既有理论和规范的那种讨论。永新兄关于小说的理解完全超出了我的想象力，理解小说是需要想象力的。在和永新兄的多次畅谈中，我在他身上理解了什么是小说家的小说家。在今年闭门写作的过程中，我不时有些迟疑和犹豫。我常常把写好的章节、片段发小说家阎连科、批评家张学昕和我的同事季进、陈小民等，连科和学昕经常和我在电话中说出他们的具体意见。尽管我知道他们的评点我不会全盘接受，但我在意他们的看法。走走和朱婧熠首先读到了完成稿，她们的肯定才让我鼓着勇气弱弱地告诉永新兄和钟红明副主编我写了部小说。在某种意义上说这部小说的“讨论会”在写作过程中已经“完成”了。莫言兄欣然为《民谣》题字，本书因此光泽许多。在获知我的小说完稿后，译林出版社袁楠总编致电约稿，确定将《民谣》纳入“王尧作品”系列出版。已经有过愉快合作经历的陆志宙副总编以及和她一起责编的亚坤，对出版过程中的每一个细节都精心设计。我向他们，也向所有关心我写作的朋友致敬！

王尧

2020年11月